궁귀검신 2부 8
조돈형 新무협 판타지 소설

초판 1쇄 찍은 날 § 2005년 8월 17일
초판 1쇄 펴낸 날 § 2005년 8월 27일

지은이 § 조돈형
펴낸이 § 서경석

편집장 § 문혜영
편집책임 § 장상수
편집 § 서지현 · 최하나

펴낸곳 § 도서출판 청어람
등록번호 § 제1081-1-89호
등록일자 § 1999. 5. 31
어람번호 § 제2-0673호

주소 § 경기도 부천시 원미구 심곡1동 350-1 남성B/D 3F (우) 420-011
전화 § 032-656-4452 팩스 § 032-656-4453
http://www.chungeoram.com
E-mail § eoram99@chollian.net

ⓒ 조돈형, 2004

ISBN 89-5831-668-3 04810
ISBN 89-5831-103-7 (SET)

※ 파본은 본사나 구입하신 서점에서 교환하여 드립니다.
※ 저자와 협의하여 인지를 붙이지 않습니다.

궁귀검신

2부

弓鬼劍神

8

조돈형 新무협 판타지 소설

도서출판 청어람

목차

제64장 전면전(全面戰) __ 7
제65장 용쟁호투(龍爭虎鬪) __ 41
제66장 해후(邂逅) __ 93
제67장 무이산(武夷山) __ 131
제68장 신위(神威) __ 177
제69장 악몽(惡夢) __ 215
제70장 결전(決戰)의 서막(序幕) __ 247

제 64 장

전면전(全面戰)

전면전(全面戰)

"모두 연락하였습니까?"

을지호가 심각한 표정으로 묻자 용천관의 경계를 총괄하고 있던 당천우(唐天佑)가 고개를 끄덕이며 대답했다.

"예, 지금쯤이면 모두 도착했을 것입니다. 한데 너무 성급한 판단은 아닌지 모르겠습니다."

"뭐가 말입니까?"

"첩자들이 잡혔다고는 하지만 어제오늘 일도 아니고······."

조심스레 입을 열던 당천우는 슬며시 말꼬리를 흐렸다. 하나 그가 말하고자 하는 바를 모를 을지호가 아니었다.

"대규모의 공격으로 보기엔 무리가 있단 말이군요."

"뭐, 꼭 그런 것은 아니지만······."

"그렇게 생각하시는 것도 이해는 합니다. 그러나 그간 서로를 도외시하던 철혈마단과 북천이 힘을 합쳐 공격하기로 결정했다는 소식이 전해진 이상 아무리 사소한 문제라도 심각하게 바라봐야 합니다."

"그렇긴 합니다만……."

"특히 오늘같이 날이 어둡고 비가 내리는 날은 기습을 하기에 최적의 조건이지요. 게다가 각 문파의 어르신들이 자리를 비우신 상황입니다. 놈들이 말씀대로 단순한 첩자일 수도 있겠지만, 어쩌면 대대적인 공격의 전조일 수도 있습니다. 미리미리 조심해서 나쁠 것은 없을 것입니다."

"알겠습니다."

당천우는 더 이상 토를 달지 않았다. 그는 을지호의 말대로 만일에 있을지 모를 적의 공격에 대비하기 위해 황급히 몸을 돌렸다.

"적의 공격이 정말 시작될까요?"

당천우의 모습이 사라지는 것을 확인한 사마유선이 물었다.

"그거야 모르지."

너무나도 담담한 대답에 그녀의 얼굴이 살짝 굳어졌다. 그러자 천천히 손을 뻗어 그녀의 볼을 부드럽게 어루만진 을지호가 착 가라앉음 음성으로 말했다.

"하지만 십중팔구 공격이 있을 것 같군. 아무래도 예감이 좋지 않아."

"그렇군요."

어떤 불길함을 느낀 것일까? 고개를 끄덕이는 사마유선의 몸이 살짝 떨렸다.

꽝!

요란한 소리와 함께 방문이 활짝 열렸다. 을지호를 중심으로 현 상황을 심각하게 논의하던 이들의 고개가 거의 동시에 돌려졌다.

"오셨습니까?"

선두에 서서 들어오는 사람이 을지소문인 것을 확인한 을지호가 황급히 일어나며 고개를 숙였다. 곁을 지키던 사마유선을 비롯하여 모든 사람들이 자리에서 일어나 인사를 했다.

"상황이 어떠하냐?"

인사를 받는 둥 마는 둥 제갈경, 당우곤을 비롯하여 지난밤 내내 옥허궁에서 함께 술을 마시던 몇몇 인물들과 함께 방으로 들어선 을지소문은 자리에 앉는 것과 동시에 질문을 던졌다.

"그다지 좋지 않습니다. 일단 각 도관에 전령을 띄워 경고를 하였습니다만 몇몇 곳은 조금 늦은 것 같습니다."

"늦다니?"

"명진암(明眞庵), 백운암(白雲庵) 등이 무너진 것으로 확인되었고 회룡관(回龍觀)도 위험하다 합니다."

"허! 그렇게나 빨리?"

"팔선관은 어떤가?"

을지소문을 따라 용천관에 온 제갈경이 황급히 물었다.

"재차 전령을 보냈지만 답신이 없습니다. 그다지 좋은 상황은 아닌 것 같습니다."

"하긴, 명진암과 백운암이야말로 팔선관의 좌청룡(左靑龍), 우백호(右

白虎)와도 같은 존재. 그곳이 당했다면 팔선관의 상황이야 눈으로 보지 않아도 뻔하겠군. 그나저나 어찌하여 저들의 움직임이 지금껏 감지되지 않은 것인지 모르겠네. 놈들의 진영에 잠입한 이들도 있고 근처를 감시하는 자들만 해도 수십이 넘는 것으로 알고 있거늘."

"제거를 당했겠지요. 미리 손을 쓰지 않았겠습니까?"

"아무리 그래도 그렇지, 그 인원이 얼마인데 이 지경이 되도록 한 명도 소식을 전한 사람이 없다니……."

생각보다 상황이 심각하게 돌아가자 제갈경의 얼굴은 굳을 대로 굳어 있었다.

그는 몰랐다. 적의 진영에 잠입한 이들은 장방형 등에 의해 일찌감치 제거가 되었고, 다른 이들 역시 기습을 펼치기 한참 전부터 암약하기 시작한 살수들에 의해 모조리 목숨을 잃었음을. 그리고 각 도관에 연락을 취하기 위해 떠났던 이들 중 상당수도 그들의 살수에 연락을 전하기는커녕 도관에 접근하지도 못하고 쓰러졌다는 것을.

"옥허암은 어떠냐?"

잠시 침묵을 지키던 을지소문이 물었다.

"그쪽도 기습을 당한 것 같습니다. 급한 대로 당가의 무인들을 보내 돕게 하였습니다만 역시 소식이 없습니다."

허락도 없이 임의로 당가의 식솔들을 움직인 것이 미안했는지 을지호가 당우곤에게 정중하게 사과를 했다.

"죄송합니다, 선배님. 상황이 다급하여 당가의 도움을 청했습니다."

"아니네. 지금 상황에 이것저것 따질 겨를이 어디 있겠나? 잘했네."

당우곤은 당치도 않다는 듯 손을 흔들었다.

"그들만 보냈느냐?"

을지소문이 약간은 채근 어린 음성으로 물었다.

"제가 직접 가고 싶었지만 용천관은 옥허궁으로 가는 마지막 길목과도 같은 곳입니다. 아무리 위급한 상황이라도 얼마나 많은 적이 또 어떤 식으로 공격을 할지 정확히 파악도 못한 상태에서 이곳을 비울 수는 없었습니다."

"그건 이 친구 말이 맞는 것 같습니다. 다른 곳을 도우려다 이곳을 기습당하면 큰일 아니겠습니까?"

당우곤이 맞장구를 치며 을지호를 옹호했다.

"노부도 같은 생각입니다. 후~ 어쨌든 상황이 좋지 않은 것은 틀림없는 것 같습니다. 자소궁 쪽도 여유는 없을 것 같은데."

제갈경이 길게 한숨을 내쉬며 말했다. 흠칫 놀란 을지호가 황급히 되물었다.

"그쪽도 공격을 당한 것입니까?"

"놈들이 연합하여 공격하기로 했다는 것은 자네도 잘 알고 있지 않은가? 이곳으로 오기 전 전기봉 쪽으로 적이 다가오고 있다는 전갈을 받았네. 전기봉과 가까이에 있는 상원(上元), 중원(中元), 하원(下元)과 윤희암(尹喜岩)은 이미 놈들에게 공격을 받고 있을 것이야. 아니, 벌써 끝장이 났을지도 모르는 상황이지. 아무튼 무당파의 제자들과 정도맹의 무인들이 전력을 다해 막는다고는 하지만 동시에 양쪽이라니… 후~ 버거운 싸움이 될 것 같구만."

"이쪽으론 얼마의 병력이 지원됐습니까?"

"백 명 정도네."

"그렇군요……."

을지호의 낯빛이 살짝 굳어졌다.

적의 병력이 얼마가 될지 모르는 상황에서 아군의 병력이 너무나 초라했다.

'백 명이라… 너무 적은데…….'

용천관에 남아 있는 병력이 삼십여 명. 지원 나온 병력을 합해봐야 백오십도 되지 않았다. 만약 팔선관이나 옥허암의 병력이 무사히 합쳐진다면 상당한 전력이 될 수도 있겠지만 돌아가는 상황을 보아하니 일찌감치 기대를 접는 것이 나을 듯했다.

"할아버님께서 오셨으니 옥허암으로 가봐야겠습니다."

을지호가 벌떡 일어나며 소리쳤다. 전력의 열세를 조금이라도 극복하려면 흩어져 공격을 받고 있는 이들을 최대한 집결시켜야 한다고 생각한 것이었는데 을지소문 역시 같은 생각을 하고 있었다.

"되었다. 내가 가마. 너는 이곳이나 잘 지키고 있거라."

"할아버님."

"앉아 있으래두. 술을 조금 과하게 마셨는지 머리가 띵하구나. 바람이나 조금 쐬어야겠다. 다녀오마."

을지소문은 더 이상 말을 섞기가 귀찮다는 듯 몸을 돌려 성큼성큼 걷기 시작했다.

부상을 당하여 아직 회복하지 못한 자신을 걱정하는 마음을 어찌 모를까? 을지호는 아무런 행동도 하지 못하고 그저 침울한 표정으로 입을 다물 뿐이었다. 그러자 너털웃음을 지으며 다가온 제갈경이 그의 어깨를 살며시 두들겼다.

"너무 걱정하지 말게. 자신이 있으니까 그러는 것이네. 바람을 쐬러 간다? 허허허, 이거야 원, 정말 궁귀다운 말이지 않은가? 믿고 맡기도록 하고 우리는 그저 이곳을 어찌 지켜야 하는지 대책이나 강구하세나."

"한데 선배님, 꼭 이곳에서 싸워야 하는 것입니까? 차라리 옥허궁으로 물러나서 싸우는 것이……."

당우곤의 물음에 제갈경은 고개를 내저었다.

"싸움은 고사하고 자칫 잘못하면 그곳에서 완전히 고립될 수 있네. 또한 옥허궁이나 자소궁이야말로 우리들이 지켜야 하는 최후의 보루. 그곳을 싸움터로 만들 수는 없겠지."

을지호가 몇 마디 덧붙였다.

"또한 옥허궁보다는 공간이 협소한 이곳에서 싸우는 것이 수적으로 열세인 우리에게 조금이나마 도움이 될 것입니다."

"그렇지. 그러나 지형적 우위도 한계가 있는 법이야. 결국 문제는 병력의 압도적인 열세를 어찌 해소하느냐 하는 것인데……."

제갈경이 두 눈을 굳게 감고 이마를 잔뜩 찌푸리며 생각에 잠겼다. 하지만 천하의 그라 해도 갑작스럽게 좋은 방법이 떠오를 리 없었다.

"흠, 애써 움직일 필요도 없다는 것인가?"

용천관을 나서서 네다섯 걸음이나 걸었을까?

문득 걸음을 멈춘 을지소문이 두 눈을 지그시 감으며 귀를 기울였다.

"어찌하여 멈추신 것입니까?"

옥허암에 머물고 있는 제자들의 안위가 걱정된 혜정 신니가 다소 초조한 기색으로 물었다.

"모두 준비하라고 일러두십시오. 놈들이 오는 것 같습니다."

"예?"

깜짝 놀란 혜정 신니가 고개를 돌렸지만 적의 모습은 보이지 않았다.

"아무도 없지……."

되물으려 하던 혜정 신니도 뭔가를 느꼈는지 황급히 입을 다물고 정면을 뚫어져라 응시했다.

드드드드드.

지축을 울리는 은은한 느낌. 거기에 점점 다가오는 거대한 살기들. 을지소문의 말대로 틀림없는 적의 출현이었다.

두두두두두.

마침내 눈으론 보이지 않고 오직 귀로만 들렸던, 희미하기만 했던 소리가 점점 커지면서 그 실체를 드러냈다.

"왔군."

을지소문의 눈에서 기광이 번쩍였다.

밤새 내린 비가 무색할 정도로 먼지를 일으키며 필사적으로 달려오는 일단의 무리들과 그 뒤를 아귀와 같이 뒤쫓는 거대한 인영군(人影群).

맨 앞에 선 이들이 아미파의 제자란 것을 알아본 혜정 신니가 두 주먹을 불끈 쥐었다. 그리곤 그들을 지원하기 위해 몸을 움직이려 하였다.

"할아버님!"

달려가려던 혜정 신니가 흠칫 놀라 걸음을 멈추고, 동시에 적의 기척을 눈치채자마자 용천관의 담을 단숨에 넘은 을지호가 도착했다. 그의 뒤를 이어 많은 무인들이 속속 모습을 드러냈다.

"놈들의 기세가 생각보다 대단하구나."

을지소문이 적을 가리키며 말했다.

"그런 것 같습니다."

설마 하니 이토록 빨리 들이닥칠 줄은 몰랐다는 듯 흙먼지를 일으키며 다가오는 적에게 두 눈을 고정시킨 을지호의 얼굴은 잔뜩 굳어 있었다.

"아무래도 따라잡히겠습니다. 도와야겠습니다."

쫓는 자와 쫓기는 자.

이제는 거의 차이가 나지 않을 정도로 가까워진 그들의 거리를 보며 혜정 신니는 입술이 바싹바싹 말라갔다. 패퇴하는 이들 중 상당수가 당가의 수하라는 것을 확인한 당우곤의 심정 또한 그녀와 다르지 않았다.

당장에라도 구하러 가겠다는 듯 무기를 꺼내 드는 그들. 하지만 그들이 움직이기에 앞서 을지소문이 을지호를 향해 손을 내밀었다.

"궁을."

"제가 하겠습니다."

"이리 주거라."

을지호는 두말하지 않고 철궁을 건넸다. 궁을 건네받은 을지소문은 화살도 없는 시위를 팽팽하게 당겼다. 수십 쌍의 눈동자가 힘껏 당겨

전면전(全面戰) 17

진 활시위와 저 멀리 미친 듯이 몰려오는 적을 번갈아 바라보았다.

퉁.

경쾌한 소리와 함께 당겨졌던 시위가 제자리로 돌아오고 약속이라도 한 듯 모든 이들의 시선이 정면으로 향했다.

"죽어랏!"

매섭게 칼을 휘두르는 설풍단 단원의 입가에 잔인한 미소가 지어져 있었다.

옥허암에서부터 추격해 온, 그리고 마침내 가장 후미에 있던 젊은 도사를 따라잡은 그는 곧 허공으로 치솟게 될 적의 목을 상상했다.

무영시가 도착한 것은 바로 그 순간이었다.

퍽!

'뭐, 뭐지?'

그의 칼이 도사의 목에 도착하기 바로 직전, 칼끝으로 전해져 올 묵직한 느낌과 승리의 쾌감을 감상하기도 전에 그는 가슴 쪽의 극렬한 통증과 함께 어째서 자신의 몸이 젊은 도사의 몸에서 점점 멀어져 가는 것인지 의아해하며 힘없이 의식을 잃고 말았다.

"저, 적이다!"

기세 좋게 달려가던 동료가 가슴이 횅하게 뚫린 모습으로 처참하게 쓰러지자 뒤따라오던 설풍단원들은 그 즉시 주변의 동료들에게 경고를 보내며 또 다른 공격에 대비했다. 하지만 눈으로 식별하기도 힘든 거리에 보이지도 않는 화살, 그리고 혹여 식별할 수 있다 하더라도 감히 대적할 수 없는 무영시의 급습을 감당할 수 있는 실력은 그들 누구에게도 없었다.

"크악!"

"컥!"

연거푸 들려오는 비명성과 함께 선두로 나섰던 이들이 계속해서 땅에 꼬꾸라졌다. 적의 정체를 제대로 파악하지 못한 그들은 주춤거리지 않을 수 없었다.

"어, 엎드려!"

"몸을 피해!"

이곳저곳에서 고함성이 터져 나왔다.

분명 눈앞의 적은 아니었다.

옥허암과 팔선관에서부터 패퇴한 그들은 지금껏 변변한 대응조차 하지 못했다. 몇몇 이들이 약간의 저항을 하기는 하였으나 그것도 잠시일 뿐, 그들이 쓰러지고 나면 그저 죽어라 도망만 치기에도 바쁜 그들이 아니던가. 물론 저 멀리 용천관에서부터 쏟아져 나오는 적들이 보이긴 하였으나 어림잡아 백여 장이 넘는 거리에서 도움을 준다는 것은 상식적으로 있을 수 없는 일이었다.

한데 영문을 모르는 사람들은 비단 그들만이 아니었다.

예기치 못한 적의 기습을 받는 바람에 약 팔 할에 가까운 병력을 잃고 패퇴한 팔선관의 무인들과 그들에 비해 비교적 많은 인원이 살아남은 옥허암의 병력들 또한 어째서 자신들을 추격하던 적들이 힘없이 쓰러지는지, 또 두려움에 떠는지 알 수 없었다. 그저 막연히 도움의 손길이 있다는 것만을 느낄 뿐이었다. 그러나 온몸에 부상을 입어가면서도 얼마 남지 않은 아미파의 제자들과 옥허암에서 함께 머물렀던 동도들을 지금까지 이끌어온 일연 사태는 상황이 어찌 돌아가는 것인지 대충

감을 잡을 수 있었다.

'을지 대협인가? 아니면 궁귀 어르신?'

아무려면 어떤가? 지금 중요한 것은 누가 도움을 줬느냐가 아니라 마침내 절체절명의 위기에서 빠져나갈 수 있다는 희망이 생겼다는 것, 그리고 그 기회를 절대로 놓쳐서는 안 된다는 것이었다. 조금도 머뭇거릴 여유가 없었다.

"눈앞에 용천관이 있습니다! 조금만 힘을 내세요. 여러 동료들과 궁귀 어르신이 돕고 있습니다!"

궁귀 을지소문이 돕고 있다는 그녀의 한마디는 상당한 효과를 발휘했다.

그녀의 말은 지칠 대로 지쳐서 용천관을 코앞에 두고도 거의 자포자기했던 이들에게 희망을 준 것은 물론이고 그들을 쫓고 있던 설풍단의 기세를 완벽하게 꺾어버렸다.

"구, 궁귀?"

일연 사태의 외침에 그제야 자신들을 공격했던 그 무엇인가가 궁귀로부터 시작된 것임을 깨달은 설풍단원들은 누가 뭐라고 할 것도 없이 일제히 걸음을 멈추고 말았다. 하긴, 수십 년이 지난 지금까지도 온 무림에 그 명성을 쩌렁쩌렁 울리는 그가 아니라면 어찌 지금과 같은 공격이 이루어지겠는가? 게다가 일말의 의심을 날려 버리는 것은 여전히 동료들이 쓰러지고 있다는 것.

"멈춰라! 모두 멈춰!"

비교적 후방에 있다가 수하들이 속속 쓰러지고 있다는 소식을 전해받고 황급히 달려온 위지청이 미친 듯이 고함을 쳤다. 하지만 그의 외침이 아니더라도 설풍단원들의 발걸음은 이미 멈춰져 있었다. 공격을 받고 쓰러진 동료가 벌써 일곱을 넘었고 그들 모두가 절명한 상태였다. 그 공격이 궁귀 을지소문의 솜씨라는 것을 알고도 움직일 수 있는 간담은 아무에게도 없었다.

"그렇게 소리칠 필요도 없어. 봐라, 움직이는 놈이 있는지."

뒤늦게 달려온 장방형은 어느덧 자신들보다는 용천관에 훨씬 가까이에 접근한 적들을 보며 아깝다는 듯 소리쳤다. 그리곤 아무런 죄도 없는 돌맹이를 걷어찼다.

"제길, 빌어먹을 늙은이 같으니라고! 다 잡은 고기였는데."

"어쩔 수 없지."

"그래도 일단은 성공이다. 저놈들을 제외하고는 목표로 한 곳과 인원들 대다수를 잡았어. 이만하면 기습으로 얻은 성과치고는 대단한 거지. 팔다리를 잘랐으니까 이제는 마지막 목만 취하면 그만이야."

"후~ 그게 말처럼 쉬우면 좋겠다."

위지청이 흉측하게 나뒹굴고 있는 수하들을 응시하며 말했다.

"어째서? 고작 늙은이 하나 때문에? 뭐, 그 늙은이의 실력이 출중하다는 것은 나도 알지만 어차피 독불장군(獨不將軍)이야. 혼자서 아무리 날뛰어봤자 버틸 수 없을걸. 게다가 우리 쪽에도 그와 상대할 수 있는 어르신들도 계시고."

다소 회의적인 표정의 위지청에 비해 장방형은 자신만만했다.

"그럴까? 넌 모르겠지만 난 그자의 실력을 직접 경험했다. 고작 나뭇가지 하나를 가지고 나와 스무 명도 넘는 설풍단의 공격을 가볍게 뚫었어. 아니, 뚫은 정도가 아니었다. 손속에 인정을 두지 않았다면 모조리 죽었을 거야. 게다가 너도 들었잖아, 그와 부딪친 거경궁의 고수들은 아직도 부상에서 회복하지 못하고 있다는 걸. 풍항 선배는 결국 목숨을 잃었지."

그제야 장방형의 얼굴도 굳어졌다. 거경궁의 풍항이라면 최소한 송림의 고수들과 필적하는 실력자였기 때문이다.

그는 자신도 모르게 턱을 어루만졌다. 일전에 을지소문을 막다가 뺨을 얻어맞고 부러진 어금니 자리가 마구 쑤셔왔다.

"그렇다고 너무 심각하게 생각할 것은 없다."

장방형과 자신의 말을 듣고 있는 수하들이 너무 위축된다고 생각했는지 피식 웃음을 터뜨린 위지청이 뒤를 돌아보며 말했다.

"궁귀가 대단하다고는 하지만, 우리는 그보다 더 대단하신 분을 알고 있잖아."

그의 시선을 따라 모든 이들의 시선이 일제히 뒤로 향했다. 그리고 그들은 천천히, 그러나 가히 압도적인 힘으로 다가오는 이들을 볼 수 있었다.

"흐흐흐, 걸음도 늦으셔라. 이제야 오시는군."

그들을 마중하기 위해 총총걸음으로 다가가는 장방형의 입가에 웃음이 흘렀다. 그가 바라보는 사람은 다름 아닌 눈이 부시도록 흰 백의를 걸치고 수백의 수하들을 이끌고 있는 북천의 천주 위지요였다.

그러나 그는 알고 있었다. 위지청이 말한 대단한 분이란 천주가 아니라 그보다 조금 멀리 떨어진 곳에서 세 명의 노인과 중년인의 호위를 받으며 느긋한 걸음걸이로 다가오는 사람, 바로 전대의 천주 태존 위지건이라는 것을.

*   *   *

전기봉.

자소궁을 병풍처럼 감싸고 있는 천혜의 요지.

화려함과 기괴함보다는 은은한 아름다움을 간직하고 있는 명산은 그곳을 점령하려는 자와 막으려는 자들이 흘린 피로 인해 이미 붉게 물들어 있었다.

북천보다 다소간 일찍 시작된 철혈마단의 전격적인 기습으로 인해 전진 기지 역할을 하던 주요 도관이 모조리 점령을 당하고, 전기봉에서 남은 것이라곤 뇌신동(雷神洞)과 태상관(太常觀)뿐이었다.

"뭣들 하느냐! 고지가 눈앞이다. 머뭇거리지 마라!"

태상관을 점령하라는 명을 받은 금기령주 후설담은 이리저리 뛰어다니며 목이 터져라 소리를 질렀다.

태상관과 인접해 있는 상원을 점령하고 기세 좋게 공격을 시작한 지도 벌써 한 시진이 지났지만 그다지 성과가 없었다.

시작은 좋았다. 매복해 있는 적의 움직임을 간파한 뒤 오히려 그것을 역으로 이용해 십수 명이 넘는 적을 몰살시키고 기세를 올렸다. 하지만 그것도 잠시, 상원에서와 마찬가지로 이번에도 손쉬운 싸움을 예상한 수하들이 공을 다투기 위해 무분별하게 공격을 감행하다가 엄청난 타격을 입고 말았다.

겉으로 드러난 매복을 희생양으로 삼아 이중 삼중으로 매복을 친 적의 간계에 천리대 인원의 절반이 목숨을 잃었고, 그들을 구하기 위해 뛰어든 혈루대도 꽤나 큰 손실을 입고 말았다. 때마침 참인대를 이끌고 적의 배후를 쳐서 또 다른 공격을 막았으니 망정이지 하마터면 돌이킬 수 없는 피해를 입을 뻔했다.

이후, 본격적인 공격에서 후설담과 그가 이끄는 금기령의 무인들은 태상관을 점령하는 것이 결코 녹록한 일이 아니라는 것을 뼈저리게 느껴야만 했다. 특히 정도맹의 정예라고 할 수 있는 청운당이 급파되면서 전황은 그 누구도 알 수 없는 지경에 이르렀다.

"크악!"

후설담의 공격을 감당하지 못한 청운당의 단원이 외마디 비명을 지르며 쓰러졌다. 핏발 선 눈과 반쯤 벌어진 입에선 자신의 죽음을 믿지 못하는 듯했으나 그의 의식은 이미 이승을 떠난 후였다.

"지독한 놈들 같으니!"

목숨을 잃는 순간까지도 포기하지 않고 최후의 일수를 날리는 적을 보며 질린 표정으로 걷어차는 후설담의 이마에 땀방울이 맺혔다.

"돌아버리겠군."

이런 식의 싸움을 벌써 얼마나 했는지 모른다. 또 얼마나 해야 할지 몰랐다.

수적으로도 열세인 적은 아무리 베어도 물러설 줄 몰랐다. 아니, 더욱더 독기를 품고 달려들었다. 그 자신이 쓰러뜨린 적만 해도 벌써 십여 명, 목숨을 위협할 수 있을 정도는 아니었으나 쉬운 상대는 한 명도 없었다. 그들을 쓰러뜨리느라 입은 크고 작은 부상이 온몸을 피로 적시고 있었다.

"제길, 지원은 언제 오는 거야!"

또다시 덤비는 적을 향해 검을 휘두르는 후설담이 신경질적으로 소리를 질렀다. 하지만 딱히 지원을 기대할 수 없다는 것은 그도 잘 알고 있었다. 태상관에서 얼마 떨어지지 않은 뇌신동에선 그야말로 이번 싸움의 향배를 결정하는 건곤일척의 승부가 벌어지고 있었기에.

무당을 지키기 위해 어느 곳 하나 중요하지 않은 곳이 없겠지만, 뇌신동은 자소궁으로 통하는 최후의 길목으로써 그 중요성이란 이루 말할 수가 없었다. 해서 정도맹과 무당파의 거의 모든 전력이 뇌신동을 사수하기 위해 집중했고, 철혈마단에서도 금기령을 제외한 은기령과 동기령, 그리고 단주인 철포산이 직접 이끄는 친위대(親衛隊)까지 모조리 동원됐다. 또한 지금껏 나서지 않고 있던 천마원(天馬院)의 노고수들, 비록 일선에서 은퇴한 그들이기는 하였으나 과거 철포산과 함께 최강의 철혈마단을 이룩한 그들이 무당과 정도맹의 노고수들을 상대하기 위해 직접 나서면서 싸움의 치열함은 필설로 표현하기가 힘들 정도였다.

뇌신동에서 약 오십여 장 떨어진 암석군(巖石群).

미지근해진 술맛에 인상을 찌푸리는 철포산이 철통과도 같은 호위를 받으며 앉아 있었다. 직접 싸움에는 참여하지 않고 있었지만 그 존재 하나만으로도 미증유의 힘으로써 수하들을 독려할 수 있었던 그는 끝날 듯 끝나지 않고 박빙을 유지하고 있는 전황을 살피며 연신 술을 들이키고 있었다.

"흠, 하나같이 약해 빠진 놈들처럼 보이더니만 꽤나 끈질기군."

그는 뇌신동을 지키기 위해 목숨을 초개(草芥)와 같이 버리며 악착

같이 덤벼드는 무인들을 보며 정도맹을 그저 허명만을 쫓는 군상(群像)들의 집단으로 치부했던 자신의 생각이 틀렸다는 것을 인정할 수밖에 없었다.

"명예만을 탐하는 놈들인 줄 알았더니 그게 아니야."

"아무래도 목숨이 걸린 일이니 그런 것이 아니겠습니까? 뇌신동이 무너지면 남은 것은 오직 자소궁뿐. 그것으로 끝장이라는 것을 알고 있을 테니까요."

곁에서 술을 따르고 있던 요중이 전장에 시선을 고정시킨 자세로 대꾸했다.

"그래도 이 정도까지는 생각하지 못했다. 뭐, 어차피 결과는 변하지 않을 테니까. 그나저나 저자는 누구냐?"

더 이상은 마시지 못하겠다는 듯 술잔을 집어 던진 철포산이 물었다.

"누구를 말씀하시는지……."

고개를 빼며 되묻는 요중. 철포산이 짜증나는 표정으로 손가락으로 청포(靑布)를 휘날리며 전장을 누비는 노도인을 가리키며 물었다.

"아! 정도맹의 맹주 말씀이십니까?"

"맹주? 저자가 정도맹의 맹주란 말이냐?"

"예, 제 기억이 틀림없다면 정도맹의 맹주인 천장 진인 같습니다."

"진인은 무슨, 말코도사들 같으니."

가소롭다는 듯 웃어넘긴 철포산이 곧 웃음을 지우고 다시 물었다.

"어쨌든 맹주란 말이지? 그리고 맹주 정도 되는 인물이 이런 진흙탕 같은 싸움에 직접 참여한단 말이고."

"그렇습니다. 틀림없는 정도맹의 맹주입니다."

"좋아. 적의 우두머리가 나섰으니 이쪽에서도 그만한 대접은 해주어야겠지."

무슨 뜻인지 금방 이해를 하지 못한 요중이 고개를 갸웃거리는 사이 천천히 몸을 일으킨 철포산이 손을 내밀었다.

"무기."

"예? 아, 예."

되묻던 요중이 황급히 입을 틀어막고 호위 무사들 중 한 명이 들고 있던 철포산의 애병을 대령했다.

따가운 햇살을 받으며 빛나는 만년설의 은빛보다 더욱 눈부신 빛을 뿜어내는 한 쌍의 은륜(銀輪). 하지만 알 만한 사람은 다 알고 있었다. 그 은륜이야말로 헤아릴 수 없을 정도로 많은 이들의 피를 머금은 마물(魔物)이라는 것을. 그리고 그것이 철포산의 손에 들렸을 때야말로 그 진정한 위력을 보일 수 있다는 것을.

"너무 오랫동안 쓰지 않으면 날이 무뎌지는 법이지."

"그, 그렇기는 합니다만……."

습관적으로 대답하기는 했으되 요중은 질려 버린 얼굴이었다. 그도 그럴 것이, 날이 무뎌졌다면서 흔든 은륜이 단지 스치는 것만으로도 암석의 한 귀퉁이를 잘라 버리는 날카로움을 보였기 때문이다.

요중의 그런 마음을 아는지 모르는지 철포산은 느릿느릿 걸음을 옮기고 있었다. 요중에게 하는 것인지 아니면 자신에게 하는 것인지 모를 혼잣말을 주절거리면서.

"무릇 우두머리를 때려잡으면 무리는 흩어지기 마련이지."

"더 이상 버티기가 힘들 것 같습니다, 맹주."

천장 진인을 향해 천마원의 원로들과 생사를 다투는 싸움으로 인해 온몸에 피칠갑을 한 장로 노삭(魯索)이 거친 숨을 몰아쉬며 다가왔다.

"지금까지는 어찌어찌 버텨내기는 하였으나 수적으로 너무 열세입니다. 수하들의 피로감이 극에 달했습니다."

막 동이 트기 시작할 무렵 시작된 싸움이 벌써 한 시진을 넘기고 있었다.

노도와 같이 밀려드는 적을 맞이하여 동원된 인원은 근 사백. 결코 적지 않은 인원임에 틀림없었고 무당산에 모인 병력의 절반이 넘는 인원이었지만 세 배를 훌쩍 넘기는 인원을 상대하기란 턱없이 부족했다. 더구나 한 명이 쓰러지면 계속해서 인원을 충원하고, 때로는 전후의 병력을 교체해 가며 공격해 오는 적과는 달리 아군은 부족하면 부족한 대로 힘들면 힘든 대로 잠시도 쉬지 못하고 대적을 하였다. 자연 그 피로감이 극에 이를 수밖에 없었다.

지금껏 수하들과 함께 싸워온 천장 진인이 그 같은 상황을 어찌 모를 것인가? 하지만 지금은 물러나고 싶어도 물러날 수 없는 상황이었다.

"그래도 버텨야 하오. 이곳이 무너지면 그야말로 끝장이외다."

"버티는 것도 한계가 있는 법입니다. 이런 식으로 싸우다간 전멸을 면키 힘듭니다."

"하면 어쩌자는 것이오?"

"잠시 물러나 전열을 정비하는 것이 어떻겠습니까?"

"물러나 전열을 정비한다……."

천장 진인이 아미를 찌푸렸다.

만일 전장이 뇌신동이 아니라 다른 곳이라면 생각을 달리할 수도 있었다. 문제는 뇌신동에서 물러나 갈 수 있는 곳은 오직 자소궁뿐이라는 것. 자소궁을 피로 뒤덮는 일은 있을 수도 없고, 있어서도 안 되는 일이었다. 비록 적과 근접해 있다는 이유로 정도맹의 본거지를 옥허궁으로 옮기기는 하였으나 자소궁은 그 무엇과도 바꿀 수 없는 가치를 지니고 있었다. 특히 정도맹의 맹주이기에 앞서 무당파의 제자였던 그에겐 더욱 그랬다. 그렇다고 마냥 버티기엔 노삭의 말대로 상황이 너무 좋지 않았다.

"더 늦기 전에 용단(勇斷)을 내려야 합니다."

노삭이 안타까운 음성으로 맹주의 빠른 결정을 촉구했다.

천장 진인은 쉽게 결정을 내릴 수가 없었다. 무당파의 제자인 그가 자소궁을 피로 물들일 것이 너무나도 자명한 결정을 혼자서 할 수는 없었다. 결국 그가 할 수 있는 말이란 오직 하나뿐이었다.

"장문인과 상의해 보도록 하겠소."

순간, 노삭의 얼굴이 일그러졌다.

'미치겠군!'

촌각이 급한 상황에 상의라니! 복장 터질 일이었다.

"그럴 시간이 없습니다. 상황이……."

한데 무슨 기운을 느낀 것일까?

답답하다는 듯 입을 열던 노삭이 번개같이 몸을 돌렸다. 천장 진인은 이미 어느 한곳을 향해 두 눈을 고정시키고 있었다.

하나의 길이 생겼다.

겹겹이 쌓이는 시신과 병장기들, 그 위를 넘나들며 혈전을 벌이는 수백의 사람들.

피아를 구별할 수도 없고 오직 스스로의 힘으로 생과 사를 넘나드는 전장에 기적적으로 길이 생겨났다. 너무나 좁아 그것이 '과연 길인가?' 하고 의심할 정도였지만 천장 진인과 노삭에게는 몸서리가 쳐질 정도로 너무나도 넓은 길이었다.

그 길을 한 사람이 걸어오고 있었다.

주변에서 벌어지는 싸움과는 전혀 별개라는 듯 이리저리 고개를 돌리며 한가로이 걸음을 옮기는 노인.

주변이 살이 찢기고 피가 튀는 혈전의 장이 아니라면, 그의 손에 한 쌍의 륜이 들려 있지 않았다면 아침 산보를 나온 촌로(村老)의 모습이라 말해도 수긍할 정도였다. 그러나 천하에 누가 있어 철혈마단의 단주를, 천하를 도모하는 서천의 천주를 한낱 촌로라 말할 수 있을까?

한 걸음 한 걸음.

그가 걸어올 때마다 노삭과 천장 진인은 숨이 턱턱 막히는 중압감에 진저리를 쳤다. 그리고 마침내 철포산이 그들의 면전에 섰다.

"철포산이라 한다. 그대가 정도맹의 맹주인가?"

정중한 인사 따위가 있을 수 없었다. 두 팔을 축 늘어뜨린 철포산이 단도직입적으로 물었다.

"그렇소. 노도가 정도맹의 맹주외다."

"실력을 보고 싶군."

"원한다면 상대해 드리겠소."

철포산이 철혈마단의 단주라면 천장 진인은 정도맹의 맹주였다. 비록 무당파의 힘에 의해 떠밀리듯 맹주가 되었고 과거의 맹주들처럼 일성(一聲)으로 사해를 흔들던 힘은 없었지만 눈앞의 적에게 자신의 흔들림을 내보일 정도는 아니었다. 물론 노삭은 그럴 수 없었다.

"내가 상대해 주마."

노삭이 천장 진인을 가로막으며 나섰다.

철포산은 뉘 집 개가 짓느냐는 듯 신경도 쓰지 않고 고개를 돌렸다. 그러자 어느새 그의 곁으로 따라붙은 낙청이 한 걸음 나섰다.

"그대가 끼어들 자리가 아닌 것 같군. 그대는 내가 상대하지."

"너는 누구냐?"

"낙청."

"귀곡도?"

노삭이 깜짝 놀라며 소리쳤다.

"호, 나를 알고 있는 모양이군."

"물론 알고 있다."

철혈마단에서도 손꼽히는 고수인 낙청은 이미 그 명성을 만방에 떨치고 있는 터, 정도맹의 장로 정도 되는 인물이 모를 리 없었다.

"알고 있다면 얘기가 쉽겠군. 자리를 옮길까?"

낙청은 노삭의 대답을 구하기도 전에 이미 걸음을 옮기고 있었다. 노삭은 천장 진인의 눈치만을 살폈다. 하나 천장 진인은 둘의 대화엔 신경도 쓰지 않았다. 오직 눈앞의 철포산만을 노려볼 뿐이었다.

더 이상 끼어들 자리가 아니라고 여긴 노삭이 짧게 한숨을 내쉬며 몸을 움직였다. 불안감이 엄습했지만 말릴 수도 없었고, 또 말린다고 될 일이 아니라고 여긴 것이다.

"최선을 다해라."

철포산은 낙청과 노삭이 자리를 비키자 기다렸다는 듯 입을 열었다. 그리곤 축 늘어뜨렸던 양손 중 한 손을 가슴 어귀까지 끌어올리며 천천히 자세를 잡았다. 천장 진인은 아무런 대꾸 없이 검을 곧추세웠다.

"좋은 자세로군."

상대의 기세만으로도 실력을 가늠하는 것이 고수라던가? 철포산은 단순히 검을 세웠을 뿐인데도 천장 진인의 실력이 예사롭지 않음을 간파했다. 그것은 천장 진인 역시 마찬가지였다.

'과, 과연 철혈마단의 우두머리!'

천장 진인은 철포산의 미세한 동작 하나하나, 숨소리 하나에도 위협을 느끼며 전신의 힘을 최고조로 끌어올렸다.

'반드시 막아야 한다!'

상대보다 약세인 것은 이미 전신으로 느끼고 있었다. 승리를 기대하는 것은 아니었다. 적어도 천중 진인은 되어야 상대를 할 수 있으리라. 하나 이번 싸움이 얼마나 중요한 것인지, 또 앞으로의 전황에 있어 어느 정도로 큰 영향을 끼치는지 알고 있던 그는 필사의 각오를 다졌다. 이기지는 못한다고 하더라도 상대에게 최소한 큰 부상은 입혀야 했다. 그것이면 충분했다.

'선공(先攻)!'

실력이 약하다면 그것을 만회할 수 있는 길은 오직 기선을 제압하는 것, 선공뿐이었다.

"타핫!"

육양심공(六陽心功)을 극성으로 끌어올리고 있던 천장 진인은 칠초구식, 예순셋의 변초로 이루어진 태청검법 중 광풍제월(光風霽月)이라는 초식을 사용했다.

휘류류릉!

주변의 공기가 요동쳤다.

천장 진인을 중심으로 거센 광풍이 불었다.

그 광풍이 더할 나위 없이 예리한 기운이 되어 철포산을 노렸다.

앞선 기운은 명문 도가의 무공과는 어울리지 않는 더없이 날카로운 것이었고 뒤로 갈수록 그 날카로움에 강맹함을 더하는 위력적인 공격이었다.

"허!"

철포산은 다짜고짜 그런 식의 공격이 올 줄은 몰랐다는 듯 양손을 흔들며 연신 뒷걸음질쳤다.

꽝꽝!

천장 진인의 검에서 뿜어져 나온 강맹한 기운이 서로 교차하며 움직이는 은륜에 부딪쳐 요란한 소리를 만들어냈다. 살짝 스치기만 해도 모든 것을 가루로 만들 것만 같았던 기세는 언제 그랬냐는 듯 힘없이 사라졌다.

"타핫!"

체면불구하고 혼신의 힘을 다한 공격이 그렇듯 맥없이 막히는 것에 안색을 굳힌 천장 진인이 입술을 깨물고 또다시 검을 휘둘렀다.

취일망운(就日望雲)에서 만경창파(萬頃蒼波), 임림총총(林林叢叢)로 이어지는 화려한 초식들. 천장 진인은 초식 하나하나에 숨결을 불어넣었고 목숨을 걸었다. 그리고 그 위력은 가히 상상도 할 수 없을 정도였다.

서로의 약세를 은연중 뒤덮으며 강함을 더욱 강하게 연결하는 연환 공격엔 어떠한 약점도 보이지 않았고 천하의 그 어떤 고수라도 피할 길은 없을 듯 보였다. 주변을 휩쓰는 기운에 놀라 잠시 싸움을 멈추고 뒤로 물러난 이들의 대부분은 그렇게 생각했다. 더러는 환호성을 지르며 섣부른 승리를 예측하는 사람들도 있었다. 물론 정도맹 무인들의 반응이었다.

그들의 예상을 비웃기라도 하듯 철포산의 믿을 수 없는 움직임이 시작된 것은 천장 진인의 공격에 거푸 뒤로 물러나던 그의 입가에 비릿한 미소가 걸리면서부터였다.

기묘한 보법으로 몸을 움직이며 공세를 피해내고 단순히 몸의 움직임만으론 감당하지 못할 공격은 은륜을 적절히 이용하여 무력화시켰다. 특히 은륜의 중심에 손가락을 넣고 회전시키며 공격을 튕겨내는 기술은 가히 신기에 가까웠다.

그토록 매서웠던, 보는 이들로 하여금 천장 진인의 승리를 예상하게 만들었던 무사한 공격은 단 하나도 은륜의 방어막을 뚫지 못했다.

"오는 것이 있으면 가는 것도 있는 법이지."

거세게 몰아붙이던 천장 진인의 공격이 약해질 쯤 철포산의 나직한 외침과 더불어 지금껏 공세를 막기 위해 회전했던 은륜이 그 움직임을 멈췄다.

창!

섬뜩한 음성과 함께 네 개로 이루어졌던 륜의 날이 각각 서로 네 개의 작은 날로 분리되었다. 열여섯의 작은 날이 햇빛을 받으며 살기 어린 빛을 사방에 뿌리더니 다시 회전을 하기 시작했다.

회류류류륭!

듣는 것만으로도 모골이 송연해지는 파공성이 요란하게 뿜어지고 은륜은 그저 하나의 원반으로밖에는 보이지 않을 정도로 빠르게 회전했다.

"우선 가벼운 인사로 시작하지. 하앗!"

충분히 회전을 시켰다고 생각했는지 철포산은 탁한 외침과 함께 반원을 그리며 왼쪽 팔을 크게 휘둘렀다.

슈슈슈슛!

팔의 회전력과 자체의 힘을 더해 쏘아져 간 은륜은 맹렬한 소리와 함께 눈으로 따라잡기가 힘들 정도의 빠른 속도로 천장 진인을 노렸다.

은륜의 방향은 직선이 아니었다. 다소 황당하다 싶을 정도로 목표를 벗어난 은륜은 땅바닥을 스치듯 지나치며 먼지를 일으켰다. 그리곤 그 흙먼지 속에 몸을 숨기더니 천장 진인의 왼쪽 다리 쪽에서 갑작스레 모습을 드러냈다. 이미 만반의 준비를 하고 있던 천장 진인은 조금도 당황하지 않고 검을 휘둘렀다.

땅!

묵직한 금속성과 함께 하늘로 치솟은 은륜. 한데 그것이 끝이 아니었다.

힘없이 돌아가는 것처럼 보였던 은륜이 갑자기 방향을 바꾸더니 이번엔 옆구리를 노리며 다시금 쇄도했다. 미처 그와 같은 움직임을 예측하지 못한 천장 진인이 깜짝 놀라 허리를 꺾었고, 은륜은 참으로 아슬아슬하게 그의 배를 스치듯 지나가 철포산의 손으로 돌아갔다.

"제법이군. 자, 이것은 방금 공격에 대한 답례."

철포산은 비릿한 미소를 지으며 이번엔 약간의 시차를 두고 두 개의 륜을 던졌다. 하나는 조금 전과 마찬가지로 바닥을 스치며 모습을 감추었고, 다른 하나는 허공으로 솟구치며 비스듬히 정점을 지나 맹렬한 기세로 하강을 했다.

피리리리릿!

조금 전보다 더욱 날카로운 파공성이 주변을 휘감았다.

'하나라도 놓치면 끝장이다!'

위험에서 벗어나기 위한 방법은 륜의 움직임을 놓치지 않는 것뿐이었다. 하지만 극과 극에서 날아오는 두 개의 륜을 한눈에 담기란 애당초 불가능한 것. 그는 전신의 감각에 모든 것을 맡겼다.

"하앗!"

천장 진인은 륜에서 흘러나오는 파공성과 소름 끼치는 살기를 감지하며 검을 휘둘렀다.

간운폐일(干雲蔽日)이라는 초식.

말 그대로 하늘을 찌르고 해를 감춘다는 간운폐일은 태청검법에서 가장 강력한 힘을 자랑했지만 그 살기가 짙어 가급적 사용을 자제하는 위력적인 초식이었다. 그 힘은 여실히 증명됐다.

따땅!

연속적인 금속성과 함께 천장 진인을 노리며 쇄도했던 은륜은 그에게 아무런 해도 입히지 못하고 원위치로 돌아갔다. 하지만 그것은 단지 겉으로 드러난 결과일 뿐, 위기를 벗어난 것처럼 보인 천장 진인은 류에 담긴 거력을 감당하지 못하고 무려 일곱 걸음이나 뒤로 물러나고 말았다.

"우욱!"

간신히 중심을 잡은 천장 진인이 한 바가지가 넘는 피를 토해냈다. 피 색이 검붉은 것으로 보아 결코 예사롭지 않은 내상을 입은 듯했고, 손아귀가 찢어진 듯 검을 잡은 손에서도 피가 흘렀다.

그렇다고 소득이 전혀 없는 것은 아니었다. 은륜은 단순히 연사(鍊絲)나 그 어떤 매개체에 의해 조종되는 것이 아니라 철포산의 기로 인해 조종이 되는 것이었다. 비록 천장 진인이 타격을 받은 만큼은 아니었어도 그 역시 약간의 충격은 있었다. 다소간 굳어진 그의 얼굴이 그것을 증명하고 있었다.

"이제 그만 끝내도록 하지."

말이 끝나는 것과 동시에 허공으로 몸을 도약시킨 철포산은 하강하는 힘에 더해 좌우로 팔을 휘둘렀다.

가히 빛살과도 같은 빠름의 은륜. 지금껏 두 번의 공격 때와는 비교도 되지 않을 정도로 빠르고 맹렬하게 접근한 은륜은 각기 반원을 그리며 천장 진인의 전면과 배후를 노렸다.

천장 진인은 조금 전과 마찬가지로 전신의 감각으로 은륜의 움직임을 감지하려 했다.

그의 의도는 이번에도 성공하는 듯했다. 완벽하게 막지 못해 내상과 함께 몸 두어 곳에 상처를 입었지만 아예 몸을 움직이지 못할 정도로 치명타를 당한 것은 아니었다.

천장 진인은 힘겹게 고개를 들었다. 한데 그의 눈에 아침 햇살을 받으며 찬연히 빛나는 은륜이 들어왔다. 뭔가가 이상했다.

'이럴 수가!'

천장 진인이 봉목을 치뜨며 경악을 금치 못했다. 튕겨져 나갔다고 여긴 두 개인 륜이 튕겨져 나갈 때보다 더욱 빠른 속도로 쇄도하는 것도 놀랍건만, 그 수가 어느새 네 개로 늘어나 있는 것이 아닌가!

전후좌우에서 밀려드는 륜을 바라보며 그는 최후의 기력을 짜내 발을 움직이고 몸을 틀며 검을 휘둘렀다. 그러나 모든 륜을 막을 수는 없었다.

세 개… 거기까지였다.

'끝… 인가?'

죽음의 사자와도 같이 접근하는 네 개의 은륜을 막기란 애당초 불가능한 것. 자신의 검을 피해 가슴팍을 파고드는 륜을 바라보며 그는 절망감에 몸을 떨었다.

"컥!"

천장 진인의 입에서 고통의 비명성이 터져 나왔다. 그는 본능적으로 가슴을 움켜쥐었다. 따뜻한 기운과 함께 생명력이 넘쳐 나던 곳엔 이미 차가운 륜이 깊숙이 박혀 뜨거운 피를 식히고 있었다.

힘없이 무너지는 천장 진인은 가슴에 박힌 륜을 빼내려고 했다. 하지만 희미해져만 가는 의식과 함께 손아귀에서 힘이 빠져나갔다.

결국 가슴 깊이 적의 무기를 박은 채 그는 차가운 대지 위에 몸을 누이고 말았다.

"맹주라……."

담담한 음성, 만족한 미소와 함께 천장 진인의 가슴에 박힌 륜을 거뒤들인 철포산은 어느새 한 쌍으로 변한 은륜을 하늘 높이 치켜세우는 것으로 자신의 승리를 자축했다.

"와아!"

"이겼다!!"

가까이에서 그의 싸움을 지켜보던 철혈마단의 무인들이 미친 듯이 함성을 지르며 기세를 올렸다. 그들의 함성은 곧 주변으로 퍼져 나갔고, 그토록 치열했던 싸움은 삽시간에 종결되었다.

"정도맹의 맹주가 죽었다!"

"단주님 만세!"

기쁨의 환호성은 뇌신동은 물론이고 삽시간에 전기봉 전체로 퍼져 나갔다.

최악의 조건에서도 힘겹게 버티고 있던 정도맹의 무인들은 눈앞의 결과를 도저히 믿을 수 없었다.

천장 진인은 비록 정도맹, 나아가 백도 최고의 고수는 아니었으나 정도맹의 맹주라는 상징적인 위치에 있던 인물이었다. 그런 그가 적에게 패해 목숨을 잃은 것이다. 그 파급 효과는 엄청났다.

"맹주!"

노호성이 터지며 한줄기 빛이 철포산을 노렸다.

파파파팍!

땅을 가르며 밀려드는 기운. 철포산은 별것 아니라는 듯 손을 뻗어 공격을 막아갔다. 조금 전 승리 때문인지 그는 자신도 모르게 약간의 방심을 하고 있었다. 한데 그 기운에 담긴 힘이 장난이 아니었다.

땅!

날카로운 금속성과 함께 주인을 잃은 류이 허공으로 치솟았다. 전혀 예상치 못한 상황에 당황하며 류을 회수하고 재빨리 뒤로 물러난 철포산은 잔뜩 긴장한 표정으로 자신을 공격한 사람을 찾았다. 그의 눈에 천장 진인과 마찬가지로 청포를 입은 노도인이 들어왔다.

"저자가 바로 무당파의 장문인입니다. 맹주인 천장 진인과는 사형제 사이이지요."

노삭을 쓰러뜨린 것인가? 거의 잘려 나가다시피 하여 간신히 덜렁거리는 팔을 흔들며 다가온 낙청이 말했다.

"무당파의 장문인?"

"예. 백 년 내 무당파가 배출한 최고의 고수라 알려지고 있습니다."

"최고의 고수라……"

불의의 기습에 망신을 당해서 그런 것인지, 아니면 최고의 고수라는 말에 전의(戰意)가 불타는 것인지 철포산의 안색이 조금 전 천장 진인과 싸울 때와는 비교도 되지 않을 정도로 매섭게 돌변했다. 하지만 싸움은 벌어지지 않았다. 단 한 번의 공격으로 철포산을 뒤로 물리고 천장 진인의 시신을 수습한 천중 진인이 전격적으로 퇴각을 명령했기 때문이다.

철포산은 퇴각하는 그를 쫓지 않았다. 그들이 도주한 곳은 보지 않아도 알 수 있었고 시간은 충분하다 못해 넘쳐흘렀다.

"이제 남은 것은 자소궁뿐인가?"

도주하는 적의 모습을 지그시 응시하는 그의 입가에 의미심장한 미소가 흘렀다.

제65장

용쟁호투(龍爭虎鬪)

용쟁호투(龍爭虎鬪)

 전기봉에서 벌어진 싸움이 혈투(血鬪)라면 용천관에서 벌어지고 있는 싸움은 사투(死鬪)라고 해도 과언이 아니었다.
 팔선관과 옥허암을 단숨에 무너뜨리고 용천관으로 들이닥친 북천의 병력은 어림잡아 천여 명. 그에 반에 용천관을 지키는 병력은 옥허암 등에서 간신히 목숨을 건지고 패퇴한 오십여 명을 포함하여 간신히 이백을 넘기고 있었다.
 천 대 이백의 싸움.
 애당초 성립이 될 수도 없는 싸움이었고, 혹여 싸움을 한다 하여도 삽시간에 끝날 정도로 압도적인 전력의 차이였다. 하지만 싸움이 시작된 후 반 시진, 싸움의 양상은 일반적인 상식과는 전혀 엉뚱한 방향으로 흐르고 있었으니…….

"대, 대단… 진정 대단하구나!"

전장과 가장 멀리 떨어진 곳.

위지건을 보필하며 싸움을 지켜보던 태상이 고개를 절레절레 흔들었다.

좌상 위경(衛擎)이 그의 말을 받았다.

"대단한 정도가 아닙니다. 지금껏 저만한 인물을 본 적이 없습니다. 사람들이 어째서 그를 찬양하면서도 두려워하는지 알겠군요. 그렇지 않은가?"

"후~ 이거야 원. 도저히 인정하지 않을 수 없군. 세상에 저 정도의 무위를 지닌 자가 과연 또 있을까? 두렵도록 강한 자야."

막문위(莫雯葦)가 무겁게 고개를 끄덕이며 대꾸했다.

"우상의 눈에는 내가 저자와 싸운다면 어찌 될 것처럼 보이나?"

담담히 듣고 있던 위지건의 물음에 막문위의 얼굴이 딱딱하게 굳었다.

"싸, 싸우실 생각입니까?"

"새삼스럽긴. 주점에서 만났을 때부터 이미 예정된 일이었네."

"다, 다시 한 번 생각해 보심이……."

막문위는 차마 말을 잇지 못했다.

"흠, 우상의 반응을 보니 마치 내가 질 것같이 느껴지는 모양이군."

"아, 아닙니다. 그럴 리가 있겠습니까? 다만 어차피 이기는 싸움에서 구태여 위험을 자초하실 필요는 없다는 생각에……."

당황한 막문위가 황급히 고개를 내저으며 대답했다.

"화를 내려 한 것은 아니니 그렇게 정색할 것은 없네. 그래, 태상, 자네는 어찌 생각하나? 우상과 같은 생각인가?"

엷은 미소와 함께 고개를 돌린 위지건이 백미노인에게 물었다. 그는 조금도 주저하지 않고 대답했다.

"예측불허! 이 늙은이의 눈엔 박빙으로 보입니다."

"그래? 나를 생각해서 하는 말은 아니고?"

"그렇지 않습니다. 다만 보다 확실하게 실력을 가늠할 여력이 없을 뿐입니다."

"내 생각도 자네와 같네. 아무래도 쉽게 이길 수는 없는 상대야. 물론 쉽게 지지도 않겠지만."

"어쨌든 우상의 말에도 일리가 있습니다. 애써 모험을 하실 필요가 있겠습니까?"

아무래도 위험하다 싶었는지 태상은 완곡한 어조로 싸움을 말리고자 하였다. 그러나 단단히 결심을 굳힌 위지건은 추호의 흔들림도 없었다.

"저런 상대를 두고 지켜만 보라는 것인가? 나 위지건에게?"

점점 커지는 음성, 그럴 때마다 위지건의 몸에서 형언할 수 없는 기운이 뻗어 나왔다.

"힘들게 무공을 익히고 북천의 천주로서 지금껏 수많은 상대와 싸움을 했지만 지금처럼 흥분된 적은 없었네. 이토록 전신이 주체할 수 없을 정도로 떨린 적이 없단 말일세. 아는가? 장부로 태어나 저만한 상대와 손속을 겨뤄본다는 것은 그 무엇과도 바꿀 수 없는 기쁨이라는 것을. 한데 어찌하여 자네들은 나의 기쁨을 빼앗으려 하는가?"

"하, 하지만……."

뭐라 대꾸하려던 태상은 위지건에 의해 말문이 막히고 말았다.

"설사 그것의 대가가 나의 패배, 나아가 죽음일지라도 난 기꺼이 받아들일 용의가 있네. 그것이 어쩌면 지금까지 살아온 인생의 의미일 수도 있음이니."

'후~'

위지건의 단호한 태도에서 그의 결심을 꺾을 수 없다고 판단한 태상은 땅이 꺼져라 한숨을 내쉬었다. 너무나도 위험했다. 물론 위지건의 패배는 감히 상상할 수도 없는 것이었지만, 그렇다고 마냥 안심하기엔 상대가 너무나도 강했다.

태상의 시선이 우문걸을 비롯하여 송림의 고수 열둘과 한데 어울려 싸우고 있는 을지소문에게 향했다.

'나라면 어떨까? 저들을 상대로 지금껏 버틸 수 있을까?'

그의 입에서 피식 웃음이 터져 나왔다.

'어림없는 일이지. 잠시도 버티지 못했을 게야.'

그러나 을지소문은 간단히 버텼다. 아니, 엄밀히 말하면 버티는 것이 아니었다. 그저 그를 막기 위해 송림의 고수들이 필사적으로 대항하는 것이었을 뿐.

"제길, 공격을 하란 말이야, 공격을!!"

세하보의 보주 척목은이 미친 듯이 소리를 질렀다. 그는 지금 치미는 노화를 억제하지 못해 미칠 지경이었다.

용천관 공격의 선봉을 맡아 자신만만하게 공격을 시작한 지 벌써 한참의 시간이 흘렀다. 하나 좀처럼 성과가 없었다. 성과가 없는 정도가 아니라 차마 말로 표현하기 힘들 정도로 처참하게 당하고 있었다.

"이놈! 어째서 뒷걸음질을 치는 것이냐? 네놈이 그러고도 세하보의 무인이란 말이냐!"

척목은이 겁에 질려 뒷걸음질치는 수하에게 소리쳤다.

"사, 살려… 크악!"

겁에 질려 변명하던 그는 척목은이 휘두르는 칼에 그대로 목이 떨어지고 말았다.

"진정하십시오, 보주님!"

척목은의 곁에서 그를 보필하던 총관 용초구(龍樵灸)가 기겁하며 그의 팔을 잡았다. 또 다른 수하를 향해 칼을 휘두를까 놀란 것이었다.

"진정? 지금 나보고 진정하라는 것인가?"

시뻘겋게 충혈된 눈, 부르르 떨리는 입술, 그는 이미 학자처럼 보이던 평소의 모습과는 전혀 다른 인물이 되어 있었다.

어찌 그의 심정을 모를까? 그래도 수하들에게 화풀이를 해서는 가뜩이나 떨어진 사기를 돌이킬 수 없게 만드는 것. 말려야만 했다.

"보주님께서도 아시잖습니까? 녀석들이라고 어디 물러나고 싶어서 물러나는 것이겠습니까? 저 괴물 같은 놈 때문에……."

그는 차마 말을 잇지 못하고 용천관 지붕에 우뚝 서서 냉정하게 활시위를 당기는 한 인물을 노려보았다.

삼시파천 을지호.

싸움이 시작되기가 무섭게 세하보의 노고수들을 단숨에 쓸어버리고 송림의 고수들이 필사적으로 막아선 뒤에야 겨우 움직임을 제어할 수 있었던 궁귀 을지소문과 더불어 진정 말도 되지 않을 싸움을 지금껏 이어오게 만든 장본인.

을지소문에게서 궁을 건네받고 사마유선과 함께 용천관의 지붕으로 올라간 을지호는 예의 그 무서운 활 솜씨를 뽐냈다.

그는 용천관 주변에 광범위한 화살의 장막(帳幕)을 만들었는데, 그가 한 번의 시위를 당길 때마다 세하보의 무인들은 속절없이 쓰러지고 말았다.

한 번에 한 명씩, 때로는 서너 명도 쓰러뜨리는 활 솜씨는 어째서 그가 삼시파천이라는 명성을 얻게 되었는지를 확실하게 증명했다.

상당수의 무인들이 그가 펼친 화살의 장막을 피해 용천관의 무인들과 직접적으로 무기를 맞대고 싸웠으나 그들은 난데없이 날아들어 목숨을 빼앗는 화살에 전전긍긍해야만 했다. 어찌나 정교한 솜씨를 지녔는지 그 많은 인원이 얽히고설킨 전장에서도 을지호는 단 한 번의 실수도 없이 세하보의 무인들만을 정확하게 골라 쓰러뜨렸다.

상황이 이쯤 되자 눈앞에 적은 물론이고, 어느 순간 다가와 목숨을 앗아갈지 모르는 화살에도 신경을 써야 했던 세하보의 무인들은 본실력을 제대로 발휘하지 못했다. 당연히 싸움이 될 리가 없었다.

물론 그들이라고 가만히 있었던 것은 아니었다. 그들 나름대로 인원을 동원해 지붕 위의 을지호를 공격하고자 여러 차례 시도를 하였다. 하지만 지붕과 지붕 사이를 건너뛰며 시위를 당기는 을지호의 빠른 몸놀림에 모든 공격은 무위로 돌아가고 말았다. 특히 그의 곁에서 든든하게 보필하고 있는 사마유선의 활약이 눈이 부셨는데, 비록 솜씨는 비교할 것이 못 되지만 과거 혈궁단의 단주였던 그녀의 궁술 또한 다른 이들이 보기엔 가히 독보적인 경지에까지 이르러 있었다.

"그래, 문제는 바로 저놈이지!"

용초구의 눈을 따라 을지호를 살피는 척목은의 눈빛이 차갑게 가라앉았다. 조금 전 수하의 목을 날려 버리던 그 광기 어린 눈이 아니었다. 뭔가를 결정한 듯 그는 들고 있던 칼을 꽉 움켜쥐었다.

그의 모습에서 뭔가를 느꼈는지 용초구가 불안한 표정으로 그를 응시했다.

"보, 보주님!"

"애당초 애꿎은 수하들만 잡을 것이 아니었어, 놈만 끝장을 내면 되는 것을."

척목은이 한 걸음 앞으로 나섰다.

"아, 안 됩니다."

용초구가 재빨리 그의 앞을 막아섰다.

"어째서 안 된다고 하는 것인가?"

무심한 눈으로 용초구를 쳐다보는 척목은. 용초구는 일순 말문이 막히고 말았다.

"그, 그것이……."

"내가 놈에게 당한다는 것인가?"

"……."

"자네의 표정을 보니 그런 모양이군. 놈이 강하다는 것은 나도 알지. 그렇지만 자네가 알고 있는 것이 내 모습의 전부는 아니라네. 더 이상 수하들의 희생만 강요할 수도 없고."

고개를 흔드는 것으로 용초구의 말문을 막은 척목은은 더할 나위 없이 진중한 걸음걸이로 용천관, 정확히 말해 을지호를 향해 나아갔다.

고수가 다가온다는 것을 느낀 사마유선이 그의 걸음을 제지하기 위해 연거푸 화살을 날렸다. 그러나 조금의 위협도 되지 않았다. 상대가 자신을 뛰어넘는 고수라는 것을 느낀 사마유선은 그 즉시 을지호를 불렀다.

"오라버니!"

그녀와 등을 마주하고 있던 을지호가 고개를 돌렸다.

"저기요."

을지호가 그녀가 가리키는 곳으로 시선을 던졌다.

"꽤 강한 사람 같아요. 공격이 통하지 않아요."

"흠."

척목은은 조금도 서두르지 않고 걸음을 옮기고 있었다. 추호의 흔들림도, 주저함도 없는 단단한 걸음걸이. 그녀의 말대로 보통의 고수가 아니었다. 북천의 우두머리는 아니더라도 최소한 그에 버금가는 위치의 인물이리라.

"기꺼이 맞아주지."

입가에 차가운 미소를 지은 을지호가 시위를 당겼다. 미리 준비해 둔 화살은 이미 떨어진 지 오래. 당연히 무영시였다.

핑!

날카로운 소성과 함께 무형의 기운이 척목은을 향해 날아갔다. 하지만 북천을 지탱하는 네 기둥 중 하나인 세하보의 보주 척목은은 결코 만만한 인물이 아니었다.

잔뜩 몸을 웅크린 그는 무영시가 그의 몸을 꿰뚫기 바로 직전 몸을 틀었고, 무영시는 간발의 차로 그의 몸을 빗나갔다.

꽝!

목표를 놓친 무영시가 바닥에 부딪치며 커다란 구멍을 만들었다.

"이것이 무영시? 무섭군!"

척목은은 움푹 파인 바닥을 보며 새삼 무영시의 위력에 놀랐다.

상대가 그토록 간단히 무영시를 피할 줄 몰랐던 을지호 역시 놀라기는 마찬가지였다.

"쉽지 않은 상대가 되겠군."

나직이 읊조린 그가 재차 시위를 당겼다.

첫 번째 무영시를 피한 상대는 이미 코앞까지 이르러 있었다. 더 이상 접근시켜선 좋을 것이 없었기에 다소 긴장된 표정이었다.

핑!

조금 전보다 다소 날카로운 소리와 함께 이번엔 세 발의 무영시가 허공을 갈랐다. 하나는 바닥을 스치며 날아가 다리를 노리고, 다른 하나는 배, 마지막 화살은 머리를 노렸다.

'위험하다.'

단순히 몸을 움직이는 것으로 공격을 해소할 수 없다고 판단한 척목은이 칼을 치켜세웠다. 그리곤 자신의 독문무공이자 북천의 천주인 위지요까지 감탄에 마지않았던 뇌섬도법(雷閃刀法)을 사용하기 시작했다.

쿠쿠쿠쿵.

뇌섬도법을 시전할 때 들리는 특유의 우렛소리와 함께 하늘 높이 치켜세워졌던 칼이 힘차게 회전을 했다. 그때마다 섬전과도 같은 빛이 환상처럼 뿜어져 나와 그를 향해 접근하는 세 발의 무영시를 완벽하게 차단했다.

꽈꽈꽝!

무영시에 담긴 기운과 척목은이 발출한 도기가 부딪치며 거대한 충격음을 만들어냈다. 용천관의 기둥이 흔들리고 지붕 위의 기와들이 마구 비산했다.

"대단하군."

을지호는 진정 어린 감탄성을 내뱉었다. 그러나 감탄만큼 호승심이 일었다. 그는 더욱 신중하게 시위를 당겼다.

핑!

언제나 그렇듯 경쾌한 소성과 함께 시위가 튕겨지고 예의 무영시가 목표를 향해 은밀히, 그러나 파괴신과도 같은 강맹한 힘을 담고 움직였다. 한데 이번엔 한두 발이 아니었다. 아예 끝장을 내겠다는 듯 을지호는 마치 거문고의 현을 퉁기듯 연속적으로 무영시를 쏘아댔다.

한 발, 두 발, 세 발…….

순식간에 수십 발의 무영시가 허공을 수놓았다. 물론 눈에 보일 리는 없었으나 전신의 감각을 극도로 끌어올린 척목은은 그 모든 것들을 또렷이 인식하고 있었다. 그리고 그것을 상대하기 위해선 보통의 방법으론 어림도 없다는 것을 느끼고 있었다.

막아내지 못하면 역습도 없었다. 그렇다고 도망만 쳐서도 역시 얻을 수 있는 것은 아무것도 없었다. 상대도 그렇게 연속적으로 공격을 한다면 그만큼 큰 무리가 따를 것, 막아낼 수만 있다면 충분히 반격을 할 수 있으리라.

'목숨을 건다.'

칼을 움켜쥔 손에 힘이 들어갔다.

"타핫!"

지면을 밟고 있는 것인지, 아니면 허공에 떠우고 있는 것인지 미끄러지듯 움직이는 두 발은 기기묘묘한 방위를 밟아가며 환상적으로 움직이고, 바닥으로 향했던 칼끝은 위로, 때로는 밑으로 전후좌우 사방을 가리지 않고 움직였다.

홀로 도무(刀舞)라도 추는 것인가?

척목은의 움직임엔 거침이 없었다.

보보마다 힘이 있었고 일도를 휘두를 때마다 광풍이 일었다.

그런 그를 향해 집요하게 날아드는 무영시.

쾅쾅쾅!

연속적인 충돌음이 들리고 최초로 시위를 떠난 무영시의 기운이 힘없이 사라졌다. 그것이 끝이 아니었다. 아직도 여러 발의 무영시가 그를 노렸고 힘은 점점 배가되었다.

쾅쾅쾅!

또다시 들려온 충돌음. 이제는 충돌을 뛰어넘어 마치 폭발이라도 난 듯 소리가 요란했다. 소리와 비례해 척목은의 신형이 눈에 띄게 흔들렸다. 최선을 다해 막고는 있었으나 힘에 부쳐 하는 모습이 역력했다.

"크으."

척목은의 입에서 처음으로 신음성이 터져 나왔다. 결국 한 발의 무영시가 그의 어깨를 스치고 지나간 것이었다. 단지 스쳤다고는 하지만 이미 그의 왼쪽 어깨는 뼈가 보일 정도로 흉측하게 뭉개져 있었다.

'안 되는 것인가?'

척목은의 입술이 처참하게 일그러졌다. 고통 때문에 그런 것이 아니었다. 어깨에서 시작해 머리 속까지 울리는 고통도 고통이었지만, 더욱더 그를 아프게 한 것은 패배감이었다.

'정녕, 정녕 안 되는 것인가!!'

혼신의 힘을 다했건만, 충분히 막아낼 자신도 있었고 또 역습을 펼쳐 수하들이 진 빚을 갚을 자신도 있었건만 결과는 너무나 참담했다. 수차례의 공격을 받는 동안 자신은 고작 두어 걸음을 전진했을 뿐이었다. 반격은커녕 막기에도 힘에 부쳤다.

그때였다.

"보주님!"

초조하게 지켜보던 용초구가 그의 앞으로 뛰어들었다. 순간, 척목은을 노렸던 무영시가 그의 가슴을 꿰뚫었다. 기겁을 한 척목은이 쓰러지는 그의 몸을 부여잡았다.

"용초구!"

척목은이 의식을 잃어가는 그의 어깨를 흔들며 울부짖었다. 용초구는 한참 동안이나 눈을 뜨지 못했다.

"용초구! 정신을 차려라! 눈을 떠!"

"보, 보주님……."

척목은의 외침이 효과를 발휘한 것일까? 간신히 눈을 뜬 용초구는 힘겹게 손을 뻗더니 척목은의 팔뚝을 잡았다.

"위, 위험합니… 피, 피해야……."

하지만 그는 더 이상 말을 잇지 못했다. 가슴에 어린아이 머리만큼이나 큰 구멍이 나고도 잠깐 동안이나마 의식을 차렸다는 것이 기적이라면 기적이었다.

"용… 초구……."

자신의 곁에서 평생 동안 궂은일만 하던 그였다. 결국엔 자신을 위해서 목숨까지 바친 수하. 삽시간에 온기를 잃어가는 용초구의 시신을 땅에 눕히는 척목은의 눈에서 뜨거운 눈물이 흘렀다. 그리고 알 수 없는 분노에 몸을 떨었다.

"이놈!"

벌떡 몸을 일으킨 척목은의 몸에서 끔찍한 살기가 피어올랐다. 살기가 향하는 방향은 철궁을 내려뜨리고 물끄러미 쳐다보고 있는 을지호에게였다.

"으아아아아아!"

짐승의 울부짖음과도 같은 외침과 함께 척목은의 신형이 허공으로 치솟았다. 그와 을지호와의 거리는 대략 십여 장. 하나 그 정도 거리가 문제될 것은 없었다. 단 두 번의 도약으로 거리를 좁힌 그가 최후의 힘을 모아 칼을 휘둘렀다. 지금껏 보여주지 않았던 엄청난 힘이 을지호를 노리며 날아들었다.

자칫하면 당할 수도 있다고 여긴 을지호는 조금도 방심하지 않고 시위를 당겼다.

어느새 시위에는 활활 타오르는 불꽃 하나가 자리하고 있었다. 그 불꽃은 곧 철궁을 통해 손으로, 그리고 그의 몸으로 전해져 전신을 불태울 것처럼 무섭게 타올랐다.

치익!

전에 없이 날카로운 소성과 함께 시위가 퉁겨지고 시위 중간에 자리하고 있던 불꽃이 지옥의 염화(炎火)가 되어 척목은에게 날아갔다.

짧지만 더없이 격렬한 둘의 싸움은 용천관의 싸움을 일시에 멈추게 하는 힘이 있었다.

잠시 손을 멈추고 뒤로 물러나 있던 을지소문이 다소 놀랍다는 표정으로 을지호와 그의 손에서 발출되는 불화살을 보며 중얼거렸다.

"허, 화염시? 끝났군."

을지소문이 단언하듯 경탄성을 터뜨렸고, 그의 말을 증명이라도 하듯 척목은이 일으킨 도기를 갈가리 찢어발긴 화염시는 그 기세를 조금도 잃지 않고 목표를 향해 날아갔다. 이미 마지막 공격에 모든 힘을 쏟아 부은 척목은은 화염시를 피할 여력이 없었다.

'용초구…….'

체념과도 같은 눈빛으로 자신을 향해 날아오는 화염시를 보던 척목은이 슬그머니 눈을 감았고, 바로 그 순간 화염시가 그의 이마를 꿰뚫었다.

털썩.

화살에 담긴 힘을 이기지 못해 이 장이나 뒤로 날아간 척목은의 신형이 땅바닥에 무참히 팽개쳐졌다.

아무도 입을 여는 자가 없었다.

승리의 환호성도 없었고, 분노에 찬 외침도 없었다.

그저 침묵으로 승자와 패자를 응시할 뿐이었다.

그 침묵을 깨뜨린 사람은 위지건이었다.

그는 안타까움과 분노로 일그러진 위지요의 어깨를 살며시 두드리며 천천히 걷기 시작했다.

모든 이들의 눈이 위지건에게로 향했다.

그를 알지 못하는 백도의 무인들은 약간의 두려움과 호기심으로, 그리고 그가 어떠한 인물인지 알고 있던 북천의 무인들은 경외심이 가득한 눈으로 그의 일거수일투족을 살폈다.

끔찍할 정도로 널브러져 있는 시신들을 헤치며 걸어온 그가 을지소문의 앞에서 걸음을 멈췄다.

"오랜만입니다."

"허허, 지난밤에 보지 않았소?"

을지소문이 너털웃음을 지으며 대꾸했다.

"그랬던가요? 이거야 원, 꽤나 오래된 것 같았는데 고작 하룻밤이라니."

스스로 생각해도 어이가 없는지 위지건의 입가에 쓴웃음이 지어졌다.

"아무튼 다시 보니 반갑소. 그래, 나를 막기 위해 온 것이오?"

을지소문이 다소 의미심장한 표정으로 물었다. 그러나 위지건은 살며시 고개를 내저었다.

"막기 위함이 아닙니다."

"하면?"

"대화를 나누어보기 위함이지요."

"대화? 아!"

무슨 말인가 잠시 의아해하던 을지소문이 활짝 웃으며 고개를 끄덕였다. 대화에도 여러 종류가 있는 법. 더구나 그들과 같이 무공의 끝을

용쟁호투(龍爭虎鬪) 57

본 사람들의 대화란 오직 하나뿐이었다.

"그렇잖아도 기대하던 참이오. 참으로 유익한 대화가 될 것 같구려."

"같은 생각입니다."

"자, 더 기다릴 필요가 있겠소? 난 이미 준비가 되었소만."

을지소문의 말에 위지건은 대답을 하지 않았다.

검을 비스듬히 들어올린 위지건과 그에 반해 살짝 늘어뜨린 을지소문.

둘은 한참 동안이나 서로의 얼굴을 그저 무심한 눈으로 응시하였다.

실로 참기 힘든, 질식할 것만 같은 기운이 둘을 에워싸고 주변으로 퍼져 나갔다.

지켜보는 사람들마저도 못 견디게 만드는 끈끈한 긴장감이 계속되기를 얼마간, 둘은 약속이라도 한 듯 서로를 향해 다가갔다.

오 장 정도의 거리가 사 장으로 좁혀들고 다시 삼 장, 이 장… 그리고 마침내 일 장 정도의 거리까지 도착한 그들의 신형은 또다시 움직일 줄을 몰랐다. 하지만 이번의 침묵은 조금 전과는 양상이 달랐다. 전자가 서로의 실력을 존중하며 조심스레 살피는 것이었다면 이번엔 필승을 위해 상대의 약점을 찾는 것이나 다름없었다. 이미 눈에 보이지 않는 치열한 공방전은 펼쳐지고 있었다.

'음한지기인가?'

을지소문의 눈가에 잔경련이 일었다.

위지건의 몸에서 일어난 기운이 어느새 자신의 몸까지 뒤덮고 있다는 것을 느낀 것이었다. 더구나 그 기운이라는 것이 인간의 힘으론 도저히 감당하기 힘든 극한의 음기를 담고 있는 게 아닌가. 또한 그 기운 안에는 극음과는 다른 한독이 실로 교묘하게 숨겨져 있었으니…….

상대의 무공이 극한의 음기와 한독을 품은 것이라 직감한 을지소문은 그 즉시 무위공을 운용하여 몸속으로 침투하는 음한지기와 맞서 싸웠다. 중원에 알려지지 않았지만 가히 천하제일이라 할 수 있는 무위공의 공능은 전율스러운 것이었다. 비록 짧은 시간이기는 하였으나 을지소문의 몸속으로 침투했던 음한지기는 바다 속으로 흘러드는 강물과도 같이 삽시간에 사라지고 오히려 차갑게 얼어붙었던 주변의 공기마저도 바꿔 버렸다.

'역시 천하제일인. 쉽지는 않군.'

단순한 음한지기에 쓰러지지 않을 것이란 예상은 했으나 그토록 쉽게 해소할 줄은 몰랐다는 듯 위지건의 아미가 살짝 찌푸려졌다. 그것에 더해 주체할 수 없는 홍분감이 전신을 휘감았다. 칠십 평생, 비로소 제대로 된 상대를 만난 것이었다.

"괘, 괜찮으시겠지요?"

멀리서 둘의 대결을 지켜보던 위지청이 이마에 흐르는 땀을 닦으며 물었다. 어찌나 긴장을 했는지 그의 옷은 마치 비라도 맞은 듯 흠뻑 젖어 있었다.

"물론이다. 네 할아버님을 이길 자는 하늘 아래 아무도 없다."

위지요가 단언하듯 말했다.

그가 아는 한 부친 위지건은 천 년의 역사를 자랑하는 한빙곡에서 두 번 다시 태어나기 힘 힘든 천재였다. 대를 이어오며 수도 없이 갈라져 이제는 그 수를 헤아릴 수도 없는 방대한 무공을 하나로 집대성하였고, 그것을 바탕으로 완성시킨 세 가지 무공은 그 위력을 감히 상상조차 할 수 없었다.

구 초의 장법으로 이루어진 한천구식(寒天九式)을 펼치면 하늘마저 얼려 버릴 것 같은 장영(掌影)이 천지를 뒤덮었고, 한음지(寒陰指)는 뚫지 못하는 것이 없었다. 그리고 오직 일 초 삼 식뿐인 한류천경(寒流天驚)은 위지건에게 불패의 승부사, 또는 일초의 승부사라는 명성을 안겨 준 천고의 절학이었다.

'분명히 이기실 것이다.'

그럼에도 불길한 기분이 드는 것은 상대가 다름 아닌 천하제일인. 이미 하나의 전설로 화해 버린 궁귀 을지소문이기 때문이리라.

바로 그때였다.

스윽.

위지건의 왼쪽 발이 반걸음 앞으로 나왔다. 동시에 비스듬히 기울어졌던 검끝이 살짝 흔들렸다.

그것이 한류천경을 펼치기 위한 예비 단계인 것을 알고 있던 위지요는 자신도 모르게 침을 삼켰다.

마침내 위지건의 몸이 움직였다.

서리라도 내린 듯 전신이 새하얗게 변해 버린 그의 다리가, 그의 몸이, 그리고 그의 검이 움직였다.

처음엔 느리게, 그러나 점점 빠르게.

종내엔 눈으로 좇을 수 없을 정도로 극쾌의 움직임으로 을지소문을 압박했다.

그의 검엔 단순히 빠름만 있는 것이 아니었다.

한빙곡에 내려오던 삼십육 종의 검법을 그 일 초에 담아낸 그의 검엔 극쾌(極快)는 물론이고 극강(極剛)과 극변(極變), 극환(極幻)의 묘용까지 담겨 있었다.

'막으면 이긴다.'

상대의 공격에 뒤는 없다는 것을 간파한 을지소문은 오직 한 번의 공격과 방어에 승부의 향배가 달려 있다는 것을 직감했다. 그리고 그에겐 어떠한 공격이라도 무위로 돌릴 수 있는 최고의 무공이 있었다. 문제는 예상을 훨씬 뛰어넘는 공격을 감당할 수 있을지 그 자신도 예측할 수 없다는 것.

'믿어 의심치 않는다.'

불신을 갖는 것 자체가 용납되지 않았다.

을지소문은 늘어뜨린 검을 가슴 어귀로 끌어올렸다. 그리곤 느릿느릿 회전을 시작했다.

검끝에서 뿜어져 나온 희뿌연 기운들이 을지소문의 몸을 삽시간에 에워싸고 검막(劍幕)과는 비교도 되지 않을 정도로 단단한 강기막(罡氣幕)을 만들었다. 절대삼검의 두 번째 초식이자 천하의 그 어떤 무공도 뚫지 못하다는 무애지검(無愛之劍)이 시전된 것이었다.

평범하게만 보이는 검의 움직임을 보며 승리를 자신했던 위지건의 얼굴이 딱딱하게 굳었다.

꽈꽈꽈꽈꽝!!

마침내 숨이 막힐 듯 치열했던 승부를 종결하는 충돌이 일어났다.

온 산을 무너뜨리기라도 하려는가?

하나만으로도 일성을 부술 수 있다는 진천뢰(震天雷)가 한꺼번에 수십 개나 터지는 듯 엄청난 굉음이 일고 주변으로 그 자체만으로도 무시무시한 충격파가 휩쓸고 지나갔다.

하늘이 무너지고 땅이 갈라진다는 천지개벽(天地開闢)이 이러할 것인가?

천지사방, 아군과 적군을 가리지 않고 사방으로 뻗어나간 기운은 주변을 초토화시키는 것도 모자라 천지를 뒤흔들었다.

"으아악!"

반경 십 장 안에서 싸움을 지켜보던 수십의 무인들이 충격파를 감당하지 못하고 그 자리에서 쓰러져 피를 토하고, 그중 내공이 약하거나 가까이에 있던 이들은 손쓸 틈도 없이 절명하고 말았다. 그렇잖아도 을지호와 척목은의 격돌에 시달려 약해질 대로 약해져 있는 용천관의 건물 대부분이 힘없이 무너져 내렸다.

"마, 말도 안 되는……!"

"어, 어찌 이것을 인간의 대결이라 할 수 있단 말인가!"

둘의 대결을 지켜보던 사람들의 입에선 저마다 경악성이 터져 나왔다. 딱히 누구라고 할 것도 없었다. 더러는 입을 벌리고도 무슨 말을 해야 할지 몰라 그대로 굳어져 버린 사람들도 있었다.

하지만 둘의 싸움이 완전히 끝난 것이 아니었다.

사람들이 놀람과 경악으로 비명을 터뜨리고 있는 사이에도 목숨, 아니, 목숨보다는 무인으로서의 자존심을 지키기 위해 필사적으로 싸우고 있던 을지소문과 위지건은 참으로 짧고도 긴 종착점을 향해 내달리고 있었다.

'지독한 위력이군.'

옷은 이미 넝마가 되어버렸고 입가에는 피가 흐르고 있었다. 머리는 산발이 되었으며 전신에는 가느다란 상처들로 뒤덮였다.

막지 못하는 것이 없다고 하는 무애지검도 위지건이 평생에 걸쳐 완성시킨 한류천경을 완벽하게 막지는 못한 듯했다. 그러나 두 발을 땅에 대고 굳건히 서 있다는 것만으로도 이미 그는 승리를 거둔 것이나 다름없었다.

'지금이다.'

을지소문의 검이 움직였다. 무애지검을 펼칠 때와 같이 느릿느릿한 검이 아니었다.

위력은 어떤지 몰라도 위지건이 펼쳤던 한류천경보다도 최소한 배는 빨라 보이는 움직임.

다른 사람들은 눈치채지도 못할 정도로 날카롭고 빠르게 파고드는 검. 오직 을지호만이 그것이 절대삼검의 첫 번째 초식인 무심지검(無心之劍)임을 알고 주먹을 불끈 쥐었다. 무애지검으로 적의 공격을 막아내고 무심지검으로 공격할 수 있다는 것은 곧 승리를 의미했기 때문이었다.

'이, 이런 빠름이!'

위지건은 자신의 가슴을 향해 쇄도하는 검을 보며 놀라움을 넘어 결국 허탈한 미소를 짓고 말았다.

반격을 할까 하였으나 구차한 몸부림이 될까 두려웠다.

최선을 다했으니 후회는 남지 않았다. 어차피 늙고 늙어 얼마 남지 않은 목숨, 아까울 것도 없었다. 뼈아픈 패배감도 들지는 않았다. 다만 뭔가 모를 아쉬움만큼은 어쩔 수가 없었다.

"인정을!"

부친의 목숨이 경각에 달려 있는 것을 본 위지요가 간절하게 소리쳤다.

그보다 빨리 그를 구하기 위해 움직인 사람들도 있었다.

혹시나 하는 마음으로 인접해서 지켜보던, 평생을 위지건에게 바친 태상과 좌우상은 그가 모시는 주군의 위험을 보고는 참지 못하고 달려들었다. 하지만 무심지검은 그들이 어떠한 행동을 하든 방해받지 않을 정도로 독보적인 빠름을 자랑하고 있었다.

을지소문의 검이 위지건의 가슴을 스치며 지나갔다.

"아!"

위지요가 절망의 탄식을 내뱉으며 그 자리에 주저앉고 말았다.

"어, 안 돼!"

"죽어랏!"

태상과 좌우상의 합공이 을지소문에게 밀려들었다.

그들 개개인의 실력은 위지건에 비할 바는 아니나 결코 약한 것이 아니었다. 이미 전대에 혁혁한 명성을 날린 그들의 합공은 위지건의 공격에 비견될 정도로, 아니, 그 이상의 위력을 담고 있었다. 정상적인 몸으로도 감당하기에 만만치 않았을 터인데 위지건을 상대하느라 꽤나 지쳐 버린 을지소문이 막아내기란 거의 불가능에 가까웠다.

꽝!

거대한 충돌음과 함께 을지소문의 신형이 끊어진 연처럼 뒤로 날아갔다.

"할아버님!"

그들이 움직이는 순간, 이미 지붕에서 뛰어내린 을지호가 을지소문의 신형을 낚아채 내려앉았다.

"할아버님!"

"난 괜찮으니까 그렇게 소란 떨 것 없다."

을지소문이 얼굴을 찡그리며 소리쳤다.

큰 내상을 당했는지 입으론 연신 검붉은 피를 토해냈고 가슴 어귀엔 방금 전 공격의 흔적이 또렷하게 남아 있었다.

"비겁한 놈들 같으니!"

그와 함께 놀라 달려온 사마유선에게 을지소문의 부축을 맡긴 을지호가 철궁의 시위를 풀었다.

일자로 펴진 철궁. 그것의 의미를 모르는 사람이 과연 몇이나 있을까?

"용서치 않겠다!"

엄청난 살기를 주저리주저리 뿌리며 일어서는 을지호.

비록 일전에 입은 상처가 완쾌되지 않았고, 또 그런 몸으로 조금 전 척목은을 쓰러뜨리기 위해 무리를 해서인지 안색은 창백했지만 그의 전신에선 가히 투신(鬪神)과도 같은 기세가 뻗어 나왔다.

그러나 그는 움직일 수가 없었다. 어느새 손을 뻗은 을지소문이 그의 손을 움켜잡았기 때문이다.

"할아버님!"

"그만 되었다."

"하지만……."

"그만 하래도!"

을지소문의 음성이 커졌다.

위지건과의 싸움에 이어 갑작스런 공격을 받는 바람에 제법 큰 부상을 당했지만 공격을 받는 순간 몸을 뒤로 날려 대부분의 힘을 흘려보냈고, 가슴을 막고 있던 울혈을 토해내 내상이 악화되는 것을 막은 을지소문은 자신으로 인해 을지호가 날뛰는 것을 원치 않았다.

그의 엄명에 을지호는 할 수 없이 치켜들었던 철궁을 내리고 말았다.

"늙은이들! 일 대 일의 대결에서 그따위 짓을 하다니! 운이 좋은 줄 알아라. 오늘 일은 절대로 잊지 않는다!"

을지호는 원독에 찬 음성으로 을지소문을 공격했던 태상과 좌우상을 힐난했다. 사실 그럴 필요도 없었다. 죽은 줄 알았던 위지건이 이미 그들의 행동을 크게 나무라고 있었기 때문이다.

"어찌하여 이따위 행동을 한 것인가?"

"죄, 죄송합니다, 태존."

추상과 같은 호통에 태상과 좌우상은 뭐라 대답할 바를 몰라 했다.

"죄송하다는 말 따위로 끝날 말이 아니야! 자네들의 행동으로 나와 우리 북천의 명예는 땅으로 떨어졌네."

"……."

"내가 그런 식의 도움을 받고 살아난들, 또 승리를 거둔들 그것이 진정한 승리가 되리라 보는가? 내가 만족할 것이라 여겼는가?"

"……."

"어처구니가 없군. 다른 누구도 아닌 자네들이!"

무슨 말을 할 수 있을까?

그들은 이미 자신들이 저지른 짓이 어떠한 것인지 너무도 잘 알고 있었다. 더구나 죽은 줄 알았던 위지건까지 멀쩡히 살아 잘못을 추궁하니 쥐구멍이라도 찾고 싶은 심정이었다.

"허허허, 참으로 부끄럽도다. 지난날 그에게 사주었던 한잔 술이 나의 목숨을 구했건만……."

위지건은 가슴 어귀 잘려진 옷가지를 만지며 처연한 웃음을 흘렸다. 가슴을 가를 것처럼만 보였던 을지소문의 검이 가슴 대신 그저 옷가지만을 자르고 지나간 것이었다. '허허허, 지난날 대접했던 술에 대한 답례외다' 라는 말을 남기면서.

"못난 수하들이 추태를 보였습니다. 부디 용서하시길……."

차마 고개를 들지 못하는 위지건이 깊이 허리를 숙이며 용서를 구했다.

"허허, 괜찮소이다. 수하들의 입장에서야 능히 그럴 수도 있는 것 아니겠소. 너무 마음에 담아두지 마시구려."

을지소문은 아무것도 아니라는 듯 허허롭게 웃어넘겼다. 그의 웃음을 들으면 들을수록 위지건은 부끄러움에 어쩔 줄을 몰랐다.

힘없이 몸을 돌린 위지건이 위지요를 불렀다.

"천주."

"예, 아버님."

상황이 어찌 되었든 그저 부친이 살아 있다는 것만으로도 안심을 한 위지요가 단숨에 달려와 대답했다.

"부탁을 하나 하자꾸나."

"말씀하시지요."

그 부탁이라는 것이 어떤 것인지 어렴풋이 짐작이 갔지만 위지요는 내색하지 않았다.

"병력을 물렸으면 한다."

"그리하겠습니다."

주변의 웅성거림이 들렸지만 위지요는 추호의 망설임도 없이 대답했다. 그리곤 단숨에 명을 내렸다.

"일단 팔선관으로 철수한다!"

천주가 내린 명에 이의가 있을 수 없었다.

그의 명이 떨어지기가 무섭게 북천의 무인들이 물러가기 시작했다. 그들의 모습을 보며 몸을 돌린 위지요가 을지호에게 말했다.

"하루의 기회를 주겠네."

"무슨 뜻입니까?"

을지호가 되물었다.

"이번 싸움에서 자네들이 승리할 것이라 여기는가?"

"……."

사실상 지금껏 버틴 것만으로도 기적이라는 것을 알고 있던 을지호는 아무런 말도 하지 못했다. 더구나 선봉에 섰던 이들은 세하보의 무인들. 북천의 최정예라고 할 수 있는 한빙곡은 제대로 싸움에 나서지도 않은 상태였다.

"내일까지 시간을 주도록 하겠네. 또다시 대항을 하든, 아니면 도주를 하든 그건 자네들이 선택할 문제지. 어떠한 일이 있더라도 내일까지는 참도록 하겠네. 그것이 아버님께 인정을 베풀어준 것에 대한 감사와 세 분 어르신이 범한 결례에 대한 나의 사죄일세. 하지만 거기까지네. 북천의 천주로서 난 무당을 쳐야 하고 싸움을 끝내야 하는 의무가 있네. 이해하는가?"

"이해합니다."

"고맙군."

을지호를 향해 시선을 주었던 위지요가 위지건에게 고개를 돌렸다.

"죄송합니다, 아버님. 여기까지가 소자가 할 수 있는 최선입니다."

"아니다. 힘든 결정을 해주어서 고맙구나."

무당산은 어차피 점령당할 수밖에 없었고 훗날 철혈마단과 논공행상(論功行賞)을 해야 하는 입장에서 하루의 시간이 얼마나 큰 손실인지 위지건은 알고 있었다. 그리고 그런 손실을 감수해야 하는 위지요가 얼마나 힘든 결정을 했는지도.

미안한 표정으로 위지요를 응시하던 위지건의 시선이 을지소문에게 향했다.

"끝이 좋지 못했지만 만족할 만한 대화였습니다."

"허허허, 그렇소? 꽤나 살 떨리는 대화였소."

"언젠가 기회가 되면 다시 한 번 찾아뵙도록 하지요."

"이런 번거로운 상황만 아니라면 나 역시 언제든지 환영이라오."

"그럼, 이만."

"잘 가시오."

을지소문과 위지건은 서로에 대한 경의를 표하는 것으로 인사를 하고 훗날을 기약했다.

위지건은 올 때와 마찬가지로 태상과 좌우상의 호위를 받으며 느릿

느릿 걸음을 옮겼다. 그 뒤를 위지요가 따랐고 위지청과 설풍단원들이 맨 후미에 남아 차례로 철수했다.

챙그랑.

그들의 모습이 시야에서 완전히 사라지자마자 이곳저곳에서 병장기 떨구는 소리가 들려왔다. 한꺼번에 긴장이 풀리며 힘이 빠진 것인지 거의 모든 이들이 무기를 집어 던지고 땅바닥에 주저앉고 말았다.

동틀 무렵부터 시작한 북천과의 싸움이 일단락되는 순간이었다.

*   *   *

"자소궁으로 가는 것입니까?"

척후로부터 적의 추격이 잠시 끊겼다는 보고를 받은 정도맹의 대장로 강언(康堰)이 천중 진인에게 물었다.

"……."

천중 진인은 아무런 대꾸도 없이 멍한 표정으로 고개를 숙이곤 이미 차갑게 식어버린 천장 진인의 주검만을 쳐다보고 있었다. 강요에 못 이겨 어쩔 수 없이 정도맹의 맹주 자리에 오른 천장 진인. 그의 죽음이 마치 자신의 책임인 양 처연하게 쳐다보는 그의 눈빛에선 슬픔이 하나 가득 묻어 나왔다.

심정을 이해 못할 바는 아니나 그렇게 넋 놓고 있을 상황이 아니었다. 강온이 다시금 그를 불렀다.

"장문인."

"예?"

화들짝 놀라 고개를 치켜드는 천중 진인.

"자소궁으로 피하느냐 물었습니다."

"예, 일단 그곳에서 전열을 정비해야 할 것 같습니다."

"그나저나 옥허궁 쪽이 어찌 되었는지 걱정입니다. 북천의 전력 또한 철혈마단에 못지않았을 텐데."

"……."

"궁귀 선배와 그의 손자를 비롯하여 극강의 고수가 몇 있다고는 하나 이쪽에 비해 터무니없이 적은 병력이었습니다. 아무래도 힘들지 않았겠습니까?"

"대장로께선 옥허궁이 무너졌다고 생각하시는 겁니까?"

천중 진인의 물음에 강언은 무겁게 고개를 끄덕였다. 아무래도 그는 최악의 경우를 생각하고 있는 듯했는데, 어두운 표정을 보니 천중 진인 역시 그와 같은 생각을 하고 있는 듯했다.

바로 그때였다.

선두 쪽에서 웅성거림이 일더니 무당파의 한 제자가 허겁지겁 달려왔다.

"장문인!"

"무슨 일이더냐?"

심상치 않은 기색을 느낀 천중 진인이 재빨리 물었다.

"자, 자소궁이… 자소궁이!"

삼십 전후로 보이는 무당파의 제자는 차마 말을 잇지 못하고 울먹였다. 천중 진인이 그의 어깨를 흔들며 소리쳤다.

"정신을 차리고 똑바로 말해 보거라! 자소궁이 어쨌다는 것이냐?"

"자, 자소궁이……."

천중 진인의 다그침에도 그는 쉽게 말을 잇지 못했다.

"비키거라!"

답답함을 참지 못한 천중 진인이 몸을 날리고 강언이 그 뒤를 따랐다.

한데 네다섯 걸음이나 달렸을까?

앞서 가던 천중 진인의 몸이 그 자리에서 멈춰졌다. 아니, 멈춘 정도가 아니라 온몸을 격렬하게 떨고 있었다.

그의 눈앞에 펼쳐진 광경.

지난 수백 년 동안 도도히 무림을 굽어보던 무당파의 본산 자소궁이 불타고 있었다.

검은 연기가 뭉게뭉게 피어오르며 멀리서도 한눈에 알아볼 수 있을 정도로 어마어마한 불길이 자소궁의 전각들을 넘나들었다.

"이럴 수가! 자, 자소궁이!"

강온은 혹여 자신의 눈이 잘못된 것은 아닌지 연신 눈을 비벼댔다.

강온뿐만이 아니었다. 감히 상상도 할 수 없었던 상황을 눈앞에서 목도한 이들은 서로의 얼굴을 마주 보며 어찌할 바를 모르고 있었다. 특히 무당파의 제자들은 화마(火魔)에 휩싸인 자소궁을 보며 죽음과도 같은 절망감에 사로잡혔다. 몇몇 이들은 미친 듯이 울부짖으며 불길을 향해 무작정 뛰어가기도 하였다.

"자… 소궁을… 네, 네놈들이 감히 자소궁을!!"

격렬히 몸을 떨던 천중 진인이 분노에 찬 일갈을 외치며 몸을 날렸다.

장문인의 행동을 기다렸던 무당파의 제자들이 일제히 그 뒤를 따랐다. 하나, 천중 진인의 행보는 얼마 가지 못했다. 이미 지금과 같은 상황을 예견한 왕호연이 재빨리 그의 앞을 가로막고 나섰기 때문이다.

"진정하십시오."

"비키게!"

"부디 흥분을 가라앉히십시오. 서두른다고 될 일이 아닙니다."

"흥분을 가라앉히라? 지금 눈앞의 상황을 보고도 그런 말이 나오나? 자소궁이, 자소궁이 불타고 있단 말일세!"

천중 진인의 기세는 실로 살벌했다. 비키지 않으면 당장에라도 그를 치고 나가겠다는 듯 싸늘한 눈초리였다. 그러나 왕호연은 비키지 않았다. 오히려 더욱 차분한 어조로 자신의 의견을 피력했다.

"그래, 가서서 어찌하실 생각입니까? 자소궁이 저리된 것은 안타까운 일이나 이미 늦었습니다. 잘해야 잿더미로 변한 전각들과 타다 남은 기둥 몇 개만 건질 수 있을 뿐입니다."

"어허, 자네 말조심하게!"

천중 진인의 안색을 살피던 강온이 황급히 왕호연을 말리고 나섰다. 차갑다 못해 얼음장으로 변하는 그의 모습에서 불길함을 감지한 것이다.

"모르긴 몰라도 자소궁 주변엔 놈들의 매복이 기다리고 있을 것입니다."

"노도가, 우리 무당파의 제자들이 고작 매복 따위를 두려워할 것으로 보는가? 자소궁에는 수많은 부상자들과 어린 제자들이 있네. 그들을 버리라는 것인가?"

"이미 늦었습니다."

왕호연이 냉정하게 말했다.

"확인해야겠네."

"구할 수 있다면야 오죽 좋겠습니까? 하지만 상황을 보십시오. 그들이 지금껏 살아 있을 것이라 여기십니까? 불길 따위가 문제가 아닙니다."

한두 곳도 아니고 자소궁 전체가 불타고 있었다. 그것은 곧 자소궁이 적에 의해 완벽하게 점령당했다는 것과 그곳에 머물고 있던 이들의 운명을 말해 주는 것이었다.

"놈들이 원하는 것이 바로 지금처럼 흥분하신 장문인께서 앞뒤 재지 않고 달려드는 것입니다."

"……"

"주변을 보십시오. 다들 힘든 싸움에서 간신히 살아남은 목숨입니다. 또한 놈들과 대항하여 싸울 수 있는 최후의 전력이지요. 그나마도 모조리 끝장이 나면 도대체 어찌할 생각이십니까?"

"……"

천중 진인은 아무런 대꾸도 없이 왕호연을 노려보았다. 인정하고 싶지 않았고, 마음에 들지도 않았지만 그의 말에 딱히 반박할 수가 없었다.

"매복 자체가 문제가 되지 않을 수도 있습니다. 장문인과 무당의 고수들이라면 충분히 감당할 수 있겠지요. 문제는 그 후의 일입니다. 놈들의 매복에 발목을 잡혀 자칫 시간이라도 끄는 날엔 어찌 되겠습니까? 미친 듯이 쫓아오고 있을 추격대에 의해 포위를 당할 것입니다. 하면 그야말로 진퇴양난(進退兩難), 빠져나갈 구멍이 없습니다. 굴욕적인 일이라 생각하기도 싫지만, 어쩌면 놈들이 패퇴하는 우리들을 여유롭게 지켜만 본 것은 지금과 같은 상황을 예견했기에 그랬는지도 모릅니다."

"해서 어쩌자는 말인가! 어차피 자소궁이 아니면 우리는 갈 곳이 없지 않은가?"

천중 진인이 버럭 소리를 질렀다. 그로선 옳고 그름을 떠나 여전히 불타고 있는 자소궁을 바라만 보고 있어야 하는 답답한 심정을 토로한 것이었건만 왕호연은 그 말을 기다리기라도 했다는 듯 촌각의 지체도 없이 대답했다.

"옥허궁이 있습니다."

"그쪽이라고 괜찮을까? 모르긴 몰라도 우리와 비교해 결코 뒤지지 않는 공격을 받았을 터인데."

천중 진인을 대신하여 강온이 물었다.

"버텨낸 것 같습니다."

"버텨내? 하면 옥허궁이 아직 건재하단 말인가?"

"예. 방금 수하들에게서 전갈이 왔는데 궁귀 어르신과 삼시파천 그 친구의 활약에 힘입어 격전 끝에 북천의 예봉을 꺾었다고 합니다."

"그 말이 진정인가? 허허, 대단하구만. 실로 대단해."

강온의 얼굴이 활짝 펴졌다.

"그 많은 적을."

"이거야 원. 허허허, 과연! 과연 천하제일인야."

전력 차만 해도 몇 배에 달하는 상황이었다. 그럼에도 승리를 거뒀다는 것이다. 강온을 비롯하여 정도맹의 수뇌들은 이 믿겨지지 않는 상황에 경악을 금치 못했다.

"장문인, 옥허궁이 건재하다고 합니다. 송구한 말씀이지만 왕 각주의 말대로 지금 이 순간엔 불타는 자소궁보다는 앞날을 생각해야 할 때가 아닌가 합니다."

"그렇습니다. 옥허궁으로 가야 합니다."

"자소궁은… 이미 늦었습니다."

이곳저곳에서 천중 진인의 결단을 촉구하는 소리가 들렸다. 하지만 천중 진인은 그저 망연자실한 눈으로 자소궁을 응시할 뿐이었다.

"장문인!"

"지체할 시간이 없습니다."

불길을 잡을 수도, 또 더 이상 지체할 시간도 없다는 것은 천중 진인도 알고 있었다. 그럼에도 쉽게 결정을 내리지 못하는 것은 무당파의 장문인으로서 어쩌면 당연한 것이었다. 그렇다고 모두가 원하는 일에 언제까지 고집을 피울 수는 없었다.

"알… 겠습니다. 옥허궁으로 가지요."

힘없이 고개를 끄덕이는 천중 진인, 그가 얼마나 힘들게 내린 결정인지는 꽉 쥔 주먹에서 흘러나오는 피로 알 수 있었다.

'아, 내 무슨 낯으로 조사님들을 뵙는단 말인가?'

떨어지지 않는 발걸음을 옮기며 연신 자소궁을 살피는 천중 진인과 무당파 제자들의 눈에서는 뜨거운 눈물이 하염없이 흘러내렸다.

옥허궁.

불과 얼마 전까지만 하더라도 연회로 떠들썩했던 옥허궁의 분위기는 몹시 어두웠다. 특히 작금의 사태를 해결하기 위해 모인 사람들, 힘든 싸움을 뚫고 간신히 생존한 정도맹과 각 문파의 수뇌들의 얼굴은 침울하기 그지없었는데, 크고 작은 부상에 저마다 피곤에 지친 모습에 더러는 얼굴에 묻은 핏자국을 지우지도 못하고 자리에 앉아 있는 이들도 있었다.

"그러니까 남은 병력이 모두 삼백 정도라는 것인데……."

제갈경이 참담한 어조로 입을 열었다.

단 두 시진도 되지 않는 시간에 절반이 훌쩍 넘는 전력이 사라졌다는 것이 도저히 믿어지지 않는다는 음성이었다.

"그나마도 육십여 명은 부상이 심해 싸울 수조차 없습니다."

강온이 한숨을 내쉬며 대꾸했다.

"놈들은 어찌하고 있다는가?"

제갈경의 물음에 말석에 앉아 있던 왕호연이 자리에서 일어났다.

"팔선과과 옥허암에 진을 치고 있는 북천은 아무런 움직임도 보이지 않는 반면 자소… 궁을 불태운 철혈마단은 재신묘(財神廟) 인근에서 휴식을 취하고 있다 합니다."

"재신묘라면 바로 지척이 아닌가?"

"예."

"결국 잠시 숨을 고르는 중이라는 말인데……."

"북천과는 상관없이 철혈마단 단독으로 공격을 해올 공산이 큽니다."

잠시 숨을 고른 왕호연이 단호하게 말했다.

"아무래도 피해야 할 것 같습니다."

"피하다니? 하면 옥허궁마저 버리잔 말인가?"

누군가의 입에서 격한 음성이 터져 나왔다.

"기습을 당하기 전이라면 모를까, 지금의 전력으론 계란으로 바위를 깨뜨리자고 덤비는 격입니다. 전력의 차이가 너무나 큽니다. 게다가 북천까지 밑에서 치고 온다면……."

차마 말을 잇지 못하는 것을 보니 왕호연은 그 결과를 상상하기도 싫은 듯했다. 곧바로 반박이 이어졌다.

"그렇다고 싸워보지도 않고서 물러설 수는 없는 노릇 아닌가?"

"맞소이다. 죽기를 각오하고 싸운다면 이기지 못할 것도 없소이다."

그 반박에 또 다른 의견이 제시됐다.

"허허, 답답합니다. 애당초 싸움이 되지 않는 전력이라는 것을 왜 모르십니까?"

"차라리 훗날을 도모하는 것이 옳을 것이오."

반론에 반론을 거듭하며 왕호연이 제기한 문제, 옥허궁에서의 철수를 놓고 벌어진 갑론을박(甲論乙駁)은 한참이 지나도 결론이 나지 않았다.

'쯧쯧, 도대체가…….'

절로 한숨이 흘러나왔다. 적을 코앞에 두고 언제까지 토론만 하고 있을 수는 없는 일이 아니던가. 어떤 식으로든 결론이 나야지, 이런 식으로 가다간 죽도 밥도 되지 않을 것이라 염려한 제갈경이 결국 근 반 시진이 넘어가는 동안 단 한 마디도 하지 않고 있던 천중 진인에게 물었다.

"장문인께선 어찌 생각하십니까?"

일순 모든 이들의 시선이 그에게 향했다.

누가 뭐라 해도 천중 진인만큼 막강한 영향력을 행사할 수 있는 사람은 없었다. 그의 말 한마디에 모든 것이 결정될 수도 있는 상황이었다.

"왕 각주의 말이 맞는 것 같습니다. 물러나는 것이 좋겠습니다."

"사, 사형!"

"장문인!"

전혀 예상치 못한 답변이었다. 무슨 수를 쓰든지 무당산을 사수해야 한다고 주장하던 천엽 진인이 기겁하며 돌아보고 무진검문의 장문인 곡운도 당황한 기색이 역력했다. 그들만이 아니라 지금껏 핏대를 올리며 퇴각을 주장하던 왕호연과 그의 의견에 동조하던 이들도 몹시 놀라는 눈치였다. 불타는 자소궁을 보며 무모하리만큼 고집을 부리던 그가 아니던가. 무당산을 포기하자는 그의 말은 진정 의외였다.

"어째서 무당산을 버리려고 하십니까?"

천엽 진인이 인정할 수 없다는 듯 소리쳤다. 평소 천중 진인의 말이라면 죽는시늉이라도 했던 그로선 상상도 할 수 없는 일이었으나 무당파의 제자로서 무당산을 버리자는 말은 도저히 용납할 수 없는 것이었다.

"방법이 없지 않은가? 왕 각주의 말대로 싸움이 되지 않아."

이미 흥분을 가라앉히고 냉정을 회복한 천중 진인은 전황을 객관적으로 살피고 있었다.

"금전(金殿)으로 피하면 되지 않습니까? 그곳이라면 놈들이 만, 아니, 십만 명이 넘더라도 능히 싸울 수 있습니다!"

천엽 진인의 말에 금전을 알고 있던 이들 중 대부분이 고개를 끄덕였다.

무당파에서도 최고의 성지로 꼽히는 금전.

무당파의 제자들에게까지 함부로 발길을 허락하지 않는 금전은 깎아지른 절벽과 우거진 수풀을 자랑하는 천주봉(天柱峰) 정상에 위치한, 그야말로 천혜의 요지였다. 하지만 천중 진인은 고개를 가로저었다.

"옥쇄(玉碎)를 하자는 것인가?"

"옥쇄가 아니라 이길 수 있습니다."

"불가능하네. 사제 말대로 금전이 불가침의 요지이기는 하나 그것이야말로 양날의 검일세. 이 많은 인원이 먹을 음식도 없거니와 무엇보다 물을 구할 수가 없다네. 적이 금전 주위를 봉쇄하면 그야말로 싸워보지도 못하고 굶어 죽는다는 것을 왜 모르나?"

"우리보다 길을 잘 알지도 못하고 온 산을 포위할 수는 없습니다. 부족한 식량과 물은 충분히 조달할 수 있습니다."

"그저 시간만 약간 끌 수 있을 뿐이야."

천엽 진인이 아무리 주장해도 천중 진인은 도리질을 할 뿐이었다.

"하지만……."

"그만 하게. 사제와의 말싸움으로 시간을 보내기엔 우리에게 주어진 시간이 너무 촉박하네."

단숨에 말을 자른 천중 진인이 왕호연에게 물었다.

"자네 말대로 퇴각을 해야 할 것 같네. 그런 의미에서 한 가지만 묻지."

"말씀하십시오."

"이후에 어찌해야 할 것 같나?"

"소림사와 힘을 합쳐야 할 것입니다."

왕호연이 주저없이 대답했다.

"소림? 소림사까지 도주해야 한단 말인가?"

대답이 다소 기대 밖인지 되묻는 천중 진인의 음성에 실망감이 묻어 나왔다.

"현재 우리의 전력은 사분오열 뿔뿔이 흩어져 있습니다. 그나마 전력을 보전하고 있는 곳은 이곳과 소림사뿐입니다."

"그동안 숨어 지내던 많은 이들이 소림사에 모인다고 들었습니다."

제갈경이 덧붙였다.

"하지만 그곳까지의 길이 너무 멉니다. 또한 호시탐탐 소림사를 노리는 북천에서 가만히 두고 보지만은 않을 것이고."

천중 진인은 여전히 회의적이었다.

"소림사로 갈 필요는 없습니다."

"소림사로 갈 필요가 없다니! 대체 무슨 말인가? 지금 장난하자는 것인가?"

여전히 못마땅한 표정의 천엽 진인이 버럭 화를 냈다. 소림사와 힘을 합치자고 주장하면서 소림사엔 갈 필요가 없다는 왕호연의 말에 결국 분통을 터뜨린 것이다. 그의 호통에도 아랑곳없이 왕호연은 차분히 말을 이었다.

"무당 이후엔 다음 목표가 소림이 될 것은 자명한 일. 조금 전 장문인께서 말씀하신 것처럼 소림사도 위험합니다."

"다른 생각이 있는 것이로군."

뭔가를 느낀 제갈경이 재빨리 물었다.

"예, 여기를 잠시 주목해 주십시오."

왕호연이 갑자기 커다란 지도 하나를 꺼냈다. 모든 이들의 시선이 지도에 쏠리자 그는 붉은색 표시가 되어 있는 어느 한곳을 지적했다.

"그곳은 복우산(伏牛山)이 아닌가?"

제갈경이 고개를 갸웃거리며 물었다.

"그렇습니다. 무당과 소림사의 중간 지점. 우리가 물러나 전열을 정비할 수 있는 곳은 이곳뿐입니다."

"그러나 그곳은 아직 완성되지 않은 것으로 아는데?"

누구보다 먼저 왕호연의 의도를 파악한 강온이 고개를 흔들며 대꾸했다.

"왕 각주의 생각은 좋으나 대장로 말씀이 맞네. 놈들에게 노출이 되지 않았을지는 모르나 많은 인원이 상주하기엔 그곳은 아직 준비가 덜 되었어."

"도대체 그곳에 무엇이 있기에 그런 것입니까?"

어투를 들어보니 천중 진인도 왕호연이 말하는 의미를 알고 있는 듯하지 않은가?

궁금함을 참지 못한 제갈경이 목소리를 높였다. 그러자 천중 진인과 강온의 시선이 왕호연에게 향했다. 그에게 설명하라는 뜻인 듯했다.

왕호연은 두어 번 헛기침을 한 뒤 착 가라앉은 음성으로 입을 열었다.

"복우산엔 정도맹의 비밀 분타가 있습니다."

"비밀 분타?"

금시초문의 말이었다. 황급히 되묻는 제갈경은 물론이고 가만히 듣고 있던 사람들의 얼굴에도 놀람이 가득했다.

"예. 삼 년 전부터 복우산 중턱에 비밀 분타를 준비하고 있었습니다."

"허! 어찌하여 우리는 그와 같은 일을 몰랐을까?"

"정도맹에서도 극히 일부만이 알고 있는 사안입니다."

"후~ 송구합니다. 워낙 은밀히 처리하다 보니 대외적으로 알리지 못했습니다."

미안한 표정으로 강온이 덧붙였다.

"아닙니다. 그럴 수도 있는 것이지요. 문제는 그것이 아니라, 현재 어느 정도까지 완성이 되었느냐지요. 그래, 준비는 어느 정도나 되었습니까?"

"칠 할가량입니다."

대답은 천중 진인의 입에서 흘러나왔다. 비록 정도맹의 수뇌는 아니었으나 오히려 맹주보다 더한 영향력을 행사하던 그가 아니던가. 복우산에 건설 중인 비밀 분타에 대해선 어쩌면 그만큼 많이 알고 있는 사람도 없었다.

"칠 할이라… 그 정도면 충분하지 않겠습니까?"

"단순히 건물만 완성이 되었을 뿐입니다. 적으로부터 아군을 보호할 어떤 준비도 되어 있지 않습니다."

"허허, 장문인께선 너무 많은 것을 바라시는구려. 그것만 해도 어디입니까? 솔직히 이곳에도 그러한 장치는 없었습니다. 허허허, 참으로

용쟁호투(龍爭虎鬪) 83

다행한 일입니다. 까짓 미비한 것은 우리 제갈세가에서 해결하면 될 것입니다."

본가가 중천에 의해 점령당했다는 것은 그도 이미 아는 사실. 제갈세가를 언급하는 그의 음성에 약간의 격동이 있었다.

"세가와는 연락이 되는 것입니까?"

"간헐적으로 연락이 오고 있습니다. 다행히 적의 추격을 뿌리치고 소림사로 움직이고 있다고 하는군요."

"소림사로 말입니까?"

"예. 하지만 복우산에 그런 준비가 되어 있다면 구태여 소림사로 갈 필요는 없겠지요. 그쪽으로 이동하라고 곧 연락을 취하겠습니다."

제갈경은 북우산으로의 퇴각을 기정사실처럼 여기고 있었다.

"제갈세가의 힘이 합쳐진다면 천군만마(千軍萬馬)를 얻은 격입니다. 대장로께서는 어찌 생각하십니까?"

"퇴각을 한다면 현 시점에서는 복우산뿐일 듯합니다. 하지만 이곳을 어찌 벗어나느냐도 문제입니다. 놈들이 길목마다 진을 치고 있을 터인데."

"방법이야 찾으면 있겠지요. 참, 궁귀 선배와 삼시파천 그 친구의 부상은 어느 정도라고 합니까? 이곳을 무사히 탈출하려면 두 사람의 힘이 절대적으로 필요한데 말이지요."

질문을 던지는 천중 진인의 입가에 희미한 미소가 지어졌다.

힘들게 퇴각이 결정된 것과는 대조적으로 행동은 무척이나 빨랐다.

옥허궁에 고립된 무인들은 천중 진인의 명령으로 급조된 수십 개의 뗏목을 검하(劍河)에 띄우고 유유히 포위망을 벗어났다.
 위지건의 부탁으로 그들에게 하루의 여유를 준 북천은 그저 황당한 표정으로 바라만 보았고, 뒤늦게 그들의 탈출 소식을 접한 철혈마단이 급히 뗏목을 만들고 여러 부유물을 검하에 띄우고 그것을 발판 삼아 공격에 나섰지만 그들은 제대로 접근도 못해보고 검하의 고기밥이 되고 말았다. 뗏목엔 천하에서도 으뜸으로 꼽히는 궁사가 두 명이나 타고 있었기 때문이다.
 무당산을 벗어난 천중 진인과 무당파의 제자들은 멀리 무당산을 보며 피눈물을 흘렸다.
 천엽 진인처럼 몇몇 이들은 피를 토하고 쓰러지기도 하였는데, 그들이 흘린 피눈물이 주변 땅을 붉게 물들였다고 하여 훗날 사람들은 그곳을 혈루평(血淚坪)이라고 불렀다. 이후, 그들은 추격자들을 의식하며 은밀히 몸을 숨겼다. 그리곤 복우산을 향해 조심스레 북상하기 시작했다.

　　　　　　*　　　　*　　　　*

 "무당이… 무너졌다고 합니다."
 늦은 오후, 무당산으로부터 전해진 급보를 전하는 수호신승의 안색은 몹시 어두웠다.
 "그, 그게 정확한 사실입니까? 무당이, 무당이 무너졌다는 것입니까?"
 당가의 가주 당욱이 벌떡 몸을 일으키며 물었다.

지난날, 대황하의 싸움에서 개방 방주 정소와 함께 간신히 몸을 피한 후 이곳저곳을 전전하며 국지적인 대항을 하다 보름 전에서야 소림에 도착한 그는 그동안의 고생을 말해 주는 듯 상당히 초췌한 모습이었다.

"왕 각주에게서 연락이 왔습니다."

도주하는 도중이나 소림에 도착한 지금까지 단 한 번도 그와 연락을 끊지 않고 있었던 정소가 침울한 표정으로 고개를 끄덕였다.

"젠장! 결국 그리되고 말았군."

당욱이 울분을 참지 못하고 탁자를 내려쳤다. 침묵을 지키고는 있었지만 다들 그와 같은 심정이었다.

"피해가 얼마나 된다고 하는가? 설마 전멸을 당한 것은 아니겠지?"

"을지호, 그 녀석의 소식은 없느냐? 녀석을 찾아 무당산으로 떠난 궁귀 형님의 소식은? 답답하다. 빨리 말해 보거라!"

곽검명과 단견이 거의 동시에 물었다.

"처참하게 당하기는 했지만 그래도 상당수 인원이 포위망을 뚫었다고 합니다. 물론 그것이 가능했던 것은 궁귀 어르신과 그 손자 분의 힘이 절대적이었다는군요."

정소는 단번에 두 개의 질문에 대답했다. 그의 말이 끝나기가 무섭게 이곳저곳에서 안도의 한숨이 흘렀다.

"하면 앞으로의 일은 어찌 되는 것입니까? 그렇잖아도 요즘 들어 놈들의 동태가 심상치 않다고 하던데."

예기치 못한 곽화월의 죽음으로 갑자기 화산파를 떠맡게 되었지만 몇 남지 않은 문도들을 추슬러 가며 재기의 발판을 다지고 있는 유현이 소림에서 패퇴하여 물러났던 북천이 최근 다시 소림사 근처로 집결하고 있다는 것을 상기시키며 물었다.

딱히 누구를 지목하여 던진 질문은 아니었다. 하지만 대다수의 시선이 무당산에서 전해진 서찰을 정독(精讀)한 수호신승에게 향했다. 사실 그 서찰이 아니더라도 그의 한마디가 곧 소림의 뜻이었고, 소림에 모인 정도인들의 뜻이었기 때문이다.

"무당산을 빠져나온 이들은 복우산의 비밀 분타로 이동한다고 하는군요. 소승은 복우산의 비밀 분타가 무엇인지… 방장은 아시는가?"

애당초 무림의 일에는 무관심했던 수호신승이 정도맹이 은밀히 벌이는 일을 알 수가 없는 터. 그는 소림사 방장의 신분으로 곁에 앉아 있는 명종에게 물었다.

소림사 탈환 이후 석고대죄까지 해가며 방장 자리를 사양했으나 결국 방장의 자리에 오른 명종은 전대 방장이자 사부였던 공선 대사에게 일지선공을 비롯하여 방장으로서 익혀야 할 무공에 정진하느라 밤낮을 잊고 살았다. 급히 연락을 받고 회의에 참석하게 된 지금도 그의 의복은 땀으로 축축하게 젖어 있었다.

"제자도 잘 알지 못합니다."

명종이 조심스레 대답했다.

"음, 공선 대사로부터 듣지 못하셨습니까?"

정소가 물었다.

"예."

"하면 제가 말씀드리겠습니다. 복우산에 있는 비밀 분타는 오늘과 같은 일을 대비하여 은밀히 만들기 시작하였으나 아직 완성은 되지 않았습니다. 또한 비밀 분타가 정확히 언제, 어디에, 어떤 식으로 만들어지는지에 대한 일도 정도맹에서도 극히 소수만 알고 있는 사실이었지요."

"나도 일전에 들어 알고는 있네. 하나 완성도 되지 않는 곳으로 피한단 말인가?"

오상이 회의적인 표정으로 물었다.

"완성은 되지 않았으나 알려지지 않았으니 그곳만한 장소도 없을 것입니다."

정소가 뚱한 표정으로 대꾸했다.

"그래도 너무 무모해. 언제까지 알려지지 않으리라 보는가?"

"계속해서 숨어 지낼 수만은 없으니 언젠가는 알려지겠지요. 다만 짧은 시간이나마 우리에게 전력을 추스르고 힘을 기를 시간을 제공할 수 있다면 그것으로 충분하리라고 봅니다."

"희망 사항일 뿐이지. 자네의 생각대로 되리라 보는가?"

"매사에 부정적이면 아무것도 할 수 없습니다. 정 마음에 들지 않으시면 장문인께서 묘안을 내보시지요."

매서운 눈으로 쏘아보는 오상, 정소도 그 시선을 외면하지 않았다.

여전히 사이가 좋지 않은 둘 사이에 불꽃이 튀자 쓸데없는 일로 시간을 빼앗길 것을 우려한 곽검명이 재빨리 입을 열었다.

"어쨌든 정도맹에선 소림도 그쪽으로 오기를 바라고 있는 것이로군."

"예, 그렇게 요청해 왔습니다."

"신승께선 어찌 생각하십니까?"

"아미타불! 소승이 뭘 알겠습니까? 여러분들의 의견을 따라야겠지요."

수호신승은 모든 결정을 자리에 모인 이들에게 물었다.

살짝 입술을 깨문 곽검명이 이번엔 명종에게 물었다.

"방장께선 어찌 생각하시는가?"

"예? 그, 그것이……."

다른 사람도 아니고 설마 하니 자신에게 먼저 물을 줄은 몰랐던 명종은 무척이나 당황한 기색이었다.

명종은 주변의 인물들보다 나이도 어리고 무공도 강하지 못했다. 그러나 정도맹과 무당이 무너진 지금 수호신승이 건재한 소림사는 정도 무림의 또 다른 구심점이었고, 명종은 바로 그 소림사의 방장이었다. 그 누구도 그의 의견을 무시할 수는 없는 터, 대다수의 사람들은 그의 대답을 사뭇 진지하게 기다리고 있었다.

단건이 너털웃음을 터뜨리며 거들었다.

"허허허, 당황하지 말고 말씀하시게나."

"소, 소승이 생각하기엔……."

살짝 붉어진 얼굴로 대답하던 명종의 시선이 수호신승과 마주하고 있는 보리원의 원주 공청을 살폈다.

"눈치 볼 것 없다네. 소림사의 방장으로서 의견을 말하면 되는 것이야."

수호신승이 부드러운 어조로 그를 격려했다.

그 말에 힘을 얻은 것인지 다소 안정을 찾은 명종이 침착하게 입을 열었다.

"아시다시피 최근 북천의 동태가 심상치 않습니다. 그들의 주력이 곧 돌아오겠지요. 또한 중천 쪽에서도 묘한 움직임이 감지되고 있는 것이 소림과 이곳에 모인 모든 분들의 위협이 되고 있습니다. 중요한 것은 우리가 그 위협에 굴하지 않고 버틸 수 있는 힘을 지니고 있느냐, 그렇지 않느냐라고 생각합니다."

잠시 말을 끊은 명종이 고개를 돌려 주변을 살폈다. 그리고 다소 무거운 어조로 말을 이었다.

"안타깝게도 소승은 아직은 그럴 힘을 얻지 못했다고 봅니다."

오상을 비롯한 몇몇 위인의 안색이 딱딱하게 굳어졌으나 아무런 반박도 하지 못했다. 개방 방주 정소를 비롯하여 당가의 가주, 황보세가에서 탈출한 사람들, 그리고 각지에서 몰려든 무인들이 소림에 힘을 보탰으나 여전히 그 힘은 사천, 아니, 북천 단독의 힘보다 열세인 것은 틀림없었기 때문이다.

"소승은 소림을 버려야 한다고 생각합니다."

순간, 모든 이들의 입에서 탄식 어린 신음성이 터져 나왔다. 어느 정도 불가피하다는 점을 알고는 있었으나 명종이 그렇듯 전격적으로 철수를 주장할 것이라 여긴 사람은 아무도 없었다. 어찌 그렇지 않겠는가? 명색이 한 문파의 문주였다. 그것도 보통 문파던가? 태산북두라는 소림의 우두머리였다. 더구나 소림을 점령당하는 치욕을 당한 지 얼마 되지도 않은 시점에서 또다시 소림을 버리자는 말을 한 것이었다.

자신이 얼마나 어마어마한 말을 내뱉었는지 알고 있던 명종이 고개를 떨구고 공청은 그런 명종에게 감탄 어린 시선을 보냈다.

'과연, 사형의 눈은 틀리지 않았다.'

누구보다 놀란 사람은 공청 그 자신이었다.

다른 대안이 없었다지만 문중의 어른인 수호신승과 자신이 있는 상황에서 단호하게 철수를 주장할 줄은 꿈에도 몰랐다. 다소 놀라기는 하였으나 그래도 그것이 최선의 방법임을 알기에 그는 아무의 눈치도 살피지 않고 자신의 의견을 주장할 수 있는 신임 방장의 결단력이 그렇게 흡족할 수 없었다.

'소림은 반드시 부활하리라!'

그래도 수호신승이 어찌 생각할지 걱정됐던 그가 조심스레 수호신승의 눈치를 살폈다. 물론 다른 이들 역시 같은 심정으로 수호신승과 명종을 살폈다.

그러한 공기를 눈치챈 것일까?

빙그레 웃음 지은 수호신승이 여전히 고개를 숙이고 있는 명종을 살피며 부드럽게 말했다.

"방장의 결정은 곧 소림의 결정입니다."

다른 의견이 있을 수 없었다. 있다 하더라도 감히 내뱉을 수가 없었다.

소림사 방장의 결정과 그 결정을 인정하는 수호신승의 말로 소림사에서의 철수는 사실상 결정된 것이나 다름없었다.

해후(邂逅)

해후(邂逅)

안휘성 북서부에 위치한 금채(金寨).

관도에서 다소간 벗어나 들길을 따라 이동하는 사람이 있었는데, 두 명의 나이 든 미부(美婦)와 한 명의 장년인, 그리고 세 명의 청년이었다.

한데 무슨 일이 있었던 것일까?

맨 앞에 선 사내는 화를 참지 못하겠다는 듯 연신 씩씩대며 인상을 쓰고 있었다. 그런 그의 얼굴은 마치 폭격이라도 당한 듯 무참히 뭉개져 있었는데, 오뚝했을 것으로 보이던 콧날은 주저앉아 납작해졌고 찢어진 입술, 양볼은 물론이고 눈두덩이가 크게 부어올라 눈매가 보이지 않을 정도였다.

"젠장, 꼭 이러고 싶습니까?"

사내는 똑바로 말을 내뱉기도 힘든지 탁한 숨을 내뱉으며 툴툴거렸다. 그의 곁에서 어깨를 나란히 하고 걷던 사내가 그를 다독였다.

"뭐, 어쩔 수 없잖아. 가족을 찾아주는 일인데."

"흥, 입은 삐뚤어졌어도 말은 바로 하라고, 공자께서 어디 가족을 찾아주고 싶은 요량입니까?"

"아니면?"

"뻔한 것 아닙니까? 상사병(相思病)을 치료하러 가는 것이지."

"쓸데없는 소리!"

"이런 말을 하고 싶지는 않지만, 간다고 반겨줄 것 같습니까? 그냥 저들과 함께 은근히 묻어서 넘어가고 싶은 모양인데, 어림없는 일이지요. 공자님의 정체가 탄로난 바로 그 순간부터 이미 끝장난 일이란 말입니다."

"시끄럽다고 했다. 애당초 네놈이 싸움에 지지 않았으면 이런 일도 없었어!"

사내가 비아냥조로 중얼거리자 그렇잖아도 알아보기 힘든 그의 얼굴이 더욱 무참하게 일그러졌다.

"지긴 누가 졌다고 합니까?"

"진 것이 아니면?"

"단지 방심했을 뿐이라고요."

"방심? 에라이! 그게 방심이냐? 그래, 먼저 공격을 당했다고 치자. 그렇다고 이렇게 박살이 나? 네놈 얼굴이 그 꼴이 될 동안 네가 한 일이라곤 그저 땅바닥을 구르는 것뿐이었어."

"……"

벌써 사흘이나 되었다지만 어찌 잊을까? 사내는 그때의 처참한 기억이 떠오르는지 안쓰러울 정도로 부들부들 떨고 있었다.

"그래도 너무 분해하지 마라. 솔직히 내가 싸운다고 해도 이길 수 있을 것 같지가 않아. 나 위지황, 평생을 살아오면서 지금껏 그렇게 빠르게 움직이는 인간은 본 적이 없으니까."

나름대로 위로라고 해주는 사내. 한데 위지황이라면?

"비무영, 네가 약한 게 아니라 저 친구가 강한 거다."

그랬다. 앞서거니 뒤서거니 하며 걷는 이들은 다름 아닌 남궁세가와 떨어져 북상하던 위지황과 그의 호위 무사 비무영이었다.

한데 둘의 대화가 이상했다. 비무영이라면 웬만한 고수라면 씹을 쩌 먹고도 남을 정도의 고수건만 그런 그가 누군가에게 제대로 대항도 하지 못하고 일방적으로 당했고, 위지황이 스스로 고개를 저을 정도의 고수가 있다는 말이 아닌가.

바로 그때였다.

뒤쪽에 처져 있던 사내, 아니, 딱히 사내라고 부르기엔 어딘가 어색한 청년 한 명이 다가왔다.

"괜찮으십니까?"

그의 음성에 화들짝 놀란 비무영이 고개를 돌리며 뒷걸음질치고, 그렇게 비굴한 비무영의 모습을 지금껏 단 한 번도 본 적이 없었던 위지황이 고개를 흔들며 쓴웃음을 지었다.

'쯧쯧, 천하의 비무영이 어쩌다가……'

"상처에 도움이 될 듯하여 할머니께 얻어왔습니다."

나이 어린 청년이 구슬처럼 생긴 환약 세 알을 내밀었다.

"하하, 약은 무슨. 금방 괜찮아질 터인데."

"벌써 사흘이나 되었는데 부기가 빠지지 않아서……."

자신이 너무 지나치게 손을 쓴 것에 미안했는지 청년은 비무영의 얼굴을 제대로 보지도 못했다.

"홍, 병 주고 약 주고!"

"별것 아닌 것처럼 보여도 할아버님이 만드신 것입니다. 상처도 상처지만 내공 증진에도 크게 도움이 될 것입……."

"도움이 되면 얼마나 된다고……."

하지만 말과는 달리 비무영의 손은 어느새 환약을 낚아채더니 단숨에 입 속에 털어 넣고 있었다. 그 모양을 보며 슬며시 미소 지은 청년이 위지황에게 물었다.

"할머니께서 얼마나 더 가야 되는 것인지 여쭈라 하셨습니다."

"금방일세. 한 시진 정도면 도착할 것이야."

"예, 그리 말씀드리겠습니다."

활짝 웃은 청년이 고개를 끄덕이며 몸을 돌렸다. 위지황은 청년의 등을 물끄러미 바라보았다.

'어린 나이에 정말 대단해. 가문의 내력인가? 아니면 특별한 재능이라도 있는 것인가?'

이제 겨우 약관이 지난 나이, 그럼에도 감히 상상할 수 없을 정도로 뛰어난 실력을 지닌 청년, 을지룡의 등이 무척이나 거대하게 보였다.

중천의 금채 분타.

계속해서 세력을 넓혀가는 중천이 세운 수많은 분타 중의 하나로,

비록 여타 분타에 비해 규모도 작고 전략적 요충지도 아니었지만 그 존재만으로도 많은 이들에게 부담을 주었던 금채 분타가 불에 타고 있었다.

"끝났습니다."

이마에 흐르는 땀을 닦으며 강유가 걸어왔다.

가냘픈 체구에 어울리지 않는 당당한 모습으로 끝없이 타오르는 불길을 응시하던 남궁민이 엷은 미소를 지으며 고개를 끄덕였다.

"수고하셨어요. 그래, 피해는 어느 정도인가요?"

"피해랄 것도 없습니다. 태상호법께서 난다 긴다 하는 놈들을 모조리 쓸어버리셔서… 우리는 그저 뒤치다꺼리만 한 셈이지요. 아, 북쪽으로 치고 들어갔던 개방 친구들 몇이 부상을 당한 모양입니다."

"목숨을 잃은 이가 있는가?"

남궁민의 곁에 있던 풍찬이 물었다.

"그런 것 같지는 않습니다."

"그럼 되었네. 부상이야 늘 있는 것을. 그나저나 정말 대단하신 분이 아닙니까? 중천에서 제법 출중한 고수들이 파견되었는데 말이지요."

풍찬이 혀를 내두르며 말했다.

사전 조사에 따르면 금채 분타엔 새롭게 충원된 고수가 꽤 되었다. 특히 그들을 이끌고 온 건천삼절(建天三絶)은 안휘성에서 무척이나 유명했던 의형제로, 상대하기가 몹시 까다로운 자들이었다. 해서 공격에 앞서 무척이나 걱정을 하였건만, 그런 걱정이 무색하게 싸움이 시작됨과 동시에 앞장선 태상호법 비사걸은 그들이 미처 출수하기도 전에 끝장을 내버렸다. 아울러 그들을 따라온 고수들마저 단숨에 쓸어버리니 싸움은 시작과 동시에 끝이 난 것이나 다름없었다.

"그분이 하시는 일이니 어련하시겠어요."

무슨 할 말이 있겠는가? 그녀로선 그저 별다른 피해 없이 싸움을 승리로 이끈 것을 다행으로 여길 뿐이었다.

바로 그때였다.

쐐애액!

날카로운 파공성을 내며 뭔가가 다가왔다.

"조심!"

칼에 묻은 피를 닦고 있던 강유가 그 움직임을 간파하고 소리치며 검을 휘둘렀다. 하지만 그의 움직임보다 허공을 격하며 날아온 물체가 훨씬 빨랐다.

땅!

"크윽!"

짧은 비명과 함께 검을 떨어뜨린 강유는 어처구니없는 표정으로 떨어뜨린 칼과 칼의 손잡이에 부딪친 조그만 돌멩이를 쳐다봤다.

"어느 고인이신가요?"

또 다른 공격을 염려한 남궁민이 강유를 보호하며 소리쳤다. 풍찬 역시 잔뜩 긴장한 표정으로 주변을 살폈다. 그리고 그들의 눈에 십 장 밖에서 천천히 걸어오는 백의(白衣)의 미부가 보였다.

"누구시오?"

풍찬이 물었다. 하지만 그녀는 그의 물음에 대꾸도 하지 않고 남궁민을 위아래로 훑었다. 적이 분명하건만 남궁민은 그녀의 눈길에서 어떤 적의도 발견할 수 없었다. 오히려 따뜻한 기분이 드는 것은 그녀만의 생각이리라.

"네가 남궁세가의 가주더냐?"

한참 동안이나 남궁민을 살피던 그녀가 물었다.

"그렇습니다."

남궁민은 긴장을 늦추지 않는 가운데 최대한 정중하게 대답했다.

"실력을 보고 싶구나."

말이 끝남과 동시에 다짜고짜 손을 쓰는 그녀. 남궁민은 상상도 할 수 없을 정도로 빠르게 접근하는 공격에 기겁하며 몸을 보호했다.

차창!

검과 검이 부딪치며 경쾌한 소리를 내고 남궁민과 백의의 미부가 한데 뒤엉켰다.

고작 돌멩이 하나로 강유 정도나 되는 고수의 검을 떨어뜨린 고수, 한 치의 소홀함이 있을 수 없었다. 남궁민은 그녀가 지닌 모든 힘을 동원하여 백의의 미부를 공격했다.

상대의 거센 공격은 답청검법의 부드러움으로 피해 가고 기회다 싶으면 제왕검법의 강맹함으로 공격을 했다. 성격이 정반대인 두 개의 검법을 능수능란하게 사용하는 그녀는 이미 고수라 칭해도 전혀 무리가 없을 정도로 빼어난 실력을 보여주고 있었다.

둘의 싸움이 어찌나 치열한지 풍찬과 강유는 한껏 염려스런 표정으로 싸움을 지켜볼 뿐 함부로 끼어들 수가 없었다.

'도대체 누구란 말인가?'

남궁민의 날카로운 공격을 여유있게 막아내는 미부를 보며 강유의 표정이 극도로 어두워졌다.

근래 들어 급성장한 남궁민의 실력은 이미 그가 따라잡기가 힘들 정도로 장족의 발전을 보였는데, 특히 한결 완숙해진 답청검법의 부드러움과 제왕검법의 날카로움은 도저히 여인의 실력이라고 말할 수 없을 정도로 엄청난 것이었다. 한데도 백의의 미부는 여유가 있었다. 결코 과장되지 않는 몸 동작으로 흘려보낼 공격은 자연스레 흘려보내고 간간이 내뻗는 공격은 구경하는 그의 몸을 절로 움찔하게 만들 정도로 날카로웠다.

"아무래도 힘을 보태야 할 것 같네."

심각한 표정으로 지켜보던 풍찬이 말했다. 강유가 고개를 끄덕였다. 점점 붉어지는 안색과 가쁜 호흡을 보며 남궁민이 더 이상 버텨내지 못할 것이라 여긴 것이다.

태상호법이 곁으로 다가온 것은 그들이 남궁민을 돕기 위해 움직이기 일보 직전이었다.

"저 여자는 누구냐?"

물에 빠진 순간 손에 잡힌 생명 줄이 이렇게 반가울 것인가? 둘의 도움으로도 남궁민의 위기를 해소할 자신이 없었던 강유는 묵직하게 들려온 비사걸의 음성이 그렇게도 반가울 수가 없었다.

"모르겠습니다. 난데없이 나타나 실력을 보겠다고······."

대답을 하던 강유는 황급히 입을 틀어막고 말았다. 싸움을 응시하는 비사걸의 안색이 딱딱하게 굳어진 것을 보았기 때문이다.

'세, 세상에······!'

안휘성을 쩌렁쩌렁 울린다던 건천삼절을 단 일 수에 제압해 버린 태상호법 비사걸. 천하를 오시하는 실력을 지닌 그를 저토록 놀라게 할 인물이 과연 몇이나 될 것인가? 그것은 곧 백의의 미부가 자신의 생각보다 훨씬 더 고강한 인물이라는 것이었으니.

"놀랍구나. 여인의 몸으로 저 정도의 실력을 쌓았다니!"

비사걸의 입에서 탄성이 터져 나왔다. 그 말을 듣고 있던 강유와 풍찬은 또다시 기겁하지 않을 수 없었다. 지금껏 태상호법의 입에서 저 정도의 칭찬을 받은 사람은 그가 알기론 오직 을지호뿐이었다.

"그, 그 정도로 고수입니까?"

비사걸은 가볍게 고개를 끄덕이는 것으로 대답을 대신했다.

"어, 어르신, 그렇다면 이대로 보고만 있을 수는……."

그러나 구태여 그런 말을 할 필요가 없었다. 비사걸이 들고 있던 검을 백의의 미부에게 던졌기 때문이다.

간단한 동작으로 보였지만 검왕 비사걸이 누구던가!

허공을 유영하는 검에는 가히 만 근의 힘이 담겨 있었다.

그런데 바로 그 순간, 전혀 예상치 못한 상황이 또다시 벌어졌다. 엉뚱한 방향에서 날아온 검이 비사걸이 날린 검을 쳐낸 것이었다.

꽝!

쇠로 만든 병장기가 부딪치면 의당 날카로운 쇳소리가 나기 마련인 법이건만 허공에서 들려온 소리는 어처구니없게도 폭음이었다.

딱딱하게 굳은 비사걸의 얼굴. 그의 얼굴이 자신의 검을 무력하게 만든 주인을 찾아 돌려졌다. 그리고 그는 세 명의 청년과 한 명의 장년인을 앞세운 또 다른 미부를 볼 수 있었다.

위지황과 비무영의 안내를 받고 마침내 남궁세가의 족적을 찾아낸

해후(邂逅)

환야와 을지휘소, 을지룡이었다. 한발 앞서 나선 남궁혜는 이미 남궁민의 실력을 시험하고 있었다.

"자, 자넨!"

몰골이 몰골이니만큼 비무영은 도저히 못 알아볼 상태였으나 강유는 그의 곁에 있던 사내가 위지황이라는 것을 금방 알아봤다. 순간, 그의 뇌리에 그가 북천의 인물이라는 사실이 스치고 지나갔다.

"북천!"

"오랜만입니다, 형님."

위지황이 번쩍 손을 들며 인사했다. 하지만 강유의 안색은 싸늘했다.

"북천의 고수들인가?"

말뜻을 파악한 위지황이 쓴웃음을 지으며 고개를 가로저었다. 하지만 그가 뭐라 하기도 전 사단은 이미 벌어졌다.

"누구냐!"

"멈춰랏!"

싸움을 정리하고 돌아오다가 남궁민의 위기를 목도한 해웅과 뇌전, 초번 등이 환야 일행을 보며 적으로 간주, 다짜고짜 공격을 한 것이었다.

그들을 맞아 움직인 사람은 가장 나이 어린 을지룡이었다.

"꼬마 놈이 어디서 나서느냐? 당장 꺼져라!"

뇌전이 버럭 소리를 쳤다. 순간, 을지룡의 눈빛이 변하는 것을 본 사람은 오직 위지황과 비무영뿐이었다.

"크크크, 잘한다, 잘해!"

음침한 미소를 지으며 앞으로 벌어질 일을 그리는 비무영, 그와는 반대로 위지황은 그들을 안쓰럽게 바라보았다.

'쯧쯧, 일났군.'

정중히 길을 묻는 을지룡에게 '꼬마' 운운하던 비무영이 아무런 대항도 하지 못하고 일방적으로 구타를 당한 것이 바로 며칠 전. 앞으로 벌어질 일은 애써 보지 않아도 뻔했다.

그의 염려가 끝나기도 전 뇌전이 비명을 내지르며 나가떨어졌다.

"어이쿠!"

정강이를 채이고 삼 장이나 내던져진 그는 자신이 언제 어떤 방법으로 던져졌는지 이해를 하지 못했다. 그리고 그가 자신의 의문을 해소하기도 전에 초번이 그의 곁으로 나란히 굴러왔다. 다만 맷집이 남달랐던 해웅만은 치열한 박투를 펼치며 선전하고 있었는데, 그것도 말이 좋아 선전이지 일방적인 구타나 다름없었다.

"룡아, 그만 하여라."

을지룡이 너무 심하게 해웅 등을 몰아붙인다고 생각한 을지휘소가 을지룡을 말렸다. 부친의 말을 들은 을지룡은 손속을 멈추고 뒤로 물러났지만 이미 화가 날 대로 난 해웅은 앞뒤 가리지 않고 달려들었다.

"자네도 그만 진정하게."

을지휘소가 손을 뻗었다.

병장기로도 꿈쩍 않는 단단한 몸을 지닌 해웅은 코웃음을 쳤다. 그러나 어느 순간 웃음은 사라졌다. 힘없이 다가온 손이 가볍게 가슴 어귀를 스쳤을 뿐이건만 호흡이 멈추는 것 같고 전신의 힘이 모조리 빠져나가는 것이, 지금껏 겪어보지 못한 뭔가가 자신을 짓누르는 느낌을 받았다.

"으으으."

신음성을 내뱉는 그의 얼굴에 공포가 어렸다.

"사내는 물러설 줄도 알아야 하는 법이라네."

빙긋이 웃으며 재차 손을 뻗어 해웅을 짓눌렀던 힘을 해소시킨 을지휘소가 태상호법을 향해 허리를 꺾었다.

"검왕 어르신입니까?"

"네가 검을 날린 것이냐?"

"아닙니다."

비사걸이 생면부지인 사내가 자신을 알아본다는 데 의심을 품기도 전 을지휘소는 의미심장한 미소를 지으며 슬쩍 몸을 비켜섰다.

환야가 스치듯 그를 지나쳐 걸어왔다.

"거, 검왕 할아버지……."

그녀의 음성이 격동으로 떨렸다.

할아버지라니? 이 무슨 황당한 소리던가!

잔뜩 긴장하고 있던 비사걸이 어처구니없는 시선으로 그녀를 살폈다.

'나를 알고 있단 말인가? 흠, 낯이 익은 얼굴이긴 한데.'

천천히 환야의 모습을 살피던 비사걸의 눈에 이채가 어렸다.

"할아버지 소식을 듣고 어찌나 놀랐는지 몰라요. 이렇게 정정하시다니……."

위지황으로부터 남궁세가를 지켜주고 있는 태상호법이 과거 자신을 친손녀 이상으로 사랑해 주던 검왕 비사걸이라는 소리를 듣고 얼마나 놀랐던가. 환야의 눈에는 어느새 눈물이 고여 있었다.

"서, 설마……."

비사걸의 눈동자가 급격히 흔들렸다.

그제야 오십여 년이란 세월을 훌쩍 뛰어넘었지만 여전히 중년의 모습을 간직하고 있는 그녀의 얼굴에서 어렴풋이나마 기억 속 인물의 흔적을 찾아낸 것이었다.

"서, 설마… 화, 환야더냐?"

"예… 예! 할아버지."

격동을 참지 못한 환야가 비사걸의 품으로 뛰어들고, 그녀를 품에 안은 비사걸은 지금껏 그 누구에게도 보여주지 않았던 환한 미소를 흘렸다.

"허허, 허허허허!"

"저 아이들에게 할아버지가 살아 계시다는 소리를 듣고 얼마나 놀랍고 반가웠는지 모른답니다."

한참이 지난 후에야 품에서 떨어진 환야가 활짝 웃으며 말했다.

"허허, 오래 살긴 살았지."

"젊어지셨다는 말은 들었지만 이 정도인 줄은 몰랐는걸요. 반로환동이라도 하신 건가요?"

"반로환동은 무슨. 어찌하다 보니 그리되었다."

비사걸은 멋쩍은 듯 어색한 웃음을 흘렸다.

그사이 싸움을 정리하고 자신의 신분을 밝힌 남궁혜가 다가와 인사를 했다.

"남궁혜가 어르신께 인사드립니다."

"그래, 남궁가의 여식이 놈을 따라갔다는 소식은 들었다. 바로 너였구나."

남궁혜의 얼굴이 살짝 붉어졌다. 이제는 나이가 나이니만큼 덤덤하게 받아들일 만도 하건만 과거의 일을 상기하면 여전히 부끄러운 모양이었다.

"을지가의 사람들이 무림에 출도했다는 것은 나도 들어 알고 있었다. 소림사를 구했다지? 힘들었을 텐데 용케도 해냈구나."

"뭐, 그럭저럭 해치웠지요. 소림사와 인연도 있고 해서."

환야는 그닥 대수로울 것도 없다는 듯 대꾸했다.

"그래, 녀석은 어디 있느냐?"

"호호호."

환야는 자신도 모르게 웃음을 흘렸다.

녀석이란 말할 것도 을지소문을 말함이었다. 천하제일인이자 나이만 해도 일흔을 훌쩍 넘은 궁귀 을지소문을 녀석 운운할 수 있는 사람이 과연 누가 있을 것인가? 오직 눈앞의 비사걸뿐이었다.

"칠칠치 못한 장손을 찾아갔지요. 지금쯤 아마 무당에 있을 거예요."

"아, 호 말이로군. 녀석이 무당에 있다는 소식은 나도 들었다. 부상을 당했다고 하더니 그게 염려돼서 간 모양이구나."

비사걸의 말에 환야를 비롯한 을지가의 모든 사람이 고소를 지었다. 을지소문이 구하기 위해 간 사람은 을지호가 아니라 장래 손주며느리인 사마유선이었으니까.

"인사드리겠습니다. 을지휘숩니다."

"그래, 네가 휘소로구나. 허허, 그 갓난아이가 어느새 이리 컸단 말인가?"

너털웃음과 함께 비사걸의 시선이 을지룡에게 향했다.

"꼬마야, 네가 호의 동생이더냐?"

"꼬마 아닙니다. 을지룡입니다."

을지룡이 샐쭉한 표정을 지으며 퉁명스레 대꾸했다.

그런 식으로 반응할 줄은 생각하지도 못했다는 듯 비사걸의 얼굴에 황당함이 떠오르자 환야가 귀여워 죽겠다는 듯 을지룡의 볼을 꼬집었다.

"호호, 할아버지가 이해하세요. 저 아이는 꼬마라고 불리는 것을 제일 싫어해요."

"허, 고 녀석 참. 나이가 어찌 되느냐?"

"열여덟입니다."

을지룡이 어깨를 펴며 당당하게 대답했다.

"흠, 꼬마라는 소리를 들을 나이는 아니로구나. 한데 얼굴이······."

뚱한 표정으로 바뀌는 을지룡의 안색을 살피며 비사걸은 '동안(童顔)'이라는 뒷말을 차마하지 못했다.

과거 칼날 같았던 비사걸의 모습을 생각한다면 어디 상상이나 되는 모습이던가.

'세월은 속이지 못한다고 많이 부드러워지셨구나.'

환야는 한결 부드러워진 지금의 모습도 좋았지만 그 옛날의 서슬 퍼렇던 비사걸의 모습을 떠올리자 약간은 슬퍼졌다.

오십여 년 만에 이루어진 환야와 검왕 비사걸의 만남은 그렇게 잔잔

해후(邂逅) 109

히 미소와 애잔한 슬픔 속에서 이루어졌다. 하지만 안타깝게도 급박하게 돌아가는 무림의 사정은 그들의 만남을 오랫동안 지속시킬 수 없게 만들었다.

*　　*　　*

강서성 남창(南昌)에 위치한 중천의 강남 총타에서 수뇌 회의가 열렸다.

최전선에서 패천궁과 치열한 접전을 지휘하고 있는 몇몇 인물을 제외하고는 단 한 명도 빠짐없이 모였는데, 그 수가 무려 칠십이었다. 물론 그중에서 발언권이 있는 사람은 손가락으로 헤아릴 정도였지만 회의에 참석하는 인원의 규모만으로도 중천이 여타 문파와는 비교도 되지 않을 정도로 커졌다는 것을 보여주고 있었다.

수십 쌍의 눈길이 중앙 태사의에 앉은 악위군에게 향했다.

제갈세가에서의 치명적인 부상을 입고 생사기로를 넘나들기를 수십 일, 마침내 부상을 딛고 일어나 수뇌들을 소집했지만 여전히 붕대가 친친 감겨 있는 것이 꽤나 큰 후유증이 남아 있는 모습이었다.

"다시 보니 반갑소."

초췌해 보이는 모습과는 달리 짧고도 힘있는 음성.

악위군의 한마디는 그의 부상을 염려했던 모든 이들의 걱정을 일시에 해소시킬 수 있을 정도로 당당했다.

그의 숙부이자 태상장로의 지위에 있는 악호(岳虎)가 모든 이들을 대신하여 인사를 했다.

"건강을 회복한 천주를 보니 무척 다행이오."

"감사합니다, 숙부님. 모든 것이 숙부님과 여러분들이 걱정해 주신 덕분입니다."

살짝 고개를 숙이는 것으로 인사를 한 악위군이 다소 굳어진 표정으로 좌중을 살피더니 입을 열었다.

"군사로부터 그간의 전황은 대강 들었소이다."

"예. 제갈세가를 무너뜨린 본진이 남하하여 파죽지세로 놈들을 제압하고 있습니다."

호법 성한이 걸걸한 목소리로 대답했다.

"그간 점령한 분타가 열둘에 황천길로 보낸 숫자가 천을 헤아리고 있습니다."

"그리고 지금은 무이산(武夷山)에서 놈들과 싸우고 있습니다. 놈들의 저항이 격렬하기는 하나 곧 뚫을 수 있을 것 같습니다."

"무이산만 뚫으면 패천궁까지는 금방입니다."

호법 사마표(司馬豹)와 상앙(尙鴦)이 앞 다투어 전황을 보고했다.

그들로선 전공을 인정받고 싶어 하는 모양이었지만 가만히 듣고 있는 악위군의 얼굴엔 별다른 표정이 보이지 않았다. 그런 악위군의 모습에서 뭔가를 느꼈는지 열심히 떠들어대던 사마표와 상앙이 황급히 입을 다물었다.

어색한 침묵이 한참이나 이어졌다.

그사이 아무도 입을 열지 못했다. 그저 악위군의 입이 다시 열리기만을 기다릴 뿐.

"내가 며칠 동안이나 누워 있었지?"

근 반 각이 지나 입을 연 악위군이 신도에게 물었다.

제갈세가의 엄청난 폭발 속에서도 악위군의 보호로 치명상을 입은 그와는 달리 가벼운 부상만을 입고 살아난 신도가 조용히 대답했다.

"정확히 이십 하고도 사흘이 지났습니다."

"그렇군."

태사의에 깊이 몸을 파묻은 그는 또다시 침묵을 지켰다. 그 침묵은 또다시 반 각이 지나서야 깨졌다.

"몇 개의 분타를 부수고 어디까지 진격했다고?"

"열두 개의 분타를 접수하고 무이산 인근까지 진격했습니다."

"우리 측이 입은 피해는?"

"전사가 육백칠십에 부상자가 삼백입니다."

"꽤나… 많군."

"그래도 놈들이 입은 피해에 비하면 조족지혈(鳥足之血)입니다, 천주. 더군다나 절반은……."

황급히 입을 열던 사마표는 악위군의 싸늘한 시선을 받으며 황급히 말문을 닫았다.

"무너뜨린 분타가 열둘, 목숨을 빼앗은 인원이 천여 명. 그것이 그리도 자랑스럽소?"

악위군의 목소리는 무척이나 냉랭했다.

"그, 그것이……."

'쯧쯧. 가만이나 계실 것이지.'

군사로서 할 일을 다하지 못했다고 이미 매섭게 질책을 당했던 신도가 안쓰러운 표정으로 그를 응시했다.

"따지고 보면 남하한 거리가 얼마나 되오? 고작 엎어지면 코 닿을 거리를 남하해 놓고 훌륭한 전과라 자화자찬하고 싶은 것이오?"

"소, 송구합니다."

"우리가 고작 이 정도의 성과에 만족하고 있을 때 서천은 무당을 무너뜨리고 호북을 제패했다고 들었소. 북천은 소림사를 또다시 차지했다고 하고."

무당파가 무너진 소식이 전 무림에 퍼진 지도 벌써 보름이 훌쩍 지났고, 주인이 떠난 무당산은 물론이고 호북성이 철혈마단의 수중에 완전히 떨어졌다. 닷새 전엔 그들과 모종의 계약을 하고 전격적으로 철수를 한 북천이 다시금 소림사에 무혈입성(無血入城)을 하였다는 충격적인 소식도 전 무림에 퍼진 상황이었다.

"그런데도 우리가 얻은 것이라곤 고작 쓸모도 없는 분타 몇 개하고 지근거리밖에 되지 않는 거리를 남하한 것이 전부였소. 이게 말이 된다고 보시오?"

가히 추상같은 호통에 사마표 이하 모든 수뇌들이 꿀 먹은 벙어리가 되었다.

보다 못한 악호가 입을 열었다.

"아직 부상 중이오, 천주. 너무 흥분하면 몸에 좋지 않소. 그리고 천주의 마음에 차지 않을지 몰라도 저들도 나름대로는 최선을 다했다오."

"최선을 다한 것 치고는 성과가 너무 없습니다."

"상대도 상대 나름 아니겠소. 패천궁은 거목(巨木)이라오. 그리 쉽게 쓰러뜨릴 수 있는 곳이 아니오. 또한 천주의 부상을 염려한 군사가 만

일을 대비해 전력을 아껴둔 영향도 있소이다."

"그 얘기는 들었습니다."

악위군이 다소 누그러진 얼굴로 대답했다.

산동악가로서의 이름을 벗어던진 중천은 여타 조직을 배제하고 순수 전투만을 위한 무력 단체로, 독립적인 삼단(三團)과 육당(六堂) 이하 십팔대(十八隊)를 운영하고 있었다.

삼단은 순수 악가의 무인들로만 이루어진 것으로 등천(登天), 회천(回天), 파천(破天)으로 불리었는데, 전투력만을 따지자면 중천에서도 단연 최강이었다. 육당은 노호(怒虎), 창응(蒼鷹), 승룡(乘龍), 거웅(巨熊), 섬뢰(閃雷), 폭렬(爆裂)이란 이름을 지녔고 각 당에 세 개씩의 예하 부대를 두고 있었다.

최전선에서 패천궁과 싸우는 이들은 소림 인근에 배치한 폭렬단을 제외하고 바로 오당과 그 예하 십오대였는데, 신도는 삼단을 움직이자는 장로들과 호법들의 건의를 무시하고 그들로 하여금 남창, 결국 악위군의 안위를 지키게 하였다.

"너무 과했습니다."

악위군이 다소 질책하는 시선으로 신도를 바라보았다. 그러나 그가 어째서 그런 결정을 내렸는지 알고 있었기에 조금 전처럼 노한 눈빛은 아니었다.

"다소 과한 느낌이 들기는 하였으나 모든 것이 천주의 안위를 걱정하여 내린 결정인지라 우리는 군사의 의견을 따르기로 하였소. 다만 그 영향으로 천주가 원한만큼의 성과를 얻지 못한 것이니 이해를 해주시구려."

"숙부님께서 그렇게까지 말씀하시는데 제가 무슨 말을 더 하겠습니까? 하나 제가 깨어난 이상 삼단이 이곳에 있을 필요는 없습니다."

"그야 여부가 있겠소."

악위군의 노기가 풀렸다고 생각했는지 악호가 부드러운 미소를 지으며 맞장구쳤다.

"사마 장로!"

"예, 천주님."

"등천단을 이끌고 먼저 출발하시오."

"알겠습니다."

"상 장로!"

상앙이 벌떡 일어나 대답했다.

"예, 천주님!"

"회천단을 이끌고 사마 장로를 도우시오."

"그리하겠습니다."

"파천단은 내가 직접 이끌고 가도록 하겠소. 여기 계신 모든 분들도 즉시 전장으로 떠나시오."

일사천리로 명을 내린 악위군이 천천히 몸을 일으켰다. 그가 몸을 일으키자 내로라하는 패천궁의 수뇌들이 일제히 자리에서 일어났다.

"우리가 다시 만날 곳은 패천궁이 될 것이오. 패천궁의 본 궁은 내가 직접 공격하겠소. 자, 가시오. 가서 놈들이 막고 있는 전선을 단숨에 뚫어버리시오!"

"존명!"

회의가 끝난 시각은 늦은 밤이었다. 하나 새벽이 오기 전, 수십의 수뇌들과 수백의 무인들이 조용히 남창을 벗어났다. 그들이 향하는 곳은 무이산을 비롯하여 패천궁과 중천이 치열한 격전을 펼치고 있는 전선이었다.

　　　　　*　　　　*　　　　*

강서성 남단 감주(赣州).
남궁혜 일행과 헤어져 며칠 동안 감강(赣江)의 물길을 헤치며 도착한 환야 일행은 감주 포구의 객점에서 하루를 묵었다.
"대규모 병력이라고?"
이른 아침, 그다지 입맛에 맞지도 않은 음식을 억지로 먹은 탓인지 아니면 뜻하지 않게 들은 소식 때문인지 가히 안색이 좋지 않은 환야가 물었다.
"예, 천주가 직접 이끌고 움직이는 것 같다고 합니다."
"흠, 그렇다면 부상에서 회복한 모양이군."
"그만한 인물이 쉽게 죽을 리는 없겠지요."
"인물이라… 하긴 천하를 노릴 정도면 인물은 인물이겠지."
"힘든 싸움이 될 것 같습니다."
"패천궁의 저력을 너무 무시하지 말거라. 놈들이 아무리 거세게 몰아붙여도 쉽게 무너질 패천궁이 아니다."
"무시하는 것은 아닙니다. 다만, 저들의 전력이 상당해 보여서……."
"머릿수로 싸움을 하는 것은 아니니 걱정할 것 없다. 그건 그렇고 아범은 어찌할 생각이더냐? 처가의 상황도 좋은 것 같지는 않은데."

"후~ 잘 모르겠습니다. 그쪽도 급하기는 하지만 패천궁의 일도 걱정이고……."

중천의 주력이 대거 남동진하고 있다는 소식과 함께 그동안 남천의 동진을 막으며 선전했던 해남파가 위험에 빠졌다는 소식을 듣게 된 을지휘소는 몹시 곤란한 상황에 처에 있었다. 처가인 해남파를 돕기 위해 움직이자니 강적과 싸우게 될 패천궁, 아니, 엄밀히 말해서 환야의 안위가 걱정이었고, 그렇다고 환야를 돕자니 해남파에 닥친 위기가 마음에 걸렸다. 특히 수많은 고수가 버티고 있는 패천궁에 비해 홀로 남천과 싸워야 하는 해남파의 전력은 너무나도 초라해 보였다. 지금까지는 포위망을 잘 뚫으며 어찌어찌 정면 대결을 피하며 버텨내는 것 같지만, 자칫 잘못하다가 발목이라도 잡히는 날에는 그야말로 끝장이 날 것이기 때문이었다.

그런 을지휘소의 마음을 알고 있던 환야는 결국 자신이 결정을 해야 한다고 여겼다.

"나는 걱정하지 말고 해남파를 구하도록 하여라."

"어머님!"

"말했지 않느냐? 패천궁은 결코 약하지 않다."

"하지만……."

"지금껏 패천궁이 버틸 수 있었던 것엔 해남파의 도움이 결정적이었다고 하더구나. 그들이 아니었다면 패천궁은 중천과 남천의 합공에 정말 힘든 상황에 빠졌을 것이다. 하나 아무리 용맹한 그들이라도 수적인 열세는 어쩔 수 없었을 것. 이곳까지 소식이 날아든 것을 보면 정말

해후(邂逅)

위험한 상황에 빠진 모양이다. 아범 말대로 패천궁의 상황도 그리 좋지는 않으나 해남파의 안위를 무시할 수는 없는 일. 더구나 그 어떤 이유에 앞서 해남파는 아범의 처가요, 호와 이 녀석의 외가가 아니더냐? 가거라. 가서 도움을 주거라."

환야는 걱정스레 쳐다보는 을지룡의 머리를 쓰다듬으며 말했다.

쉽게 결정을 내리지 않되 한 번 결정하면 절대로 번복하지 않는 환야의 성격을 알고 있던 을지휘소는 힘없이 고개를 끄덕였다.

"알겠습니다. 어머님 말씀대로 하겠습니다."

"잘 생각했다. 참, 이 녀석은 내가 데리고 가마."

"괜찮으시겠습니까?"

을지휘소가 환야와 을지룡을 번갈아 바라보며 말했다.

"이 녀석이라도 데리고 가야 심심치 않지."

환야가 빙긋이 웃으며 말했다.

을지휘소의 능력이 어떻다는 것을 알고는 있었지만 그가 상대해야 하는 적은 너무 강했다. 만에 하나 발생할 수 있는 경우를 배제할 수 없던 환야는 홀로 남천을 상대해야 하는 을지휘소보다 그녀 자신이 을지룡을 데리고 움직이는 것이 훨씬 안전하리라는 생각을 한 것이다. 을지휘소도 그것을 알기에 별다른 토를 달지 않았다.

"그럼 그렇게 하십시오. 할머님을 잘 모셔야 한다."

"염려하지 마십시오."

상황이 어찌 돌아가는지 금방 파악한 을지룡이 당당히 어깨를 펴며 말했다.

"그래, 부탁하마."

가만히 다가간 을지휘소가 을지룡을 안았다.

'녀석, 많이 컸구나.'

어리게만 여겼던 아들의 덩치가 자신만큼 큰 것을 새삼 확인한 을지휘소는 뭔가 알 수 없는 뿌듯한 마음을 느끼며 그의 등을 가볍게 두들겨 주었다.

"한시라도 지체할 수가 없을 터, 그만 가거라. 육로보다는 뱃길로 계속 남하하는 것이 빠를 것이야."

"예, 어머님. 금방 찾아뵙겠습니다. 부디 보중하십시오."

벌떡 일어난 을지휘소가 큰절로 예를 차렸다.

"나와 룡이는 염려 말고 아비나 몸조심하여라. 사돈 총각도 조심하도록 하고."

담담히 을지휘소의 인사를 받은 환야가 지난밤부터 잠을 설치며 불안해하는 강유에게 부드러운 미소를 보였다.

"예, 어르신. 가, 감사합니다."

을지휘소와 함께 큰절로 인사를 하던 강유는 조심하라는 그녀의 말이 감사한 것인지, 아니면 을지휘소를 해남파로 보내주는 것이 감사한 것인지 그 스스로도 정확히 무엇이 감사한 것인지도 의식하지 못하고 재차 머리를 조아렸다.

"어서 가거라. 촌각의 시간 때문에 천추의 한을 남길 수도 있음이야."

환야가 거듭 재촉했다.

애잔한 눈빛으로 환야와 을지룡을 응시하던 을지휘소가 묵묵히 고개를 끄덕이며 몸을 돌렸고, 강유가 황급히 그의 뒤를 좇았다.

방문에서 잠시 멈칫하던 을지휘소는 마지막으로 고개를 돌려 환야와 을지룡을 쳐다본 후 곧 방을 나섰다.
환야는 둘의 모습이 완전히 사라지자 나지막하게 한숨을 내쉬었다.
'부디 조심하여라.'
왠지 알 수 없는 불안감이 그녀의 전신을 엄습했다.

    *   *   *

남천의 주력이 주둔하고 있는 화화장.
"아이고!"
매일같이 호통과 비명성이 터져 나오는 봉황각에서 또다시 비명성이 터져 나왔다.
"뭐가 어째? 기다려?"
죽는시늉을 하며 바닥을 뒹굴고 있는 율평을 노려보며 기요후는 노기를 참지 못하고 있었다.
"어제도 그랬고 그제도 그랬다! 도대체 그 기다리라는 소리를 언제까지 할 참이냐?"
"죄, 죄송합니다."
"죄송? 뭐가 죄송한지 알고나 지껄이는 것이냐?"
"죄, 죄송합니다."
"시끄럽다! 허구한 날 그놈의 죄송 소리! 이제는 아주 지긋지긋하다. 다시는 죄송이라는 말을 입에 담지 마라! 경고하건대 또다시 죄송이라는 소리를 입에 올리면 아예 주둥이를 찢어놓고 말겠다!"

"죄… 헙!"

늘 그랬듯이, 습관적으로 죄송이라는 말을 내뱉으려던 율평은 싸늘하다 못해 얼음장같이 변하는 기요후의 눈길을 접하곤 필사적으로 입을 틀어막았다.

"변변치 못한 놈 같으니!"

일갈을 내뱉은 기요후가 술잔을 들었다.

얼음장 같던 눈길이 거둬지자 율평은 자신도 모르게 안도의 한숨을 내쉬었다. 한다면 꼭 하고 마는 기요후의 성격상 입을 틀어막는 것이 조금만 늦었으면 틀림없이 입이 찢어졌을 것을 생각하니 온몸에 소름이 돋았다.

"지금 어디에 있다고 했지?"

"매강(梅江) 어귀인 것으로 파악됩니다."

"매강? 매강이라면 남곤산에서 이백 리 이상 떨어진 곳 아니냐?"

"삼백 리가 조금 넘습……."

정확한 거리를 말하려던 율평은 지그시 노려보는 기요후의 시선에 움찔하며 고개를 숙였다.

"그래, 남곤산에서 잡는다고 했던 놈들이 그만큼이나 도망을 갈 때까지 뭘 했다고 하더냐? 이러다가 아예 놓치는 것 아냐?"

"그, 그렇지 않습니다. 희염이 전해온 바로는 놈들의 도주로를 끊고 확실히 추격하고 있다고 합니다."

"희염, 멍청한 놈! 그만큼이나 지원을 해줬는데도 아직까지 끝장을 내지 못하고 빌빌거리고 있으니."

"그래도 벌써 오십도 훨씬 넘는 목숨을 취했다고 합니다."

"뭐, 오십? 에라이!"

기요후는 들고 있던 술잔을 냅다 던졌다.

정확히 이마를 향해 날아오는 것도 알고 충분히 피할 수 있는 실력도 되었지만 율평은 그저 질끈 눈을 감을 뿐 미동도 하지 않았다. 차라리 한 대 맞고 말지 괜히 피했다가 경을 칠 것을 두려워했기 때문이다.

쨍!

머리카락을 스치며 간발의 차이로 비껴간 술잔이 벽에 부딪치며 산산조각이 났다.

"흥, 곰 같은 놈이 제법 머리를 쓰는구나."

마지막 순간에 술잔의 방향을 바꾼 기요후가 술병을 입에 대며 조소를 흘렸다.

"아무튼 지금 당장 희염에게 전갈을 보내라."

"하, 하명하십시오."

"닷새, 아니, 사흘 내로 놈들의 목을 모조리 베어 소금에 절이지 않는다면 소금 통에 제 놈 목을 담아 보내라고 해. 낭왕과 봉후도 예외는 없을 것이라고 전해라. 명색이 사천왕이라는 놈들이 대체 뭣들 하는 거야?"

"그, 그리 전하겠습니다."

"지금 당장 보내. 참, 그건 그렇고 준비는 어찌 되고 있어?"

"무슨… 아!"

거두절미한 그의 말에 잠시 고개를 갸웃거리던 율평이 재빨리 대답했다.

"이미 만반의 준비를 끝냈습니다. 천주님 명령이 떨어지기만 하면 지금 당장에라도 움직일 수 있습니다."
"흠, 좋아."
대답이 마음에 들었는지 고개를 끄덕이는 기요후의 입가에 만족한 웃음이 흘렀다.
"내일 아침에 움직이도록 한다. 일단 최대한 근접한 곳까지 접근하는 것으로 하지."
"바로 공격을 하는 것이 아닙니까?"
율평이 의아한 표정으로 되물었다.
"그럴 필요가 있을까?"
"놈들은 지금 중천을 막기에도 버거운 상황입니다. 이때를 노려 본궁을 바로 친다면……."
"쯧쯧, 모르는 소리. 누구 좋으라고 본궁을 쳐?"
"예?"
"패천궁이 그리 만만한 곳인 줄 알아?"
"하지만 최후 방어선을 펼치고 있는 무이산도 언제 뚫릴지 모르는 상황이고 전체적인 전황이 불리하게 돌아가고 있지 않습니까? 행여 놈들이 본궁을 먼저 치는 날엔……."
"닭 쫓던 개 지붕 쳐다본다고?"
이럴 때 잘못 대답했다간 어찌 되는지 알고 있던 율평은 아무런 대답도 하지 않았다.
"거듭 말하지만, 패천궁을 무너뜨린다는 것은 결코 쉬운 일이 아니다. 얼마나 많은 고수가 본궁을 지키고 있을지도 모르는 상황이지. 물론 우리의 힘이라면 점령할 수야 있겠지만 피해도 만만치 않을 터. 그

해후(邂逅) 123

러다가 뒤통수를 맞는 수가 있다."

"하오시면……."

"모르긴 몰라도 무이산의 방어선은 곧 뚫린다. 그리고 패천궁에서 최후의 전투가 벌어지겠지. 우리가 움직이는 것은 바로 그때다."

"중천에서 가만히 있겠습니까?"

"가만히 있지 않으면? 지금도 나름대로 생색은 내고 있잖아. 몇 놈이나 살아남았지?"

"백이 조금 넘습니다."

"거봐. 삼백 동원해서 백 명 남았으면 피해도 많이 봤네. 뭐, 아쉬울 것 없는 놈들이기는 하지만. 그리고 우리에겐 해남파라는 아주 좋은 핑곗거리가 있지."

"그, 그렇군요."

그제야 기요후의 의중을 확실히 파악한 율평이 고개를 끄덕였다.

"그래도 일단은 해남파 놈들부터 작살내야 돼. 내가 조금 전 말한 대로 전갈을 띄워라. 사흘! 사흘이라는 말을 절대로 빼먹지 말고."

"존명!"

명을 받고 물러나는 율평, 그의 뒷모습을 보며 술병을 든 기요후는 스산한 웃음을 흘리며 단숨에 병을 비웠다.

　　　　*　　　*　　　*

"어, 어르신!"

기별도 없이 방으로 뛰어든 희염의 얼굴은 사색이 되어 있었다.

"왜 그러느냐? 무슨 일이라도 있는 것이냐?"

봉후와 술잔을 기울이던 낭왕이 깜짝 놀라 물었다.

"이, 이것이……."

희염이 낭왕에게 전한 것은 기요후의 명을 받고 율평이 대지급으로 보내온 서찰이었다.

서찰을 받아 든 낭왕은 본진에 무슨 일이라도 생긴 것은 아닌가 걱정하며 황급히 읽어 내려갔다.

시시각각으로 변하는 표정, 종내엔 커다란 웃음이 터져 나왔다. 그것은 곁눈질로 함께 서찰을 읽은 봉후도 마찬가지였다.

"어, 어르신!"

당황한 희염이 어쩔 줄을 모르자 낭왕이 그에게 술잔을 건넸다.

"걱정하지 말고 술이나 받아라."

얼떨결에 술잔을 받아 들기는 하였으나 술 따위가 눈에 들어올 리가 없었다.

"서, 서찰의 내용을 보지 않으셨습니까? 사흘 내에 해남파 놈들의 목을 소금에 절이지 않으면 저와 어르신들이 목을……."

뒤의 말을 담기도 두려웠는지 차마 말을 잇지 못하는 희염의 안색을 펴질 줄을 몰랐다. 하지만 주거니 받거니 하며 술잔을 비우는 낭왕과 봉후는 태연하기 그지없었는데.

"어르신!"

결국 참지 못한 희염이 버럭 소리를 지르고는 자신이 감히 누구에게 소리를 질렀는지 의식하며 재빨리 고개를 숙일 때 너털웃음을 지은 낭왕이 입을 열었다.

"쯧쯧, 뭘 그리 걱정하느냐? 하루 이틀도 아니고, 그런 식으로 목이 떨어질 것이었으면 지금껏 살아남을 수 있는 사람이 몇이나 있겠느냐? 걱정하지 말거라."

"호호호, 아무렴요. 본녀의 목숨은 적어도 네다섯 번은 떨어졌을걸요."

그래도 안심이 되지 않는지 희염의 얼굴은 펴지지 않았다.

"사내놈의 간담이 이리도 작아서야 무슨 큰일을 하겠다고. 알았다. 그렇잖아도 이제는 그만 끝낼 생각이었느니라."

"사, 사흘뿐입니다. 가, 가능하시겠습니까?"

바짝 고개를 쳐든 희염이 물었다.

"명색이 취밀단의 단주라는 놈이 이렇게 사태 파악을 하지 못해서야… 너는 지금껏 남곤산에 갇혔던 해남파가 실력이 좋아서, 아니면 지지리도 운이 좋아서 목숨을 부지할 수 있다고 생각했느냐?"

"하, 하오면?"

"놈들이 이곳까지 도주할 수 있었던 것은 놈들의 실력도, 운도 아니다. 그저 한낱 우리들의 유희(遊戱)였을 뿐."

"유, 유희 말씀이십니까?"

"그렇다. 지금껏 우리가 놈들에게 당한 것이 얼마더냐? 금방 끝을 낼 수야 없지."

봉후가 덧붙였다.

"호호호, 낭왕 선배와 본녀는 놈들에게 죽음의 공포와 절망감을 조금씩 심어주고자 일부러 사정을 봐준 것이다. 슬슬 지겨워지기도 했지만 나름대로 재밌었지."

그제야 상황 파악을 마친 희염의 얼굴에 화색이 돌았다.

"그러니까 쓸데없는 걱정을 접어두고 온 김에 술이나 한잔하여라. 참, 취밀단 녀석들에게 놈들의 족적을 놓치지나 말라고 이르고."

"여부가 있겠습니까?"

단숨에 술을 들이키는 희염의 모습은 처음 방에 들어올 때와 천양지차로 변해 있었다.

　　　　　*　　　　*　　　　*

매강 어귀 망산(岡山).

바로 그곳에 오랜 쫓김과 부상에 시달리는 해남파의 무인들이 은거하고 있었다.

"초구는 어찌 되었느냐?"

식은땀을 흘리며 눈을 감고 있던 강운교가 조심스레 다가온 강명에게 물었다.

"고향으로 돌아갔습니다."

순간, 강운교의 얼굴에 안타까움이 스쳐 지나갔다.

"그… 랬더냐."

치명적인 부상을 당한 초구가 수천 리 떨어진 고향으로 돌아갔다는 말은 곧 그의 목숨이 끊어졌다는 것을 의미했으니.

"후~"

그의 입에서 처연한 한숨이 흘러나왔다. 남천의 집요한 추격을 뚫고 매강의 서쪽 면에 우뚝 솟아 있는 망산까지 도주할 수 있었지만 계속해서 쓰러져 가는 제자들로 인해 그의 가슴은 갈가리 찢겨져 있었다.
"몸은 좀 어떠십니까?"
"괜찮다."
강운교는 아들에게 애써 웃음을 보이며 안심시키려 하였다. 하지만 그의 말대로 결코 괜찮은 것이 아니었으니, 며칠 동안 잠을 이루지 못해 두 눈은 붉게 충혈되었고 심각한 내상 때문인지 얼굴은 흙색이었다. 팔뚝부터 잘려 나간 오른팔의 상처 부위에선 피고름이 끊이지 않았는데, 상처 부위가 점점 위로 올라오는 것이 좀처럼 차도를 보이지 않았다. 더구나 그간의 전투로 인해 하루에도 수명씩 목숨을 잃어가는 제자들과 언제, 어디서 공격받을지 모른다는 걱정으로 피폐해질 대로 피폐해진 정신은 그로 하여금 지금껏 남천의 동진을 막으며 막대한 피해를 준 해남파의 장문인이라는 사실을 무색하게 만들었다.
"놈들의 추격은 어떠하냐?"
"더 이상의 추격은 없는 것으로 보아 따돌린 것 같습니다."
"그렇다면 다행이구나."
말은 그리해도 그의 안색은 그다지 안심하는 모습이 아니었다.
"하지만 부상자들이 많아서……."
강명은 차마 말을 잇지 못했다.
"얼마나… 남았지?"
"백 명이 조금 안 됩니다."
"음."
지그시 눈을 감는 강운교의 입에서 한숨이 흘러나왔다.
'단 며칠 사이에 그 많은 인원이…….'

광동성에 상륙한 해남파의 무인들의 수는 대략 삼백 명이 넘었다. 오랜 싸움으로 인해 점점 피해가 쌓이기는 했으나 적절히 치고 빠지는 전법을 구사한 해남파는 남천에 비해 피해라고 할 수도 없을 만큼의 인원을 잃어가며 선전했다. 문제는 남곤산에서부터였다. 남곤산에 머물 때만 해도 이백이 넘던 숫자가 포위 공격을 당하고 탈출하는 과정에서 근 백여 명으로 줄고 만 것이다.

"네 막내 사숙은 어찌 되었느냐?"

강운교가 그와 함께 싸우다 부상을 당한 외전 전주 장염의 안위에 대해 물었다. 멈칫거린 강명은 쉽게 대답을 하지 못했다.

"죽은… 모양이구나."

"예, 둘째 사숙께서 필사적으로 애썼지만… 순식간에 파고든 독기가 내장을 상하게 하여……."

강명의 눈가에 이슬이 맺혔다. 강운교의 눈가에서도 눈물이 흘러내렸다.

"독이라… 그랬구나. 결국 나 때문에……."

제자들이 낭왕이 부리는 늑대들과 치열한 싸움을 하는 동안 그는 만독문이 자랑하는 독혈인과 목숨을 걸고 싸웠다.

천하제일은 아니었으나 해남파의 무공이 약하지 않았고, 또한 그의 성취가 낮은 것은 아니었다. 하나 자아가 없다는 치명적인 약점을 없앤 만독문의 독혈인은 가공, 그 자체였다. 금강불괴를 능가하는 단단한 몸뚱이는 둘째치고 그의 전신에서 뿜어져 나오는 독기는 도저히 인간의 몸으로 감당키 어려운 것이었다. 단지 스쳤다는 이유만으로 스스로 잘라 버린 그의 팔이 그것을 증명하고 있었다.

장염이 당한 부상도 바로 독혈인과의 싸움에서 위기를 맞은 강운교를 구하기 위해 뛰어들었다가 당한 것이었다. 다만 목숨을 부지한 강운교에 비해 가슴을 강타당한 장염은 어찌 손써보지도 못하고 목숨을 잃은 것이 차이라면 차이.

"하루라도 빨리 패천궁으로 가야 한다. 해남파로 돌아갈 수 없는 지금 우리가 살 수 있는 길은 오직 그뿐이야."

"알고 있습니다. 그러나 전해오는 소식에 의하면 패천궁의 상황도 그리 좋은 것 같지는 않습니다."

"어느 정도냐?"

"무이산에 최후의 방어선을 치고 필사적으로 막고 있다고 합니다만 언제 뚫릴지 모른다고 합니다."

"패천궁은 저력이 있는 곳이다. 본궁이 무사하면 괜찮아. 문제는 우리가 놈들의 추격을 뚫고 본궁까지 갈 수 있느냐인데……."

"부상자들이 많아서 걱정되기는 하나 놈들의 추격은 충분히 따돌렸습니다. 얼마 되지 않는 길, 무사히 갈 수 있습니다."

"후~ 그리만 된다면 다행이지만……."

힘없이 고개를 끄덕이는 강운교는 왠지 모를 불안감에 잠시 몸을 떨었다.

그의 불안감이 전해진 것일까? 강명의 얼굴 또한 더없이 굳어졌는데…….

그런 그들의 머리 위 천장에 조그만 벌 두 마리가 앉아 있었다.

제 67장

무이산(武夷山)

무이산(武夷山)

패천궁 본궁의 의사청.

태상궁주 안당을 위시하여 원로원의 고수들, 전장에 나가지 않은 장로, 호법 등 패천궁의 수뇌들이 심각한 표정으로 의견을 나누고 있었다.

"전황이 어떠하냐?"

중앙에서 회의를 주관하고 있는 안당이 온설화에게 물었다.

"힘듭니다."

온설화는 조금도 망설임없이 대답했다. 아무리 그렇더라도 그렇듯 단정적으로 말할 줄은 몰랐다는 듯 안당의 안색이 다소 굳어졌다.

"힘들다? 하면 포기해야 한다는 것이냐?"

"어차피 승부는 본궁에서 겨룰 수밖에 없습니다. 무이산에선 그저 최대한 적에게 피해를 주는 것으로 만족해야 합니다."

"낙 장로에게서 연락은 왔느냐?"

냉악이 물었다.

"수삼일 내에 철수를 한다고 하셨습니다."

"음."

이곳저곳에서 한숨이 터져 나왔다.

무이산 전선을 책임지고 있는 암왕 낙운기가 누구던가!

불패의 승부사! 후퇴를 하느니 차라리 목숨을 버리고도 남을 사람이었다. 그런 그가 후퇴를 한다고 전해온 것이었다. 그것만으로도 전황이 얼마나 좋지 않게 흘러가고 있는지 미루어 짐작할 수 있었다.

"흑기당, 적기당에 이어 혈참마대까지 투입했는데도 안 되는 것인가?"

"애당초 수적으로 차이가 너무 큽니다. 지금껏 버틴 것도 기적이지요."

"낙 장로가 후퇴한다면 어쩔 수 없는 것이겠지. 그래, 이후의 대책은 어떤 것이 있느냐?"

안당의 물음에 온설화가 자리에서 일어났다. 그리곤 패천궁 주변의 지형을 자세히 묘사해 놓은 지도를 펼치며 입을 열었다.

"무이산에서 이곳까지는 정확하게 사흘 길입니다. 하나 힘들게 무이산을 차지한 저들이 금방 쳐들어올 수는 없습니다."

"전열을 정비하겠지."

누군가 말했다. 온설화가 고개를 끄덕였다.

"저들의 공격이 시작되는 시점은 나흘에서 닷새 후, 그리고 공격은 바로 이곳부터 시작될 것입니다."

온설화가 가리킨 곳은 패천궁을 병풍처럼 감싸고 있는 옥산(玉山)이었다.

"그리고 이곳과 이곳에서도 동시에 공격이 시작될 것입니다. 또한……."

이미 모든 계획을 수립했는지 지도의 이곳저곳을 시적하며 설명하는 온설화의 말에는 거침이 없었다.

무공은 논외로 친다 하더라도 고작 이십 전후에 불과한 그녀에 비해 회의에 참석한 이들 대부분은 수십 년이 넘는 세월을 무림에 적을 두고 연륜을 쌓은 사람들이었다. 하나 아무도 그녀의 말에 토를 달지 못했다. 의문점에 질문을 하고 더러는 몇몇 의견을 제시하기는 하였지만 그녀가 세운 계획의 틀에서 벗어난 것은 없었다.

"…그래도 가장 중요한 것은 핵심 고수들의 싸움입니다. 단 한 번의 싸움이 전세를 뒤집을 수도 있는 터, 신중을 기해야 합니다. 특히 중천의 천주는 제갈세가의 폭발 속에서도 살아남은 무서운 고수입니다."

"그자는 내가 상대하마."

안당이 냉소를 지으며 말했다. 냉악이 고개를 흔들며 말했.

"태상궁주께서 친히 싸우실 필요는 없습니다. 제가 상대하도록 하지요."

"내가 놈에게 질 것이라 생각하는가?"

"설마 그럴 리야 있겠습니까. 다만 강한 상대를 보면 참지 못하는 성격인지라……."

대답이 궁색했다. 하지만 자신을 위해 한 말이라는 것을 어찌 모를까? 더 이상 추궁해 봐야 서로 어색하기만 할 뿐인지라 안당은 고개를 끄덕였다.

"굳이 원한다면 내가 양보하지. 자네 마음대로 하게나."

"감사합니다."

"냉 원로님께서 중천의 천주를 상대하신다면 남천의 천주는 제가 상대하겠습니다."

중천은 물론이고 남천의 공격도 임박했다는 것을 알고 있던 도왕 동방성이 가슴을 펴며 나섰다.

"어허, 그자는 이미 내가 점찍어놓았네. 자네는 다른 자를 찾아보게나."

웅사웅이 어림도 없다는 듯 고개를 흔들었다.

"이거야 원, 천주 말고 딱히 상대가 있겠습니까?"

"왜 없나? 듣자니 사천왕인가 뭔가 하는 놈들이 있다고 하던데."

"다 허울 좋은 이름 아니겠습니까?"

동방성은 자신만만했다. 그러한 자신감이 마음에 들었는지 안당이 너털웃음을 터뜨렸다.

"허허, 이 얘기를 들은 자들이 무슨 표정을 지을지 궁금하군. 아무튼 좋아, 그런 자신감은 좋은 것이지."

바로 그때였다.

회의실의 문이 열리면 낭랑한 목소리가 들려왔다.

"뭐가 그리 좋으신가요?"

"오, 령이로구나. 어서 오너라."

음성의 주인공이 임여령이란 것을 확인한 안당이 반색하며 손짓을 했다.

"즐거운 일이라도 있나 봐요?"

"즐거운 일? 뭐, 즐거운 일일 수도 있고 아닐 수도 있지."

"피, 그런 일이 어딨어요? 즐거우면 즐거운 것이고 아니면 아닌 것이지."

혓바닥을 낼름 내미는 모습이 그렇게 귀여울 수가 없었다.

안당이 손을 뻗어 그녀의 머리를 쓰다듬었다.

"네가 그런 것까지는 알 필요 없다. 그래, 녀석의 상태는 좀 어떠하냐?"

"아저씨요?"

패천궁의 궁주를 동네 아저씨 부르듯 하는 사람이 누가 있을까? 시큰둥하게 대꾸하는 그녀의 모습에 안당은 물론이고 주변의 모든 이들의 입가에 웃음이 흘렀다.

"그래, 상세는 조금 나아졌느냐?"

"흥, 의원이 실력이 아무리 좋으면 뭐 해요. 나아지고 싶은 마음이 있어야 나아지지요."

"아직도 그 상태더냐?"

"예."

임여령이 뾰로통한 얼굴로 고개를 끄덕였다.

"후~"

안당의 얼굴이 굳어졌다.

중천이 잠입시킨 간자에 의해 치명적인 부상을 당한 안휘명은 생사의 갈림길에서 유불살 송찬의 등에 업혀온 임여령의 치료를 받고 기적적으로 목숨을 구했다.

생사괴의 임종대의 후손답게 임여령의 솜씨는 가히 독보적이었다. 생혈(生穴)과 사혈(死穴), 상리(常理)를 뒤엎는 기괴한 침술엔 지켜보는 모든 이들을 바짝 긴장시키는 힘이 있었고, 개똥만큼이나 쓸모없는 잡풀과 독초(毒草)로 탕재를 만들 때엔 그녀가 오기까지 안휘명을 구명하던 의원들의 필사적인 반대를 불렀다. 그러나 말도 되지 않을 침술과 탕약의 절묘한 조합으로 그녀가 치료를 시작한 지 이틀, 안휘명의 의식이 돌아오고 사흘 만에 입을 뗄 정도로 호전이 되자 그 누구도 임여령의 솜씨에 가타부타 말이 없었다. 하지만 거기까지였다. 임여령의 필사적인 노력으로 악화가 되는 것을 막기는 하였으나 어찌 된 일인지 안휘명의 상세는 그 이후론 조금도 나아지지 않았다.

이유는 한 가지였다.

부친이 중천의 간자라는 이유로 어쩔 수 없이 안휘명을 배반해야 했던, 그를 사랑했지만 독을 풀어 부친을 도왔던, 안휘명의 의식이 돌아온 것을 확인한 이후 결국엔 '미안하다고 전해줘요' 라는 말을 남기고 웃으며 스스로의 목숨을 끊어버린 여인. 그녀의 죽음을 안 뒤부터 안휘명은 삶에 대한 의욕을 버렸다. 병마와 싸워야 할 환자가 스스로 삶에 대한 의지를 포기한 것이었다.

'그 아이가 죽는 것을 막았어야 했는데.'

안당은 그녀를 가두라고만 하고 이후 신경을 쓰지 못한 것에 대한 후회를 했지만 후회란 아무리 빨라도 늦는 법. 지금은 그저 안휘명이 하루라도 빨리 기운을 차리기만을 바랄 뿐이었다.

"그래도 네가 있어 얼마나 든든한지 모른다. 계속 애를 써주거라."

"알았어요."

안당의 슬픔이 몸으로 전해졌는지 임여령도 공손히 대답했다.

"태상궁주님."

안당의 시선이 그녀에게 향하고 잠시 주의를 환기한 온설화가 입을 열었다.

"패천수호대를 동원했으면 합니다."

"패천수호대를?"

뜬금없는 그녀의 말에 되묻는 안당의 음성에 의문이 깃들었다.

왜 그렇지 않겠는가? 이전 정도맹과의 싸움으로 다소 약해지기는 했어도 패천수호대는 그야말로 패천궁 최고의 전력, 결코 함부로 움직일 수 없는 것이었다. 한데도 그것을 모를 리 없는 온설화가 패천수호대를 거론한 것이었으니…….

"맞서 싸우는 것보다 퇴각하는 것이 더 힘든 법입니다. 지원을 했으면 합니다."

"흠, 일리가 있는 말입니다. 지금은 최소한의 전력이라도 보호해야 합니다."

냉악이 거들었다.

"위험하지 않겠습니까? 혹여 패천수호대가 피해라도 입는다면……?"

송백검 백준이 다소 염려되는 표정으로 말했다.

"충분히 걱정할 만한 일입니다. 하지만 자칫 무질서하게 퇴각하다간 예상치 못한 피해를 볼 수 있습니다."

"그래도……."

"위험을 감수하고서라도 그들의 퇴각을 도와야 합니다."

"군사의 생각이 그렇다면 어쩔 수 없는 것이겠지만······."

전에 없이 강경한 온설화의 주장에 백준은 슬그머니 꼬리를 말았다.

"네가 수고를 해줘야겠구나."

안당이 화천명을 바라보며 말했다.

"알겠습니다."

화천명이 조용히 대답했다. 차기 후계자로 내정된 이후 그는 어딘지 모르게 조금씩 변모하고 있었다.

"그나저나 해남파는 어찌하실 생각입니까? 남천에게 제대로 쫓기고 있다고 하던데, 이대로 보고만 있어야 하는 것입니까?"

비혈대의 대주 사중명이 조심스레 입을 열었다.

"해남파······."

해남파가 입에 오르자 다들 입을 다물었다.

해남파가 남천의 추격으로 위기에 빠진 것은 속속 올라오는 보고로 인해 다들 알고 있었다. 그들이 패천궁을 위해, 물론 패천궁을 위한 것이라고 단정 지을 수는 없었지만, 얼마나 많은 일을 했는지도 인식하고 있었다. 어쩌면 지금껏 버티는 것도 그들이 남천의 발목을 잡고 놓지 않았기 때문인지도 몰랐다. 그리고 지금 이 순간까지도 그들은 남천과 생사결전을 벌이고 있었다.

"도와야 하지 않겠습니까? 이대로 방치하면 전멸을 당할지도 모릅니다."

해남파에 비혈대의 대원을 파견한 사중명은 현재 절체절명의 위기에 빠진 해남파의 상황을 가장 잘 알고 있었다.

"문제는 그들을 도울 여력이 없다는 것이네. 자네도 알다시피 중천과의 건곤일척의 승부를 앞둔 지금 병력을 빼기란 무리야. 시간적 여유라도 있다면 모를까 힘들다고 보네."

동방성이 고개를 흔들며 말했다.

"하지만……."

"비록 우리와 길은 같지 않더라도 지금껏 도움을 받은 처지인데 어찌 외면하고 싶겠나. 다만 상황이 여의치 않으니."

"군사는 어찌 생각하나?"

안당이 물었다.

지그시 입술을 깨물고 잠시 생각에 잠긴 온설화가 반짝거리는 눈동자를 굴리며 입을 열었다.

"현 상황에서 전력을 빼낸다는 것은 현실적으로 힘들겠지요. 그래도 도와줘야 합니다. 그것이 의도했든 하지 않았든 우리를 도와준 그들에 대한 예의입니다. 그렇다고 대규모로 병력을 지원할 수도 없는 노릇이고 보면……."

가녀린 몸에 어울리지 않게 힘있는 어조에 모두들 그녀의 다음 말을 기다렸다.

"혈영대를 파견했으면 합니다."

"음."

"혈영대!"

인원은 얼마 되지 않지만 하나같이 살수의 수업을 쌓아 무시 못할 실력을 지닌 혈영대, 빠르게 기동하여 해남파를 도울 수 있어야 하는 지금 그들만큼 적절한 대안이 있을까?

"멋진 생각이야!"

한가풍이 자신도 모르게 무릎을 치며 탄성을 질렀다. 저마다의 반응이 그와 다르지 않았다. 그것으로 사실상 결정난 것이나 다름없었다.

"냉혈."

안당이 말석(末席)에 앉아 지금껏 단 한 마디, 어떤 반응도 보이지 않는 한 사내를 불렀다.

"예."

"가거라."

"존명."

큰 목소리의 거창한 대답 따위는 없었다. 냉혈은 조용히 한마디 대답을 남기고 회의장을 빠져나갔다. 그리곤 그를 따라 정확히 사십사 명의 혈영대원이 패천궁을 빠져나갔다.

*　　　*　　　*

"자네들이 와주었군. 고생했네."

그간의 고충이 대단했는지 지친 기색이 역력한 낙운기는 설마 하니 패천수호대가 올 줄은 몰랐다는 듯 무척이나 고마워하는 표정이었다.

"아닙니다, 어르신. 저희들이야 고생이랄 게 뭐 있겠습니까? 그간 애쓰셨습니다."

"애는 무슨. 결국 지켜내지 못했으니 자네들을 볼 면목이 없네."

"이만한 병력으로 지금까지 버텨낸 것만 해도 기적이지요. 어르신의 힘이 아니었다면 불가능했을 일입니다."

몇 배가 넘는 적을 맞이하여 패천궁의 무인들은 누구나가 인정할 정도로 훌륭히 싸웠지만 낙운기는 성에 차지 않는 모양이었다.

"불가능이라… 훗, 그랬나?"

낙운기의 입가에 쓴웃음이 지어졌다.

"아무튼 이제는 적의 추격을 뿌리치고 무사히 퇴각하는 것이 중요한 일입니다. 전력을 최대한 보전해야 합니다."

"그래야겠지, 아직 최후의 일전이 남아 있으니."

"저희가 할 일을 하명해 주십시오."

궁주의 칙명으로 도우러 오기는 했지만 화천명은 스스로의 할 일을 결정하거나 앞으로 나서지 않았다. 그런 마음 씀씀이가 고마운지 낙운기의 입가에 담담한 미소가 흘렀다.

"이리 오게나."

회의실로 화천명을 부른 그는 전황도(戰況圖)를 보여주며 얼굴을 굳혔다.

"무이산 자락의 방어선은 크게 세 곳으로 나눌 수 있네. 왕공진 장로가 책임지고 있는 북쪽의 포성(浦城), 뇌 호법이 책임지고 있는 남쪽의 황강봉(黃崗峯), 그리고 나와 자네가 서 있는 이곳 무이산 본류."

"북쪽입니까, 남쪽입니까?"

화천명이 단도직입적으로 물었다. 낙운기가 버티고 있는 곳은 애당초 논외라는 듯.

"아무래도 북쪽이겠지. 적의 공격이 이쪽만큼이나 거세다고 들었네. 힘든 싸움을 하고 있는 모양이야. 자네들의 힘이 필요할 걸세."

"남쪽은 어떻습니까?"

"뇌 호법이 전하기론 한결 여유가 있다고 하네. 거리도 거리고 이곳이나 포성만큼 중요한 곳이 아니라 그런지 적도 그다지 신경 쓰고 있지는 않은 것 같네. 그래도 일단은 신중하게 퇴각하라 말해 두었네."

"알겠습니다. 그럼 어르신 말씀대로 저희는 왕 장로님을 도우러 가겠습니다."

"먼 길을 오느라 힘들었을 터인데 잠시 휴식이라도 취하는 것이 어떤가?"

"아닙니다. 한시가 급한 상황에서 한가로이 쉬고 있을 수는 없습니다. 휴식은 그곳에 도착해서 취해도 괜찮을 것입니다."

"허허, 자네가 그리 말하는데 내 어찌 말릴 수 있겠는가? 알았네. 그럼 고생하게나."

화천명이 차기 궁주 자리에 낙점되었다는 것은 이미 만방에 알려진 사실. 낙운기는 믿음직한 그의 모습에 한결 마음이 가벼웠다.

'오늘의 위기만 넘기면 패천궁은 또다시 도약할 수 있겠어.'

낙운기가 흐뭇해하는 사이 자리에서 일어난 화천명이 허리를 꺾었다.

"그럼 궁에서 뵙겠습니다. 보중하십시오."

"알았네. 자네들도 고생하게나."

"예, 어르신."

재차 예를 차린 화천명은 그를 기다리고 있는 수하들에게 곧바로 명을 내렸다. 패천수호대는 낙운기 등의 배웅을 받으며 왕공진이 버티고 있는 포성으로 이동하기 시작했다.

* * *

"공격입니까?"

창웅당의 당주 황주(黃宙)가 주먹을 불끈 쥐며 물었다.

창웅당을 이끌고 황강봉을 공략한 지가 벌써 수일, 삼분지 일도 되지 않는 병력을 어찌 하지 못해 시간만 끈 것이 못내 분했던 그에게 상앙과 회천단의 등장은 그야말로 천군만마나 다름없었다.

"그렇지 않으면 내가 이곳까지 온 이유가 없지 않느냐? 당장 총공격을 감행하여라."

"알겠습니다."

자리에서 벌떡 일어난 황주의 눈에서 살기가 번뜩였다. 그의 뒷모습을 보는 상앙의 눈매도 서늘해졌다.

'놈들은 우리의 전력이 모두 무이산 본류로 집중된 것으로 알고 있을 터. 아예 끝장을 내주마!'

"호, 호법님!"

비부 뇌학동의 거처로 달려오는 용설호(龍雪虎)의 음성은 무척이나 다급했다.

"무슨 일이냐?"

지도를 보며 주변 지세(地勢)를 꼼꼼히 살피던 뇌학동이 언짢은 표정으로 물었다.

"저, 적이……."

얼마나 급하게 달려왔는지 용설호는 숨이 턱까지 차 올라 제대로 말을 이을 수가 없었다. 한심하다는 듯 물끄러미 쳐다보던 뇌학동은 헐

떡이던 그의 숨이 잦아들 즘 재차 물었다.

"대체 무슨 일이기에 그리 당황하는 것이냐?"

"적이 쳐들어오고 있습니다."

뇌학동은 어이가 없는 표정이었다.

"쯧쯧, 그럼 놈들이 언제는 가만히 있었느냐? 적당히 상대해 주면 될 것을."

황강봉이 어떤 곳이던가? 비록 무이산 본류나 그 윗자락에 위치한 포성에 비해 적의 공세가 덜하기는 해도 단 하루도 싸움이 멈추지 않은 곳이었다. 싸움으로 시작해 싸움으로 끝나는 것이 하루 일과. 적이 공격해 들어오는 것은 당연한 일이었다. 하니 용설호의 반응은 이해할 수가 없는 것이었다.

"한둘이 아닙니다. 대, 대규모입니다!"

"대규모?"

용설화의 표정에서 평소엔 볼 수 없는 다급함을 읽은 것일까? 그제야 얼굴을 굳히는 뇌학동이 황급히 물었다.

"대규모 정도가 아닙니다. 아주 개 떼처럼 몰려오고 있습니다!"

"대충 몇 명으로 보이느냐?"

"모르겠습니다. 파악이 안 됩니다. 너무 많습니다."

"도대체 얼마나 몰려오기에!"

더 이상 지체할 수 없다고 판단한 뇌학동이 자리를 박차고 일어났다.

"으아악!"

부술 듯 문을 차고 나간 그의 귀에 찢어지는 듯한 비명성이 들려왔다. 순간, 그대로 몸을 멈춘 뇌학동의 눈썹이 파르르 떨렸다.

보통 싸움이 벌어지는 곳은 황강봉 중턱에 있는 황강평(黃崗坪)과 그 위쪽에 위치한 협곡(峽谷)이었다. 본진과 제법 거리가 있는 그곳에선 아무리 큰 싸움이 벌어져도 비명성이나 병장기가 부딪치는 소리 따위는 들려오지 않았다. 한데 함성 소리며 비명, 탁한 금속성이 너무나 선명하게 들려왔다. 결론은 하나였다.

"어느새 이곳까지 밀렸단 말인가?"

그의 말이 끝나기가 무섭게 연신 뒷걸음질치는 패천궁의 무인들과 그들을 노도처럼 뒤쫓는 일단의 무리들이 시야에 들어왔다. 한눈에 보이는 인원이 백을 훌쩍 넘었다. 머뭇거릴 틈이 없었다. 도끼를 움켜쥔 손에 절로 힘이 들어갔다.

"모두 나를 따르라!"

명령과 함께 그의 몸이 허공으로 치솟았다.

네다섯 번의 도약으로 단숨에 전장에 도착한 그가 도끼를 던졌다.

붕붕붕붕붕.

요란한 파공성과 함께 손을 떠난 도끼, 그다지 크지도 않고 날카로울 것 같지도 않은 두 개의 도끼가 추격자들을 향해 날아갔다.

"피, 피햇!"

패천궁의 무인들에게 막 손을 쓰려던 사내들이 황급히 방향을 틀어 자신들을 위협하는 도끼를 막아갔다. 하나 비부라는 명성이 단순히 얻어진 것은 아니었다. 적의 무기를 단숨에 날려 버린 도끼는 마치 생명이라도 있는 듯 기묘한 움직임을 보이며 사내들의 목을 쓸어갔다.

"크악!"

무이산(武夷山)

"커흑!"

이곳저곳에서 비명성이 터지고, 좌우로 교차하며 크게 선회를 한 도끼가 뇌학동의 손으로 다시 돌아왔을 땐 정확히 일곱 구의 시체를 남긴 후였다.

"물러서지 마라! 정신들 차리고 적을 맞아!"

온 산이 울릴 정도로 쩌렁쩌렁하게 외친 그가 정면으로 나서고 그의 뒤를 이어 본진에서 쏟아져 나온 많은 무인들이 따르자 정신없이 후퇴만 하던 이들도 크게 사기가 올라 함성을 질렀다.

그러나 그 정도에 기가 꺾일 중천의 무인들이 아니었다. 창응당의 병력만으로도 상대의 전력을 뛰어넘고 있는데, 중천의 핵심 전력이라 할 수 있는 회천단까지 지원을 온 상태였다. 더구나 후미에서 싸움을 지켜보던 상앙과 회천단의 주요 고수들이 본격적으로 나서기 시작하자 그들의 기세는 패천궁에 비할 바가 아니었다.

"저자는 제가 맡겠습니다."

상앙의 곁에 있던 중년의 사내가 전장 한복판에서 무위를 뿜내고 있는 비부 뇌학동을 가리키며 말했다.

"가능하겠는가? 비부 뇌학동… 패천궁에서도 꽤나 알아주는 실력자야."

"상관없습니다."

중년 사내는 자신만만했다.

"허허, 하긴 회천단의 단주가 몸소 나설 정도라면 저 정도 상대는 되어야겠지. 알겠네. 자네 마음대로 해보게."

"감사합니다."

허락할 줄 알았다는 듯 가볍게 목례를 한 사내가 긴 창을 어깨에 둘러메고 천천히 걸음을 옮겼다.

'광뢰(狂雷) 악영(岳煐). 창으로선 그 상대가 없다고 하던데 과연 그런지 어디 실력이나 한번 볼까?'

느릿느릿 걸음을 옮긴 악영이 뇌학동의 시야에 들어온 것은 그가 막 두 번째 도끼를 회수한 직후였다. 또다시 많은 이들의 피를 묻혔음에도 도끼의 날엔 단 한 방울의 피도 묻어 있지 않았다.

"너는 누구냐?"

"악영."

뇌학동의 이마가 살짝 찌푸려졌다.

들어본 적이 없는 이름이었다. 그러나 전신에서 뿜어져 나오는 기세는 실로 예사롭지가 않았다.

"악… 영?"

"들어본 적이 없는 이름일 것이오. 회천단을 이끌고 있소."

'회천단? 이번에 새로 움직였다는 그들인가?'

들어본 적이 있는 것도 같았다. 뚜렷이 기억되지 않는 것을 보면 분명 익숙하지 않은 이름임은 틀림없었지만 최근 중천의 주력이 대대적으로 움직이고 있다는 연락을 받은 터, 그들 중 일부인 듯했다.

"나를 상대하기 위해 움직였느냐?"

"그렇소."

악영이 고개를 끄덕였다. 뇌학동의 입가에 비릿한 웃음이 살짝 나타났다.

"호기심이 강한 자는 명줄이 짧은 법이다."

무이산(武夷山) 149

"호기심인지 자신감인지는 두고 보면 알 것이오."

담담히 대꾸하는 악영의 태도나 음성은 무심하기 그지없었다.

'고수로군, 그것도 상당한 실력의.'

대답하는 그 모습에서 뇌학동은 상대의 실력을 어렴풋이나마 느낄 수 있었다. 그렇다고 자신이 없는 것은 아니었다. 다만 자신이 그에게 잡혀 있는 동안 전황이 어찌 돌아갈지 예측할 수 없다는 것과 싸움을 지휘하고 있는 적의 최고 수뇌가 악영이 아니라는 것이 마음에 걸렸다.

"타핫!"

힘찬 기합성과 함께 뇌학동의 선공이 시작되었다. 연배가 높다는 이유로 체면 같은 것을 따질 여유가 없었다.

'속전속결(速戰速決)!'

무리일 수도 있었으나 최상의 선택이었다.

악영은 무섭게 쇄도하는 뇌학동의 모습을 물끄러미 바라보았다. 하지만 그것은 보는 이들의 착각이었다.

슈슈슉!

뇌학동의 움직임보다 배는 빠르게 그를 향해 날아가는 물체가 있었다.

"헛!"

뇌학동의 입에서 다급한 신음성이 터져 나오고 허공을 가르던 그의 몸이 방향을 틀며 회전했다. 순간, 그의 옆구리를 아슬아슬하게 스쳐 지나가는 물체는 아무렇게나 들고 있던 악영의 장창이었다.

뇌학동을 놓친 창은 곧바로 회수가 되고 이전보다 더욱 빠르게 날아들었다.

'제길!'

단순히 몸을 틀어 피하기는 틀렸다고 생각한 뇌학동이 도끼를 교차하며 몸을 보호했다.

땅!

경쾌한 마찰음과 함께 악영이 찌른 창이 뇌학동의 몸에서 불과 몇 치 떨어지지 않은 곳에서 멈춰졌다. 교차된 도끼에 잡힌 것이었다. 그러나 그것도 잠시, 창간(槍杆)을 빙글 돌려 잡힌 창을 빼낸 악영의 공격이 재차 이어졌다.

미간을 노리는가 싶더니 어느새 하악골(下顎骨:턱뼈)을 노리고, 뇌학동이 그것에 대응하자 악영의 창은 현기혈(玄機穴:흉골 아래쪽)을 집요하게 공격했다.

'허! 뭐가 이리 빨라.'

도저히 정신을 차릴 수 없을 정도로 짓쳐 들어오는 공격은 뇌학동을 당황시키기에 충분했다. 수십 년 동안 헤아릴 수 없을 정도로 많은 싸움을 거쳐 왔지만 지금처럼 무방비로 당해보기도 처음이었다.

한번 시작된 악영의 공세는 멈출 생각을 하지 않고 끊임없이 계속되었다.

기세를 잡은 그는 현기혈과 기문혈(期門穴)을 연거푸 노리며 뇌학동의 움직임을 완벽하게 봉쇄했다. 상대의 움직임에 따라 전후좌우 기쾌하게 밟아가는 발놀림은 경탄을 자아내게 할 정도였다.

특히 그런 움직임을 보이면서도 곳곳의 요혈에 찔러 넣는 창의 속도는 상상할 수도 없을 정도로 빨랐다. 그랬기에 경천동지할 정도의 내공을 지닌 것도 아니었고, 눈이 부셔 입을 쩍 벌릴 정도로 화려한 초식을 사용하는 것도 아니었음에도 뇌학동이 반격의 실마리를 잡지 못하는 것이었다.

삼각이라는 시간이 흘렀다.

싸움은 나름대로 팽팽했다.

악영의 그토록 거센 공격에 완벽하게 기선을 제압당했으면서도 뇌학동은 잘 버텨냈다.

"놀랍구나! 진정 대단들 하다."

멀리서 둘의 싸움을 지켜보던 상앙의 입에서 경탄성이 터져 나왔다.

"천주의 친인척이라는 이유 때문에 회천단의 단주가 되었다는 소문이 있더니만, 이거야 원."

상앙은 절레절레 고개를 흔들었다. 비부 뇌학동의 명성이야 익히 들어 알고 있던 것. 하지만 악영이 그렇게 뛰어난 실력을 지닌 줄은 꿈에도 상상하지 못했기 때문이다.

"하나 아쉽구나. 결국 이런 식으로 마무리가 되어야 하다니."

상앙의 입에서 나직한 한숨이 흘러나왔다. 비록 적이지만 그는 뇌학동의 무위를 존경했다. 승패를 떠나 악영과의 싸움을 경건한 마음으로 지켜봤다. 그러나 이제 그 싸움이 끝을 보이고 있었다. 그것도 진정한 실력이 아니라 단지 하나의 실수 때문에.

"하아. 하아."

어깨가 들썩이며 뇌학동의 입에서 거친 숨이 흘러나왔다. 도끼를 놓친 왼쪽 손은 우측 옆구리를 잡고 있었다. 숨을 쉴 때마다 진한 피가 배어 나오는 옆구리는 흉측하게 패어 늑골(肋骨:갈비뼈)이 보이고 있었다.

'끝인가?'

옆구리에서 올라와 전신을 울리는 고통에 절로 입술이 일그러졌다.

'그놈의 시체 때문에……'

애써 자위를 해보지만 그것 또한 실력이었다.

자신이 발을 잘못 디뎌 시신을 밟은 것과 마찬가지로 공격을 하던 악영 역시 시신으로 인해 중심이 흐트러진 적이 있었으니까. 차이라면 상대는 기회를 잡았을 때 정확한 공격을 해왔지만 자신은 헛되이 날렸다는 것이었다.

'이대로 끝낼 수는 없지.'

패배는 기정사실이었다. 그래도 그냥 물러서기엔 자존심이 용납하지 않았다. 자존심을 살려줄 만한 충분한 무공도 지니고 있었다.

애써 호흡을 가다듬은 뇌학동이 떨어뜨린 도끼를 집었다. 손을 뗀 상처 부위에서 맹렬히 피가 솟구쳤지만 신경 쓰지 않았다.

"음."

짧은 신음성과 함께 악영이 창을 고쳐 잡았다. 뇌학동의 얼굴에서 죽음을 각오한 듯한 느낌을 받은 것이다. 죽음을 각오하고 시전할 무공에 어떤 위력이 있을지는 애써 생각할 필요도 없었다.

"하앗!"

탁한 기합성과 함께 허공으로 치솟은 뇌학동의 몸.

어느 정점에 이르러 멈춘 그가 혼신의 힘을 담해 도끼를 날렸다. 이전과는 비교도 되지 않을 정도로 맹렬한 회전과 힘을 담은 도끼가 춤을 추며 비행을 했다.

무이산(武夷山) 153

절로 침이 삼켜졌다. 창을 잡은 손에 땀이 묻어났다.

뇌학동이 던진 도끼는 두 개. 그러나 눈에 보이는 도끼는 수백, 아니, 수천이었다. 하나하나에 생명력이 있는지 그 움직임이 살아 있었다.

그것이 뇌학동이 지닌 최후의 필살기(必殺技) 금곤복차(禽困復車)임을 알 길 없는 악영은 입술을 깨물었다.

'피할 길은 없다. 있다면 오직 깨부수는 것뿐!'

상대의 무공이 결코 간단치 않다는 것을 느낀 악영이 창을 회전시켰다. 그리곤 힘껏 발을 뻗으며 팔을 뻗었다. 허리의 회전과 팔의 회전이 더해지자 창에 이는 힘이 실로 가공했다. 멀리서도 창 주변에 이는 기운을 똑똑히 감지할 수 있을 정도였다.

"격탁양청(激濁揚淸)!"

악영이 사용하는 초식이 악가창법이 자랑하는 삼대절기 중 하나라는 것을 확인한 상앙이 놀라 부르짖었다.

천지를 뒤덮는 도끼의 그림자와 창끝에서 이는 소용돌이가 허공에서 격렬하게 부딪쳤다.

파스스스.

묘한 소리를 내며 삽시간에 사라지는 도끼들. 단번에 수십의 그림자를 없앤 소용돌이는 조금도 지체하지 않고 뇌학동을 향해 쇄도했다.

소용돌이의 중심엔 날이 시퍼렇게 선 창날이 있었다. 그 창날이 뇌학동의 가슴 어귀를 파고들 즈음 신음성이 터져 나왔다. 한데 신음성이 하나가 아니었다.

뒤로 오 장여나 날아가 무참히 처박히는 뇌학동의 입에서는 물론이고 상대의 절기를 무력화시키고 회심의 공격에 성공한 악영의 입에서도 고통의 신음성이 터져 나왔다.

"아!"

누군가의 입에서 탄성이 흘러나왔다.

뇌학동은 몸을 일으킬 힘도 없는지 간신히 고개만 쳐들었다.

그의 가슴엔 어린아이의 머리라도 들어갈 정도로 커다란 구멍이 뚫려 있었다. 절명하지 않은 것이 이상하게 여겨질 정도로 치명적인 부상을 당한 그는 허탈한 눈으로 악영을 살폈다.

악영도 멀쩡하지는 않았다. 상대의 공격을 완벽하게 파괴한 듯 보였으나 그것이야말로 허상, 그의 양어깨엔 뇌학동이 던진 도끼가 깊숙하게 박혀 있었다.

그의 창이 뇌학동의 가슴을 꿰뚫는 것이 조금만 늦었다면, 뇌학동이 도끼의 움직임을 촌각이라도 더 제어할 수 있었다면 목숨을 잃게 되는 사람은 뇌학동이 아니라 그였을 것이다.

"내가… 졌군."

고개를 떨어뜨리며 힘없이 내뱉은 한마디가 전부였다.

패천궁의 호법으로 무림을 질타하던 비부 뇌학동은 그렇게 목숨을 잃고 말았다.

그의 죽음으로 싸움은 사실상 끝이 났다.

수뇌를 잃은, 그것도 절대 지지 않을 것이라 여겼던 뇌학동의 죽음 앞에서 패천궁의 무인들이 할 수 있는 것이란 아무것도 없었다. 그저 일방적인 도륙만이 있을 뿐이었다. 몇몇 수뇌들이 뇌학동을 대신하여 수하들을 지휘했지만 이미 전의를 상실한 이들을 수습하지는 못했다.

뇌학동이 쓰러진 지 반 각도 되지 않아 목숨을 잃은 수가 삼분지 이가 훌쩍 넘었다. 이곳저곳에서 후퇴하라는 말이 들려왔으나 이미 퇴로마저 차단당한 그들이 살아날 길은 참으로 요원했다.

바로 그 순간, 하나의 검이 날아들었다.

목표는 상앙이었다.

쐐애액!

날카로운 파공성!

뇌학동의 죽음으로 끝난 싸움, 무료하게 전장을 지켜보던 상앙의 고개가 홱 돌려졌다. 그리고 그는 자신을 향해 맹렬하게 날아드는 검 한 자루를 볼 수 있었다.

검에 담긴 힘이 예사롭지 않다고 판단한 그는 신중히 대응을 했다. 하나 신중히 대응한다는 것 자체가 의미가 없음을 그는 깨달아야 했다.

챙!

병장기 부딪치는 소리와 함께 상앙이 들고 있던 검이 산산조각이 나 흐트러졌다. 그와 같은 상황을 전혀 예측하지 못한 상앙이 어처구니없는 표정으로 손잡이만 남은 자신의 검과 그것을 단숨에 박살 낸 또 다른 검을 좇아 고개를 돌리는 사이 검은 우아한 호선을 그리며 주인을 찾아 돌아갔다.

중년 미부와 청년이라고 부르기엔 다소 무리가 있어 보이는 소년 한 명.

패천궁으로 향하던 환야와 을지룡이었다.

돌아온 검을 잡은 환야는 싸늘한 시선으로 전황을 살폈다. 일방적인 도륙으로 이어지던 싸움도 어느덧 그 끝을 향해 가고 있었다.

"너희들의 수장은 어디 있느냐?"

환야가 부상에 신음하고 있는 패천궁의 무인 한 명에게 물었다.

"호, 호법님께선… 돌아가셨습니다."

전장 구석에 아무렇게나 처박혀 있는 뇌학동의 시신을 가리키며 얼떨결에 대답한 그는 그녀의 눈에서 뿜어져 나오는 한광(寒光)에 기겁하며 고개를 돌렸다.

'호법이란 말인가?'

천천히 몸을 돌린 그녀가 소리쳤다.

"패천궁의 무인들은 모두 물러나라!"

그녀의 말에 어떤 힘이라도 있는 것일까? 놀랍게도 싸움이 멈춰졌다.

패천궁의 무인들이 아군인지 적군인지도 모르는 그녀의 명령을 따른 것도 놀라운 일이었지만, 공격을 하던 중천의 무인들까지 손속을 멈춘 것은 더욱 놀라운 일이었다.

"그대는 누군가?"

상대의 실력을 도저히 예측하지 못한 상앙이 신중한 어조로 물었다. 하지만 돌아온 것은 대답이 아니라 도리어 질문이었다.

"네가 우두머리인가?"

질문도 질문이거니와 말투가 너무 무례했다. 상앙의 얼굴이 무참하게 일그러졌다. 그의 음성도 자연스레 거칠어졌다.

"지금 내게 지껄인 것이냐?"

"우두머리냐고 물었다."

"그렇다면?"

"늙은이의 솜씨인가?"

환야가 뇌학동의 시신을 가리키며 물었다.

"내가 손쓸 만큼의 실력도 없었다."

뇌학동은 싸워보면 승부가 어찌 될지 장담할 수 없는 고수였다. 특히 마지막 무공을 보았을 땐 솔직히 약간은 열세일지도 모른다고 생각한 그였다. 하지만 비위가 뒤틀린 그의 입에선 뇌학동을 간단히 무시하는 말이 흘러나왔다.

"큰소리칠 만한 실력을 지녔는지 궁금하군."

환야는 말이 끝남과 동시에 다짜고짜 손을 썼다.

그녀의 검에서 엄청난 검기가 뿜어져 나왔다.

그만한 공격을 무기도 없이 상대한다는 것은 미친 짓이나 다름없었다. 감히 대항할 생각을 하지 못한 상앙이 재빨리 뒤로 물러났다. 그러자 그의 뒤에 있던 수하들이 엉뚱하게 재앙을 뒤집어썼다.

"크아악!"

"으아아악!"

상앙도 감히 대적하지 못하고 피한 검기를 수하들이 막아낼 리가 만무했다.

단 한 번의 공격에 십여 명이 목숨을 잃고 쓰러졌다.

침묵이 흘렀다.

아무도 입을 열지 못했다. 하지만 표정들은 가지각색이었다.

패천궁 무인들의 얼굴엔 어쩌면 살 수 있을지도 모른다는 희망이 싹텄고, 조금 전까지만 해도 기세등등하게 그들을 공격하던 이들의 얼굴엔 은근한 놀라움과 두려움이 깃들었다.

"고작 숨는 실력뿐인가?"

환야가 검을 취하고 나서는 상앙에게 비웃음을 흘렸다.

상앙은 아무런 대꾸도 하지 않았다. 고수는 고수를 알아본다고 환야의 공격을 본 그는 상대가 얼마나 고수인지 그 즉시 알 수 있었다.

'목숨을 걸어야 할지도 모른다.'

지금껏 그와 같은 각오로 싸움을 했던 적이 몇 번이나 되었던가?

그는 전신을 자르르 울리는 긴장감과 두려움, 아울러 희열과 전율감을 느끼며 검을 곧추세웠다. 그러나 잔뜩 긴장한 그와는 달리 환야는 무심한 표정이었다. 그것이 상앙의 호승심을 더욱 자극했다.

어쩌면 단 한 번으로 모든 것이 끝날지도 모른다는 생각에 상앙은 신중에 신중을 기했다. 그리곤 어느 순간 몸을 날렸다. 환야의 눈꺼풀이 감기는 찰나였다.

휘류류룡!!

명색이 중천의 호법이라는 위치에 있는 상앙이었다. 그의 공격은 빠르고 날카로웠으며 강맹한 힘을 품고 있었다.

거대한 바람이 주변을 휘감으며 환야를 향했다. 그에 비해 환야의 움직임은 짧고 간명했다.

환야의 검에서 뿌연 아지랑이가 흘러나왔다.

'음.'

단순하게만 보이던 그것이 하나의 거대한 형상을 이루고 중첩이 되며 뿌려지자 상앙의 안색은 무섭게 변했다.

첫 번째 아지랑이가 그가 일으킨 기운을 단숨에 흡수해 버리고 두 번째 아지랑이는 그의 방어막을 무력하게 만들었다. 마지막 세 번째의 기운에 그는 전신을 노출할 수밖에 없었다.

'이런 무공이 있었나?'

검기의 파도와 눈을 뜨지 못하게 하는 화려한 환영 속에서 상앙은 절로 눈을 감고 말았다. 그리고 전신을 난도질하는 고통 속에서 간신히 입을 열었다.

"이, 이것이… 무, 무슨 무… 공이오?"

힘없이 무너져 내리는 그의 모습을 보며 환야가 입을 열었다.

"천검만파(天劍萬波)."

그랬다. 지금 환야가 사용한 무공이야말로 그 옛날 구양풍을 천하제일인으로 추앙받게 만들었던 파검삼식의 첫 번째 초식이었으니.

"천… 검… 만……."

상앙은 마지막 말을 내뱉지 못하고 숨이 끊어지고 말았다.

단 한 번의 충돌. 압도적인 무력으로 상앙을 잠재운 환야는 주춤거리고 있는 중천의 무인들에게 소리쳤다.

"꺼져라!"

그러나 움직이는 사람은 아무도 없었다.

환야는 조금도 주저함없이 검을 움직였다.

파스스스슷!

조금 전보다 더욱 위력적인 검기가 사방에 흩뿌려졌다.

수뇌들이 검기를 막기 위해 애썼지만 쉽게 막을 수 있는 공격이 아니었다. 그들은 무사해도 그들의 주변에 있던 수하들은 또다시 무참하게 쓰러졌다. 그것으로 단숨에 포위망이 뚫렸다. 무슨 지시가 있었는지 패천궁의 무인들이 뛰기 시작했다.

"마, 막아랏!"

누군가의 입에서 다급한 음성이 터져 나왔다. 그러나 그의 음성은 곧 수하들의 비명 소리에 잠기고 말았다. 얼떨결에 몸을 움직였던 몇 명이 후미를 막고 있던 환야의 검에 난도질을 당한 것이었다.

"그, 그만…… 추격을 중… 지해!"

뇌학동에 의해 동귀어진과 다름없는 피해를 당한 악영이 힘겹게 소리쳤다.

몇몇 이들이 정색하며 만류했으나 그는 명령을 거둬들이지 않았다. 도저히 감당할 인물이 아니라 판단한 것이다. 물론 회천단에 많은 고수들이 포함되어 있었고 상앙에 비할 바는 아니나 제법 뛰어난 실력을 지닌 무인들도 있었다. 하지만 단 일 수에 상앙의 목숨을 끊어버리고 수십 명을 쓸어버린 환야의 무위를 감당할 사람은 없었다. 더구나 그녀의 곁에서 완벽하게 보조를 하고 있는 꼬마, 나이는 어려 보이나 실력만큼은 징그러울 정도로 엄청난 것이 그 둘이 지키는 길을 뚫고 추격을 하기란 불가능해 보였다.

"끄, 끝까지 추격하여 싸운다면 어찌어찌 이… 길 수는 있겠지만 이겨도 과연 얻… 는 것이 있을까 의문이다. 추… 격을 멈… 춰라……."

혼절을 하기 전에 악영이 남긴 말이었다.

         *   *   *

환야 일행과 헤어져 남하한 을지휘소와 강유가 매강을 지나 복건성 접경의 창악산(槍岳山)에 도착한 것은 중천에 뜬 해가 서서히 기울기 시작할 무렵이었다. 한데 해남파의 흔적을 찾아 헤매며 정신없이 달려 온 그들을 반긴 것은 해남파의 무인들도, 또 그들을 쫓고 있는 남천의 무인들도 아니었다.

"대, 대체 이건……."

강유는 자신의 눈앞에 펼쳐진 광경에 입을 다물지 못했다.

언뜻 보기에도 십여 구는 넘어 보이는 시신들. 그런데 온전한 것이 하나도 없었다. 사지가 몸통과 분리된 것은 예사였고, 그나마 남아 있는 것이 드물 정도였다.

"우욱!"

몸을 돌린 강유가 구역질을 해댔다. 비록 토해낸 것은 아무것도 없었지만 그의 구역질은 한참이 지나도 멈춰지지 않았다.

"죽일 놈들!"

거의 반 각이 넘는 시간 동안 구역질을 해대던 강유가 피가 나도록 입술을 깨물며 소리쳤다. 지금껏 수많은 싸움을 했고 또 참상을 보아 왔어도 눈앞의 상황처럼 무참한 적은 한 번도 없었기 때문이다.

"짐승… 에게 당한 것인가?"

굳어진 눈으로 시신을 살피던 을지휘소가 미간을 찌푸리며 말했다.

"역시… 짐승이란 말입니까?"

"그래, 시신에 난 흔적들을 봐라. 칼이나 도에 당한 것이 아니야. 하나같이 날카로운 이빨에 찢긴 흔적들뿐. 더구나 남아 있는 흔적들을 봐서는……."

을지휘소는 잡아 먹혔다는 말을 차마 하지 못했다. 하나 주변에 널브러진 시신들의 상황을 보면 굳이 말할 필요도 없었다.

"그나저나 이들이 해남파의 무인들이 맞느냐?"

"틀림없습니다. 검의 손잡이에 이런 식으로 매듭을 지은 오색 끈을 달고 다니는 문파는 오직 해남파뿐입니다."

강유가 동강난 검을 집어 들며 말했다.

"하지만 다른 이들도 있는 것 같습니다."

"다른 이들? 남천의 인물들이 아니고?"

"분명 해남파의 무인들은 아닌 것 같은데… 그렇다고 왠지 남천의 무인들도 아닌 것 같고… 확실히는 모르겠습니다."

"해남파에 합류한 이 지역의 무인들이겠지. 아무튼 가자. 약간의 온기가 남아 있는 것이 당한 지 얼마 되지 않은 것 같다. 이 근처에 있겠어."

"예."

대답하고 몸을 날리려던 강유가 불현듯 걸음을 멈추고 몸을 떨었다. 그리곤 자신도 모르게 침을 꿀꺽 삼켰다. 주변의 참상을 살피다 고개를 돌리는 을지휘소의 전신에서 감히 뭐라 말할 수 없는 살기가 뿜어져 나왔기 때문이다.

창악산 동쪽의 계곡.

추격자들에 쫓긴 해남파는 바로 그곳에 있었다.

뒤로는 깎아지른 듯한 절벽이 그들의 발걸음을 막고 좌측으론 거친 물길이 운신의 폭을 좁혔다. 어찌 보면 배수의 진을 친 것으로 보였지만, 그것은 그들 스스로가 원해서 그리된 것이 아니라 추격에 몰려서 그리된 것이었다.

무이산(武夷山)

움직일 수 있는 길은 오직 정면과 우측뿐. 그러나 정면엔 수백의 늑대 떼가, 우측엔 흑빛 피풍의를 걸친 사내 둘이 지키고 있었다.

"크크크, 죽일 놈들!"

이러지도 저러지도 못하고 있는 해남파의 무인들을 살피는 낭왕의 입에서 살소가 터져 나왔다.

"공격을 해야 하지 않겠습니까?"

곁에 있던 희연이 득의양양한 표정으로 물었다.

"암, 해야지. 모조리 황천길로 보내야지. 특히 그놈! 나를 이 꼴로 만든 그놈만큼은 뼈를 발라 잘근잘근 씹어 먹고 말 것이다!"

낭왕은 붕대로 친친 감겨 있는 가슴을 어루만지며 노호성을 터뜨렸다.

"백아(白牙)야."

그의 부름에 약간 앞으로 나가 앉아 있던 백색 늑대가 크르릉거렸다.

"더 이상 봐줄 필요 없다. 네 마음대로 하여라. 모조리 끝장내!"

그의 명령이 떨어지기가 무섭게 몸을 일으키는 백색 늑대.

백아라 불린 그 늑대는 잡티라고는 눈을 씻고 찾아도 하나도 찾아볼 수 없을 정도로 전신이 흰색으로 빛났는데, 그 덩치가 여타 늑대의 서너 배에 이를 정도로 거대한 몸통을 자랑했다.

오우우우우우우!

백아의 입에서 창악산을 쩌렁쩌렁 울리는 울음소리가 터져 나오고, 때를 같이하여 수백이 훨씬 넘어 보이는 잿빛 늑대 무리가 일제히 달리기 시작했다.

두두두두두.

수백의 늑대 무리가 한곳을 향해 달리는 모습은 가히 장관이었다. 하나 정작 목표가 되는 이들의 심정은 그렇지 않았으니.

"결국… 여기가 우리의 무덤이 되는 것인가?"

거친 호흡을 몰아쉬며 힘겹게 눈을 끔뻑이는 강운교. 부상으로 지친 그는 이미 살아 있는 사람의 몰골이 아니었다. 늑대의 울부짖음과 곧바로 이어진 진동으로 적의 공격이 시작되었다는 것을 느낀 그가 물끄러미 전방을 주시하던 한 사내에게 말했다.

"미안하오, 우리들 때문에."

천천히 고개를 돌리는 사람은 바로 혈영대의 대주 냉혈이었다.

"명령에 따랐을 뿐."

감정이 느껴지지 않는 어조로 대답을 한 그가 발걸음을 움직였다. 그를 따라 첫 번째 전투에서 살아남은 삼십삼 명의 혈영대가 움직였다.

"미물 따위에게 당할 수는 없다. 모두들 정신 차려라!"

강운교를 대신해 해남파를 이끌고 있는 강명이 선두에 서며 소리쳤다.

"와아아아!"

일제히 함성을 지르는 해남파의 무인들. 하나 그들의 음성은 곧 늑대들의 포효에 파묻히고 말았다.

수백의 늑대들과 백여 명이 채 안 되는 인간들의 싸움은 처절 그 자체였다.

인간은 살기 위해서, 주인의 명을 받기는 하였다지만 늑대들은 본능으로 상대를 죽이고 죽임을 당했다.

"크아악!"

늑대에게 목을 물린 사내의 입에서 처참한 비명성이 터져 나왔다. 그를 물어 절명시킨 늑대도 곧 날아온 칼에 의해 단말마의 비명과 함께 힘없이 늘어졌다.

"사, 살려줘!"

양다리를 물리고 팔까지 물려 쓰러진 사내. 그의 가슴을 밟고 서 있는 늑대. 집단 사냥에 성공한 늑대들은 마치 그의 공포를 즐기기라도 하듯 으르렁거리다가 동시에 그의 사지를 찢어버렸다. 사내는 비명도 지르지 못하고 그대로 목숨을 잃고 말았다.

늑대들은 자신들이 사냥한 인간의 인육을 질겅거리며 또 다른 목표를 노렸다. 그리곤 전광석화와 같은 몸놀림으로 도약했다.

삽시간에 이십 명도 넘는 인원이 목숨을 잃었다. 그나마 냉혈을 비롯한 혈영대의 대원들의 눈부신 활약이 있기에 망정이지 그렇지 않았다면 피해는 훨씬 더 컸을 것이다. 물론 그보다 훨씬 많은 늑대들이 땅에 나뒹굴었으나 남아 있는 늑대는 너무도 많았다.

"저놈이다! 바로 저놈!"

느긋하게 싸움을 지켜보던 낭왕이 참으로 깨끗한 솜씨로 늑대들을 베어가는 냉혈을 가리키며 소리쳤다.

"냉혈이라고 했던가?"

희염이 재빨리 대꾸했다.

"예, 조사에 따르면 혈영대의 대주 냉혈이 틀림없습니다."

"나를 암습할 수 있을 정도라면 그 정도는 되어야겠지."

낭왕은 지난밤 자칫 잘못했으면 그대로 목숨을 잃을 뻔한 위기를 떠올리며 몸을 떨었다.

"네놈의 목숨만큼은 내가 접수하마!"

하지만 호언장담과는 달리 그는 아직 나서지 않았다. 다만 백아로 하여금 더욱 거세게 몰아붙일 것을 명령할 뿐이었다.

"아무래도 안 되겠습니다. 늑대들이 너무 많습니다."

전장에서 잠시 몸을 뺀 강명이 말했다.

"하니 어쩌면 좋겠느냐? 그렇다고 저쪽으로 가자니……."

강명의 말에 고개를 돌려 우측 길을 살피는 장로 노적상(櫓寂霜). 그의 표정은 뭐라 할 수 없을 정도로 어두웠다.

"그래도 퇴로는 저곳뿐입니다. 여기만 벗어나면 놈들의 포위망에서 벗어날 수 있습니다."

"하지만 저 괴물을 상대할 사람이 없지 않느냐?"

노적상은 도저히 불가능하다는 듯 회의적으로 고개를 흔들었다. 하긴 그럴 만도 했다. 유일한 퇴로라고 할 수 있는 좁은 우측 길을 지키는 두 명의 사내는 다름 아닌 독혈인이었다. 문주였던 강운교에게 치명적인 부상을 입히고 외전 전주 장염의 목숨을 빼앗은 독혈인. 그들의 무서움을 익히 보아온 노적상은 차라리 맞서 싸울 수 있는 늑대들을 상대하는 것이 나을 것이란 생각을 하고 있었다.

"제가 하겠습니다. 이기지는 못하더라도 한 놈 정도는 막을 수 있을 것입니다."

오지산의 비부를 열고 해남파의 최고 절기를 익힌 그의 무공은 이미 강운교에 필적, 아니, 어쩌면 그 이상일지도 몰랐다. 그러나 독혈인의 상대가 될 수 있으리란 생각은 그도, 노적상도 하지 않았다. 그러나 하

무이산(武夷山)

지 않으면 안 되는 상황이었다.

"알았다. 그럼 다른 놈은 내가 맡으마."

"내가 돕겠네."

어느새 곁으로 다가온 장로 문초(文梢)가 말했다. 가슴까지 내려온 새하얀 수염이 이미 붉은빛으로 물들었지만 노익장을 과시라도 하듯 그의 음성은 자신만만했다.

"괜… 찮으시겠습니까?"

"괜찮아. 어린 너도 목숨을 거는데 다 늙은 우리라고 가만히 있을 수는 없지. 놈이 비록 괴물이라지만 불사의 몸은 아닐 터, 방법이 있겠지."

문초가 가슴을 치며 호기롭게 외쳤다. 그러나 그를 보는 강명과 노적상의 얼굴에 드리운 것은 진한 안타까움이었다.

"호호, 죽으려고 환장을 했군요."

불길 속에 뛰어드는 불나방이 저러할까? 강명을 비롯하여 몇몇 장로들이 독혈인에게 달려드는 것을 본 봉후가 허리를 꺾으며 비웃었다.

"흐흐흐, 그러게 말입니다. 미치지 않고서야 독혈인을 상대로 덤빌 생각을 하다니."

희염이 맞장구를 치며 음침한 미소를 터뜨렸다.

"호호호, 차라리 독혈인에게 당하는 것이 낫다고 생각한 모양이지. 아무래도 고통이 덜할 테니까. 아무튼 독혈인이 놈들을 어찌 요리하는지 구경이나 할까?"

"일각이면 끝날 겁니다."

"일각씩이나? 반 각이면 끝날 것 같은데."

봉후와 희염은 경쟁하듯 입을 열며 독혈인과 강명 등의 싸움을 재단했다.

그사이 앞장선 강명이 첫 번째 독혈인과 손속을 교환하기 시작했다.

깡!

날카로운 소리와 함께 독혈인의 옆구리를 가격했던 강명의 검이 힘없이 튕겨져 나왔다.

"제길!"

뻔히 그럴 것 알았으면서도 욕이 튀어나오는 것은 어쩔 수 없는 일. 상대의 역습을 보며 황급히 몸을 튼 강명이 번개같이 옆으로 빠지며 검을 휘둘렀다. 검은 정확하게 독혈인의 목덜미를 훑어갔다. 그러나 예의 소성과 함께 그의 공격은 허무하게 끝나고 말았다.

'젠장, 벌써부터.'

상대의 공격에 당할까 멀찌감치 피한 강명은 답답한 가슴을 진정시키며 안색을 굳혔다. 부상을 당한 것도 아니고 상대와 직접적으로 맞상대한 것도 아니건만 호흡이 힘든 것으로 보아 독혈인이 내뿜는 독기가 침투한 모양이었다.

"그만둘 생각이냐? 그렇다면 어서 꺼져라!"

기분 나쁠 정도로 환하게 웃은 독혈인이 소리쳤다. 덤비지 않으면 공격하지 않겠다는 듯 뒷짐을 진 자세에서 강명은 더할 수 없는 굴욕감을 느꼈다.

"찢어진 입이라고 잘도 지껄이는구나. 내 다시는 그따위 헛소리를 늘어놓지 못하도록 만들어주마."

"할 수 있다면 해봐."

독혈인이 손가락을 까딱거리며 강명을 도발했다. 참지 못한 강명의 몸이 허공으로 뛰어오르고, 오 장이나 되는 거리를 단숨에 좁힌 그의 검에서 눈부신 검기가 뿜어져 나왔다.

"제법이군."

상대의 공격을 보면서도 독혈인은 피하지 않았다. 오히려 마음껏 공격해 보라며 양손을 활짝 펴 무방비 자세로 검기를 맞아들였다.

파파팍!

예리한 검기가 독혈인의 몸으로 쏟아져 들어갔고 피풍의를 비롯하여 그의 상의가 흔적도 없이 날아갔다. 그러나 구릿빛 몸뚱이엔 아무런 상처도 없었으니 금강불괴의 강건함을 자랑하는 독혈인의 몸 앞에선 웬만한 공격은 자그마한 상처 하나 낼 수 없음을 보여주는 것이었다.

"괴물 같은 놈!"

자신의 공격이 너무도 허무하게 막히자 강명의 얼굴엔 참담함이 스쳐 지나갔다. 그것도 잠시, 굳게 입을 다문 그의 검에서 조금 전과는 뭔가가 다른 기운이 뿜어져 나왔다.

"거, 검강(劍罡)!"

멀리서 싸움을 지켜보던 희염이 깜짝 놀라 부르짖었다. 그의 외침이 얼마나 컸던지 백아를 통해 늑대들을 독려하던 낭왕마저도 고개를 돌릴 정도였다.

"저건 검강이 아니다."

"거, 검강이 아니라면 무엇입니까?"

희염이 깜짝 놀라 되물었다.

"아무래도 검환(劍環) 같구나."

"검환이란 말입니까?"

"그래, 검기를 유형화시킨 것이 검강이라면 검기를 응축시켜 마치 하나의 고리처럼 만든 것이 바로 검환이다. 물론 위력이야 말할 것도 없고. 아무튼 놀랍구나. 저만한 나이에 저런 무공을 지니고 있다니."

아무리 높게 봐줘야 이제 겨우 이십대 후반 정도로 보이는 강명. 하나 그의 손에서 펼쳐지는 것은 가히 상상도 할 수 없는 지고한 경지의 무공이었다.

"하면 어찌 되는 것입니까? 설마 독혈인이······."

있을 수도 없는 말이었기에 희염은 말끝을 잇지 못했다.

"걱정하지 마라. 저자의 무공이 놀랍기는 하지만 그 정도에 쓰러질 독혈인이 아니다."

낭왕은 단언하듯 말했다.

"물론 어느 정도 위협은 되겠지만."

"위협··· 이란 말입니까?"

낭왕은 더 이상 대꾸하지 않았다. 다만 강명과 독혈인과의 싸움에 시선을 고정시킬 뿐이었다.

낭왕의 말대로 금강불괴의 경지에 이른 독혈인도 강명의 무공에서 위협을 느낀 모양이었다. 지금껏 여유있던 모습과는 달리 잔뜩 몸을 숙이고 손을 교차하여 가슴을 보호하는 것이 제법 긴장한 모습이 보였다.

꽝! 꽝! 꽝!

연속적으로 세 번의 격타음이 들리고 강명이 일으킨 검환이 독혈인의 몸에 적중했다. 힘을 이기지 못한 독혈인이 연신 뒷걸음질치며 십여 장이나 물러났다.

초조하게 싸움을 지켜보던 몇몇 장로들의 얼굴에 희색이 돌았다. 더러는 함성도 지르며 승리를 확신하는 모습이었다. 그러나 정작 기뻐해야 할 강명의 표정은 어둡기 그지없었다. 비록 약간의 이득은 얻었는지 몰라도 자신의 무공으론 결국 독혈인을 쓰러뜨릴 수 없다는 것을 새삼 느꼈기 때문이다.

"후우. 후우."

무리하게 진기를 끌어 모아서인지 강명의 호흡이 눈에 띄게 가빠졌다. 그에 반해 손을 풀고 천천히 다가오는 독혈인은 처음 모습 그대로였다. 아니, 약간 다르다면 강명의 공격으로 인해 의복이 갈가리 찢어졌고 손목과 옆구리 등에 약간의 상처가 보인다는 정도였다.

상처를 입었다는 것에 기분이 나쁜 것인지 독혈인의 입가에서 미소가 사라졌다. 대신 자리한 것은 소름이 끼칠 정도로 음침한 살기와 양 손끝에서 뭉게뭉게 피어오르는 묵빛 기운이었다.

'독?'

재빨리 호흡을 멈춘 강명이 상대의 공격에 대비했다. 동시에 독혈인의 맹렬한 공격이 시작됐다.

독혈인이 팔을 휘둘렀다. 미처 팔이 펴지기도 전에 강명을 압박하는 기운이 장난이 아니었다.

빠르고 맹렬히, 알 수 없는 기운을 담은 무엇인가가 접근했다.

강명은 좌우로 몸을 흔들고 기묘하게 발의 위치를 바꾸며 몸을 피했으나 잠시의 틈도 주지 않고 끊임없이 이어지는 공세를 모두 회피할 수많은 없었다. 결국 맞받아 칠 수밖에 없었는데.

쾅!

독혈인이 뿜어낸 묵빛의 기운과 강명의 검에서 솟아난 찬연한 빛의 기운이 허공에서 충돌했다. 상당한 충격파가 주변을 휩쓰는 가운데 연이은 충돌이 이어졌다.

일방적으로 공격을 펼치는 독혈인은 여유가 있었다.

그가 사용하는 무공은 혼원추혼장(混元追魂掌)이라는 것으로 만독문의 절기 중 하나였다. 독혈인이 되기 전 만독문에서 나름대로 상위권에 들던 실력이었던 그였기에 독혈인이 되고 난 후의 위력은 이전과 비교할 바가 아니었다.

그에 반해 독혈인의 공세를 힘겹게 막고 있는 강명은 죽을 맛이었다. 손에서 뻗어 나오는 맹렬한 기운도 기운이지만, 그보다는 상대가 움직일 때마다 주변을 잠식해 들어오는 독이 너무도 위협적이었다. 아무리 호흡을 멈추고 참는다지만 한계가 있는 법이었고, 그토록 격렬히 움직이면서 호흡을 하지 않는다는 것은 애당초 불가능했다. 그렇다고 중독될 것을 뻔히 알면서 호흡을 할 수도 없는 노릇. 그가 택한 것은 피부 호흡이었지만 독혈인의 손에서, 몸에서 뿜어져 나오는 독기는 결코 만만한 것이 아니었다. 비록 직접적으로 들이마시는 것보다는 미세한 양이었으나 피부 호흡만으로도 충분히 중독이 될 정도였다.

'제, 제길!'

머리가 어지러웠다. 시야가 흐려지고 자꾸만 구토가 나올 것 같았다. 무엇보다도 몸에 힘이 들어가지 않았다. 자연적으로 걸음도 늦어지고 상대의 움직임에 반응하는 속도도 느려졌다.

바로 그때, 조금 떨어진 곳에서 또 다른 독혈인과 치열한 싸움을 하고 있던 문호의 비명성이 터져 나왔다.

"크아악!"

문호가 가슴을 부여잡고 비틀거리자 재빨리 다가간 노적상이 혈도를 눌러 독이 퍼지는 것을 막으려 하였으나 독기는 이미 심장을 파고들어 갔다. 힘겹게 몇 번의 숨을 할딱이던 문호의 고개가 힘없이 떨어졌다.

"문 장로!"

노적상이 문호의 몸을 몇 번 흔들었으나 이미 목숨이 끊어진 그가 대답을 할 리 만무했다. 벌떡 몸을 일으킨 그가 히죽 웃고 있는 독혈인을 향해 맹렬히 돌진했다.

"으아아아아!!"

창악산이 떠나가라 괴성을 지르며 달려가는 기세가 가히 천하를 울릴 정도였으나 독혈인에겐 그저 웃음거리밖에 되지 않는 모양이었다.

"안, 안 돼!"

강명이 필사적으로 소리쳤다. 정면으로 부딪치는 노적상과 독혈인은 모습을 보며 그의 눈이 절망감으로 물들었다.

"컥!"

외마디 비명과 함께 싸움은 싱겁게 끝나고 말았다. 노적상의 검이 독혈인의 목을 베지 못하고 튕겨 나오는 사이 쭉 뻗은 독혈인의 손이 그의 가슴을 꿰뚫은 것이었다.

"ㅇㅇㅇㅇ."

축 늘어지는 노적상의 모습을 보며 강명의 입에선 흐느낌이 흘러나왔다. 눈앞에 독혈인이 다가오는 것을 보면서도 그는 아무런 행동도 하지 않았다. 몸이 제대로 움직여지지 않을 정도로 심각하게 중독된 것도 있었지만 장로들의 죽음 앞에서 아무것도 할 수 없었다는 자괴감에 정신을 놓았다는 것이 정확한 표현일 것이다.

"제법이었다."

강명에게 다가온 독혈인이 무심히 입을 열더니 손을 치켜 올렸다. 내려치기만 하면 그대로 목숨이 끝장날 순간이었으나 그는 내려치지 못했다. 독혈인을 비롯하여 창악산의 모든 사물의 움직임을 멈추게 하는 장소성이 울려 퍼진 것이었다.

제 68 장

신위(神威)

신위(神威)

"우우우우우우!!"

불문의 사자후가 이럴 것인가!

처음엔 까마득히 먼 곳에서, 그러나 어느 순간 바로 눈앞에서 들려오는 것처럼 웅대한 장소성에 그토록 미쳐 날뛰던 늑대들이 움직임을 멈추었고 봉후 주변을 날아다니던 독봉들이 일제히 날개를 접었다.

모든 이들의 시선이 소리가 들려오는 절벽 쪽으로 돌아갔다.

하나의 점으로 여겨지던 물체가 확대되어 한 인간의 모습으로 변하는 것은 순식간이었다.

실로 인간의 움직임이라고는 볼 수 없는 가공할 속력에 다들 눈을 비비고 있을 즈음 단숨에 절벽에서 뛰어내린 사내가 막 강명의 목숨을 끝장내려던 독혈인을 향해 다짜고짜 손을 뻗었다.

당황한 독혈인이 손을 들어막으려고 하였으나 제대로 된 대응을 해보지도 못하고 오 장여나 날아가 처박혔다.

"괜찮으냐?"

독혈인을 단숨에 날려 버린 사내가 강명에게 물었다.

"누, 누구……"

힘없이 고개를 든 그는 자신을 구해준 사내가 누군지 확인하려 했다.

점점 생명력을 잃어가던 강명의 동공이 크게 확대됐다. 절망감에 물들었던 얼굴은 언제 그랬냐는 듯 환희에 휩싸였다.

"이, 이모부님!"

"많이 다쳤느냐?"

"겨, 견딜 만합니다."

"고생했다. 형님은 어디 계시느냐?"

"아버님은 저쪽에서… 위험합니다!"

독혈인의 접근을 본 강명이 황급히 소리쳤다. 하지만 그가 눈치챌 정도인데 을지휘소가 모를 리가 없었다. 고개도 돌리지 않고 손을 뻗어 독혈인의 손을 낚아챈 그는 다른 한 손으로 독혈인의 목덜미를 움켜쥐었다.

"어련히 알아서 상대해 줄까? 하니 그렇게 보챌 필요 없다."

"조, 조심하십시오! 놈은 독혈인입니다, 이모부님!"

독혈인의 몸을 맨손으로 만진다는 것이 어떤 의미인지 알고 있는 강명이 깜짝 놀라 소리쳤다. 독혈인의 입가에도 음침한 미소가 흘렀다. 그러나 을지휘소는 동요하지 않았다.

"그래?"

을지휘소의 시선이 독혈인에게 향했다.

"그렇군. 네놈이 독혈인이란 말이지."

과거 부친으로부터 들어본 적이 있었다. 그가 들었던 독혈인, 이지(理智)도 없이 그저 본능적으로 주인의 명을 따른 그것과는 많은 차이가 있었으나 어차피 괴물이라는 것은 같을 터, 그는 목덜미를 잡은 손이 새까맣게 변색되는 것을 보며 독혈인을 멀찌감치 집어 던졌다.

"이, 이모부님, 독이……."

"걱정하지 마라."

강명에게 웃음을 보인 을지휘소. 그 웃음의 의미는 곧 밝혀졌다.

새까맣게 변한 손에서 어느 순간 붉은 빛이 보이는가 싶더니 독기가 깨끗하게 사라지는 것이 아닌가!

"독이야 태워 버리면 되는 것이지."

삼매진화(三昧眞火)를 일으켜 간단히 독기를 제거한 을지휘소가 손을 털었다.

강명은 어이가 없어 할 말을 잃었다. 말이 좋아 삼매진화지 그런 것을 아무렇게나 할 수 있는 사람이 도대체 몇 명이나 있을 것인가?

"형님께 가자."

을지휘소가 강명을 부축하여 몸을 일으켰다.

"예? 예."

강명은 자신의 몸에 거대한 진기가 밀려들어 오는 것을 느끼며 고개를 끄덕였다. 그러나 그것을 가만히 보고만 있을 독혈인이 아니었다.

을지휘소가 강적이라는 것을 느낀 것일까? 강명과 상대하던 독혈인은 물론이고 두 명의 장로를 불귀의 객으로 만든 다른 독혈인까지 살기를 뿌리며 다가왔다.

"보채지 말라고 했을 텐데. 도망가지 않는다."

간단히 소리친 을지휘소는 그들이 어떤 반응을 보이기도 전에 강명을 안고 사라졌다.

독혈인과 백여 장 정도 떨어진 곳의 전장.

인간과 늑대의 처절한 싸움은 거의 끝을 보이고 있었다.

여전히 수백이 넘는 늑대들에 비해 살아남은 인간의 수는 고작 사십여 명에 불과했는데 그나마 혈영대의 대원이 절반 가까이 차지하고 있었다.

"형님, 오랜만입니다."

강명의 안내로 강운교를 만난 을지휘소가 애써 웃음을 보이며 인사했다.

"자네… 로군."

전혀 예상치 못한 만남에 한참 동안이나 멍한 눈으로 그를 바라보던 강운교가 엷은 웃음을 흘리며 손을 흔들었다.

잠깐의 침묵이 흘렀다.

"괜찮습니까?"

을지휘소가 안타까운 음성으로 물었다.

"뭐, 이 정도면 양호하지. 아직까지 목숨은 붙어 있으니까."

"누구에게 당한 것입니까?"

"누구긴, 바로 저놈들이지."

강운교가 가리키는 사람은 바로 독혈인이었다.

알아들었다는 듯 고개를 끄덕이는 을지휘소. 그의 눈에서 예리한 살기가 삽시간에 나타났다 사라졌다.

"받은 빚은 제가 갚아주지요."

"그래 주겠나?"

"잠시 쉬고 계십시오. 일단 주변 정리부터 하겠습니다."

"가능……."

강운교는 무슨 말인가를 하려다 쓴웃음과 함께 입을 다물었다. 애당초 그에게 가능이라는 말 따위는 필요없는 것이었으니까.

"고맙군."

"술이나 한잔 사십시오."

"여부가 있겠나."

"참, 유아도 곧 올 겁니다."

"그 아이를 만났나?"

강운교가 반색을 했다.

"예. 상황이 급한 듯해서 일단 먼저 왔습니다. 그럼."

을지휘소는 강운교의 손을 지그시 잡더니 몸을 일으켰다.

"와줘서… 고맙네."

"뭘요."

을지휘소는 고개도 돌리지 않고 대답했다. 한데 몸을 일으켜 전장으로 걸어가는 그의 표정이나 기세는 이미 백팔십도 바뀌어 있었다.

보보마다 살기가 가득했다.

과거 출행랑을 익히면서 몸에 배인 살기가 서서히 묻어나기 시작했다. 그토록 미쳐 날뛰던 늑대들이 그의 모습을 보며 꼬리를 말기

바빴다.

켕!

주제도 모르고 으르렁거리던 늑대 한 마리가 그의 발길에 걷어차여 까마득히 날아갔다.

"내 나이 열넷에 때려잡은 늑대 수가 백 마리다."

지난날 동굴에서의 생활을 떠올린 것인가? 그의 살기가 더욱 짙어졌다.

"감히 미물 따위가 인간을 넘보다니!"

땅에 떨어진 검을 집어 든 을지휘소의 몸이 빠르게 움직이기 시작했다.

쉬익!

날카로운 파공성을 가르며 검이 움직일 때마다 늑대들의 울부짖음이 터져 나오고 머리가, 몸이 반으로 갈라져 사분오열되는 늑대들의 수가 기하급수적으로 늘어갔다.

"저, 저런 죽일 놈이!"

삽시간에 십여 마리의 늑대를 잃자 낭왕은 이성을 잃기 시작했다. 그리곤 상처도 아랑곳없이 내달리기 시작했다. 깜짝 놀란 봉후가 그를 말리려고 하였으나 낭왕은 이미 한참이나 내달리고 있었다.

낭왕이 소리치는 그 짧은 사이에도 수십 마리의 늑대가 사라졌다. 이곳저곳에서 늑대들의 울부짖음이 흘러나왔다.

우두머리 격인 백아가 이리 뛰고 저리 뛰며 무리를 독려했지만 을지휘소의 몸에서 뿜어져 나오는 묘하고도 엄청난 살기에 주눅 든 늑대들은 덤빌 생각은커녕 제대로 피하지도 못하고 그대로 죽어갔다. 결국 참지 못한 백아가 을지휘소에게 달려들었다.

크기가 거의 대호(大虎)만한 백아의 등장에 을지휘소도 잠시 주춤거렸다. 겁을 먹었거나 당황한 것이 아니었다. 다만 난생처음 보는 그 크기와 자신의 몸에서 뿜어져 나오는 살기에도 아랑곳없이 이빨을 들이대는 모습에 다소 놀란 것뿐이었다.

"그래, 네놈이 우두머리로구나."

을지휘소 앞에 모습을 드러낸 백아는 조금도 머뭇거림없이 그 커다란 몸을 날렸다.

주둥이를 벌리자 손가락보다 더 커 보이는 날카로운 이빨이 드러났다. 어디를 공격해야 목표의 목숨을 단번에 빼앗는지 알고 있다는 듯 백아의 이빨이 노린 것은 목덜미였다.

을지휘소는 미동도 없이 백아의 모습을 지켜보다 살짝 몸을 띄웠다. 그리곤 다리를 높이 치켜세운 후 백아의 정수리를 찍어버렸다. 발뒤꿈치에 찍힌 머리가 그대로 땅에 처박히자 그 커다란 몸도 힘을 잃고 땅에 쓰러졌다. 울부짖음도, 비명도 없었다. 소리가 나기도 전 머리가 땅속 깊이 박혀 버린 탓이었다.

"백아야!"

자식보다도 더 애지중지 아끼던 백아가 너무나도 허무하게 죽임을 당하자 낭왕의 분노는 하늘을 찔렀다.

"죽어랏!"

그는 미친 듯이 낭아봉(狼牙棒)을 휘두르며 을지휘소를 공격했다. 그런 낭왕을 보는 을지휘소의 눈은 늑대들을 보는 것과 조금도 다름이 없었다.

늑대로 하여금 인간을 공격하게 하고 또 인육(人肉)을 먹이는 순간 인간으로서의 존재 가치가 없다고 판단한 그는 낭왕을 인간으로 여기지 않았다. 그저 또 다른 한 마리의 늑대로만 여길 뿐.

낭아봉이 코앞까지 이르렀음에도 그는 피하지 않았다.

낭아봉이 정수리에 불과 몇 치까지 도달했을 때 슬그머니 고개를 틀어 그것을 흘려 버린 후 빠르게 몸을 회전시키더니 팔꿈치를 휘둘러 그의 얼굴을 강타했다.

"크악!"

처절한 비명과 함께 오던 속도보다 더욱 빠르게 날아가는 낭왕, 그의 얼굴은 이미 무참하게 뭉개져 있었다. 나이에 어울리지 않게 튼실했던 이가 모조리 부러지고 반쯤은 잘려 너덜너덜해진 혀가 입 밖으로 삐져 나왔다.

"으으으으."

그의 입에서 고통의 신음성이 흘러나왔다.

어찌어찌 몸을 일으키기는 했으나 뇌를 울린 충격이 치명적이었다. 그는 정신을 차리지 못하고 비틀거렸다.

을지휘소가 중심을 잡기 위해서 비틀거리는 그를 향해 천천히 걸어갔다. 단 한 방으로 상대를 무력화시켰음에도 그의 얼굴엔 조금의 연민도, 안쓰러움도 없었다.

낭왕 앞에 우뚝 선 그는 잠시 멈칫거리더니 상대의 사혈(死穴)을 지그시 짚었다. 생각 같아선 죽음보다 더한 고통을 주고 싶었지만 그나마 예우를 해준 것이었다.

주인이었던 낭왕이 죽고 우두머리였던 백아가 죽었다. 겁에 질린 늑대들은 어쩔 줄을 몰라 했다.

때는 이때다 싶었는지 그동안 늑대들에게 죽음의 공포를 맛보았던 해남파의 무인들과 혈영대원들이 고함을 지르며 늑대들을 쓰러뜨렸다. 그러나 한계가 있었다. 이백은 되어 보이는 늑대들이 도주하기 시작했다.

"인육을 맛본 놈들은 또다시 사람의 목숨을 노리는 법이지."

을지휘소는 늑대들을 그대로 보내고 싶은 마음이 눈곱만큼도 없었다.

그의 검이 죽어라 내달리는 늑대들을 향해 움직이고 검에서 뿜어져 나온 수십, 수백의 검기가 늑대들을 휩쓸었다.

꽈꽈꽈꽝!

오랜 세월을 버텨온 거목들이 잘려 나가고 바위가 모래알이 되어 무너져 내렸다. 하물며 연약한 몸뚱이를 지닌 늑대가 버틸 수 있을까?

늑대들은 검기에 직접 맞아 처참히 찢기고, 쓰러지는 나무에 깔리고, 폭풍에 휘말려 목숨이 끊어졌다. 그 와중에도 수십 마리의 늑대가 도주했지만 그것들 역시 모두 무사하지 못했다. 뒤늦게 도착한 강유가 을지휘소의 전음을 받고 하나하나 도륙했기 때문이다.

만약 늑대들이 작심하고 달려들었다면 숫자도 숫자이니만큼 몇 마리 해치우지 못했을 것이다. 어쩌면 강유의 목숨이 위태로울 수도 있는 일. 하나 이미 겁을 집어먹고 도망치는 늑대는 강유를 공격할 엄두를 내지 못했다. 그저 사신(死神)으로부터 벗어나기 위해 무작정 달릴 뿐이었고 강유의 쾌검에 좋은 먹잇감에 불과했다.

"왔느냐?"

"예. 몇 마리는 놓쳤습니다."

"그 정도로 되었다."

간단히 대꾸를 한 을지휘소가 봉후와 희염이 있는 곳으로 시선을 던졌다. 희염은 몇 가닥 남지도 않은 염소수염을 배배 꼬며 덜덜 떨고 있었다.

"가라고 해도 그냥 갈 것 같지 않고 덤비려면 빨리 덤벼라. 저들을 기다리게 하고 싶지는 않다."

을지휘소가 낭왕의 죽음을 보며 움직이고 있는 독혈인을 가리키며 말했다.

"너는 누구냐?"

봉후가 물었다.

"말해도 모를 것이니 그냥 덤벼라."

"건방진 놈! 낭왕을 해치웠다고 기고만장했구나! 그가 부상을 당하지 않았다면 죽는 것은 바로 네놈이었을 것이다!"

"그렇다고 해두지."

상대가 자신을 무시하는 듯한 반응을 보이자 봉후의 봉목이 싸늘해졌다. 그렇잖아도 날카로운 눈매가 화를 내자 사갈(蛇蝎)은 저리 가라 할 정도였다.

"네놈이 언제까지 당당할 수 있는지 보겠다."

날카롭게 쏘아붙인 그녀가 손바닥보다 조금 커 보이는 피리를 꺼내 들었다.

삐이이이.

청량하기보다는 쇠를 긁는 듯 거북한 소리가 피리에서 흘러나오고 순간, 그녀의 주변에서 조용히 맴돌던 독봉이 일제히 움직이기 시작했다. 헤아릴 수 없을 정도로 많은 독봉이 움직이면서 내는 소리는 가히 전율을 느낄 정도였다.

삐이이.

피리 소리가 재차 울리자 독봉이 을지휘소에게 달려들기 시작했다.

독봉에 쏘여 목숨을 잃은 동료들이 어디 한둘이던가?

치명적인 독을 지닌 독봉들이 한꺼번에 공격을 시작하자 이를 지켜보는 해남파의 무인들의 얼굴엔 저마다 걱정과 두려움이 교차했다.

을지휘소가 독봉들을 향해 검을 풍차처럼 휘둘러 몸을 보호했다. 삽시간에 수백은 넘어 보이는 독봉이 땅에 떨어졌지만 그 정도로는 표시도 나지 않았다.

삐이이.

피리 소리에 맞추어 전후좌우, 위아래로 흩어진 독봉이 맹렬히 달려들었다.

을지휘소가 더욱 빠르게 검을 휘둘렀으나 분명 한계가 있었다. 검으로 친 방어막이 뚫리고 한두 마리의 독봉이 접근하기 시작하더니 온몸이 순식간에 독봉으로 뒤덮였다.

"아, 안 돼!"

"아!"

머리에서 발끝까지 그의 전신이 독봉으로 덮이자 이곳저곳에서 안타까운 신음성이 터져 나왔다.

"호호호호! 기고만장하더니만 꼴좋구나!"

봉후는 승리를 확신하며 몸을 비틀고 교소를 흘렸다.

어찌 그렇지 않을까? 한 번만 쏘여도 죽음을 면치 못하는 독봉이 그의 전신을 뒤덮어 버렸으니 이겼다고 생각하는 것은 어쩌면 당연할 것이다. 하나 그녀의 웃음이 잦아들기도 전 을지휘소의 냉랭한 음성이 터져 나왔다.

"즐겁나?"

흠칫 놀란 봉후가 두 눈을 크게 떴다. 순간, 그녀는 을지휘소의 몸에서 빛이 난다고 느꼈다. 그 빛은 점점 밝아지더니 종내엔 제대로 쳐다보지도 못할 정도로 뜨거운 열기와 환한 빛을 사방에 뿌렸다.

"이, 이게……."

어찌 된 상황인지 파악을 하지 못하는 봉후. 비단 그녀뿐만 아니라 꽉 쥔 주먹에 흥건히 땀이 고일 정도로 긴장하며 지켜보던 이들 또한 눈앞에서 벌어지는 괴사에 숨을 쉬지 못했다. 오직 강명만이 미친 듯이 웃을 뿐이었다.

"크크크, 끝장이로구나!"

조금 전, 독혈인의 독을 아무렇지도 않게 해독하는 것을 보지 않았던가! 그때 사용한 것이 다름 아닌 삼매진화.

강명은 을지휘소의 몸에서 뿜어져 나오는 빛과 열기가 바로 삼매진화를 일으키는 것임을 눈치챈 것이다. 물론 그와 같이 무식하게 삼매진화를 일으킨다는 것은 듣도 보도 못한 일이었지만.

강명이 미친 듯이 웃어 젖히는 사이 을지휘소를 뒤덮었던 독봉들이 힘을 잃고 하나둘씩 땅에 떨어지더니 순식간에 모든 독봉이 땅바닥으로 추락했다. 그토록 잔인하고 무시무시하던 독봉들이 그가 뿜어낸 열기에 모조리 타 죽고 만 것이다. 꿈틀거리며 바닥을 기는 놈들도 있었으나 그야말로 극소수였다.
 봉후는 넋이 나간 듯했다. 낭왕이 늑대들을 아끼듯 봉후 역시 그녀가 키우는 독봉을 새끼처럼 애지중지했다. 그런 독봉이 한두 마리도 아니고 모조리 죽고만 것이다.
 부들부들 떨리는 몸, 멍한 눈으로 독봉을 응시하는 봉후를 일별한 을지휘소가 몸을 돌렸다. 싸움이 끝났다고 판단한 것이다.
 "네, 네놈이……."
 "안 됩니다!"
 정신을 차린 봉후가 을지휘소를 공격하려 하였으나 현실을 직시한 희염이 그녀의 팔을 움켜잡았다. 남천의 사천왕이라 손꼽히기는 해도 그녀와 낭왕은 순수 무공 실력으론 다른 사천왕에 비해 손색이 있었다. 특히 그녀는 딱히 내세울 만한 무공도 없었다.
 그들이 하는 양을 살피던 을지휘소가 빙글 몸을 돌려 어느새 코앞까지 접근한 독혈인을 향해 말했다.
 "기다리느라 고생했다."
 독혈인은 아무런 대꾸도 하지 않았다. 그 짧은 사이에 낭왕과 봉후를 물리친 실력을 보아서인지 꽤나 신중하게 접근했다.
 "조심하십시오. 도검이 불침하는 놈들입니다!"
 멀리서 강명이 소리쳤다. 순간, 을지휘소의 입가에 미소가 흘렀다.
 "강한 것은 더 강한 것에 부숴지는 법이다."
 그것이 마음을 상하게 한 것일까? 서로 시선을 교환하던 독혈인이 동시에 몸을 날렸다.
 무기 따위는 없었다. 애당초 그들 몸 자체가 무기였다. 그들의 손과

발, 몸뚱이 자체가 독덩이나 마찬가지였다. 내뱉는 숨결에도 흡입하기만 하면 그대로 숨통을 끊어놓을 정도로 강력한 독이 포함되어 있었다. 특히 진기를 끌어올리면 그 정도가 더했다. 그랬기에 아군이 당하는 것을 보면서도 함부로 나서지 못한 것이다. 독은 피아(彼我)를 가리지 않으니까.

'과연 지독한 독이군.'

아직 본격적인 공격이 시작된 것도 아니건만 전신을 엄습하는 어두운 기운에 을지휘소도 긴장하지 않을 수 없었다. 그 역시 만독불침(萬毒不侵)의 경지에 이르렀으나 독혈인의 독은 그것을 무시할 정도로 충분히 위협적이었다.

을지휘소는 한층 신중한 자세로 검을 휘둘렀다.

파파팍!

희뿌연 검기가 독혈인들에게 쏘아져 갔다. 검기는 그들의 반응을 무시하고 몸을 강타했다. 하지만 얻은 성과라곤 고작 두어 걸음 뒷걸음질치게 만든 것이 전부였다.

독혈인은 그의 공격에도 아랑곳없이 달려들었다.

그들은 어려서부터 익혀온 혼원추혼장과 만독번천장법(萬毒飜天掌法)을 연달아 사용하며 을지휘소를 압박했다.

장력이 스치고 지나가는 곳의 풀과 나무는 곧바로 생기를 잃고 죽어 갔다. 바닥에 쓰러진 시신들까지도 순식간에 부패하게 만드는 가공할 독기에 을지휘소의 미간이 살짝 찌푸려졌다. 그는 많이 움직일 것도 없이 단지 몇 걸음 떼는 것만으로 독혈인의 공세를 벗어났다.

독혈인들이 지닌 무공이 나름대로 뛰어난 것이긴 해도 애당초 을지휘소의 실력과는 비교할 바가 아니었다. 순수한 무공으로만 따지자면 독혈인은 강명은 물론이고 해남과 장로들도 상대하기 힘들 정도였다. 다만 그 무공 차이를 완벽하게 상쇄하고 나아가 그들을 죽음으로까지 몰아붙일 수 있었던 것은 도검이 불침하는 단단한 몸뚱이와 접근할 엄두조차 내지 못하게 만드는 독 때문이었다. 정면으로 부딪치는 것은 고사하고 살짝 스치기만 해도 치명적이 독 앞에서 두려워하지 않는 사람은 아무도 없었다. 자연적으로 몸놀림이 둔해지고 과감한 공격을 펼 수가 없는 것이었다. 그러나 을지휘소는 달랐다. 독에 대한 두려움도 그다지 없었고, 설사 그렇지 않다고 해도 겁먹을 사람은 아니었다.

꽝꽝!

인간의 몸을 때리는 소리치고는 참으로 듣기 힘든 소리가 나며 독혈인의 몸이 흔들렸다. 연속적으로 가슴을 타격한 을지휘소는 피해를 주기는커녕 자신의 손만 독에 중독되는 것을 보며 고개를 절레절레 흔들었다. 단순한 공격이 아니라 내부를 뒤흔드는 중수법을 사용했음에도 아무런 효과가 없다는 것은 외부만이 아니라 내부까지 충분히 단련되었다는 것을 의미했기 때문이다.

"크흐흐흐."

을지휘소가 약간의 머뭇거림을 보이자 자신감을 회복한 독혈인들이 웃음을 흘렸다.

"그따위 공격에 끄떡이나 할 것 같으냐!"

독혈인은 상대의 공격을 충분히 감당할 수 있다는 자신감 때문인지 포효하듯 외쳤다.

"몸에 대한 자신감이 상당하군. 좋아, 그것이 얼마나 부질없는 것인지 보여주지."

을지휘소가 실소를 흘렸다. 순간, 기수식이 묘하게 변했다. 그것이 무엇을 의미하는지 알고 있던 강유가 소리를 질렀다.

"무심지검!"

어찌 못 알아볼 것인가? 몇 날 며칠을 쫓아다니며 간신히 배운 무공이 바로 무심지검이 아니던가!

파공성도 없었다.

눈으로 좇을 수도 없었다.

그의 검이 움직였다고 생각하는 순간, 검은 이미 독혈인의 목을 베고 있었다.

깡!

강유의 외침과는 달리 을지휘소의 검도 독혈인의 몸을 파고들지는 못했다. 다만 아무런 흔적도 내지 못한 강명과는 달리 눈으로 똑똑히 보일 정도의 실선이 만들어졌다.

"역시 자부심을 가질 만한 몸뚱이군. 과연 단단해."

진정 감탄했다는 듯 외치는 을지휘소. 그런데 목을 어루만지는 독혈인의 안색이 묘하게 일그러졌다. 그럴 리가 없건만 목에서부터 은근한 통증이 느껴졌기 때문이다.

어쩌면 당할지도 모른다는 위기감이 그의 몸을 사로잡았다. 그렇다고 겁을 집어먹은 것은 아니었다. 물론 패한다고도 생각하지 않았다. 독혈인이 되기 위해 얼마나 많은 고생을 했던가. 차라리 죽는 것이 낫다고 여길 정도로 지옥과도 같은 나날을 보내고 무수히 많은 동료들이 죽어가는 것을 보며 간신히 이룩한 경지였다. 패배란 있을 수도, 있어서는 안 되는 일이었다. 다만 을지휘소의 입가에 걸린 미소가 영 불안했다. 일단 조심을 해서 나쁠 것은 없었다.

그는 재빨리 동료의 등 뒤로 몸을 뺐다. 하지만 그가 미처 몸을 틀기도 전 을지휘소의 검이 움직였다. 막는다는 것이 용납되지 않을 정도로 빠른 속력.

서걱!

이전과는 분명 다른 소리였다.

몸은 달려가고 있었지만 머리는 제자리였다.

툭.

몸에서 분리된 머리가 힘없이 땅에 떨어졌다.

머리를 잃은 몸통 역시 서너 걸음도 가지 못하고 쓰러졌다.

사람들은 황급히 뒤로 물러나던 독혈인의 몸과 머리가 분리되는 것을 지켜보며 입을 쩍 벌렸다.

도검이 불침이라던, 온갖 방법을 다 동원했음에도 어찌지 못하던 독혈인이 단 두 번의 칼질에 목이 댕강 잘린 것이었으니.

특히 바로 앞에서 동료가 쓰러지는 것을 본 독혈인의 충격은 그들에 비할 바가 아니었다. 그의 뇌리에 죽음이라는 공포가 아로새겨졌다. 독혈인이 된 이후 지금껏 단 한 번도 느끼지 못한 감정에 그는 어찌할 바를 몰라 했다.

"ㅇㅇㅇㅇ."

공포에 사로잡힌 독혈인이 뒷걸음질쳤다.

을지휘소는 아무런 행동도 하지 않고 물끄러미 그를 응시했다. 그것이 더욱 공포로 다가왔다. 독혈인은 몸을 돌려 미친 듯이 도주하기 시작했다.

꽝!

또 한 번의 충격이 모든 이들의 뇌리를 강타했다.

말 그대로 공포의 대명사였던 독혈인이, 그 독혈인이 비 맞은 쥐새끼처럼 덜덜 떨며 도주하는 것을 눈앞에서 목도한 것이다.

순식간에 이십여 장이 넘게 도주하는 독혈인을 물끄러미 바라보던 을지휘소가 검을 들었다. 그리곤 잠시 갈등하는가 싶더니 검을 던졌다.

쐐애액!

맹렬한 소리와 함께 한 치의 오차도 없이, 희뿌연 빛에 휩싸인 채 우아한 궤적을 그리며 독혈인을 뒤쫓는 검. 사람들이 흔히 말하는 이기어검(以氣馭劍)의 경지였다.

퍽!

둔탁한 충돌음과 함께 작살에 꿰인 물고기처럼 허공으로 치솟은 독혈인의 몸이 땅바닥에 쓰러졌다. 패대기쳐진 개구리처럼 납작 엎드려 쓰러진 독혈인과 그의 심장을 단숨에 박살 내고 박힌 검이 묘한 대조를 이뤘다.

금강석과 같은 단단한 몸뚱이와 지독한 독으로 공포의 대명사로 군림하던 독혈인의 최후치고는 참으로 허무했다.

"더 해보겠나?"

탁탁 손을 턴 을지휘소가 희염을 보며 물었다.

어림없는 말이었다.

낭왕이 쓰러졌고 봉후의 독봉이 한 줌 잿더미로 변했다. 거기에 단

하나만으로도 절대무적이라는 독혈인까지도 힘없이 쓰러지고 말았다. 사신도 이런 사신이 없었다. 인간이 아니라 마치 염라부에서 자신을 죽이라고 보낸 사자(使者) 같은 느낌이 들었다.

그는 자신도 모르게 미친 듯이 고개를 흔들었다.

"그럼 나중에 보도록 하지."

묘한 여운이 담긴 말이었다. 그 말의 의미를 미처 파악하지 못한 희염은 봉후를 부축하며 정신없이 달리기 시작했다.

자신에게 맡겨진 임무가 무엇인지, 또 아무런 소득도 얻지 못하고 돌아갔을 때 어떤 일이 기다리고 있는지를 생각할 여유가 없었다. 그의 몸을 움직이는 것은 어떻게든지 눈앞의 사신에게서 멀어져야 한다는 공포심과 더불어 최강의 적이 등장했음을 본진에 알려야만 한다는 취밀단 단주로서의 최소한의 의지뿐이었다.

* * *

패천궁의 정문이 활짝 열렸다.

일반 수하들은 물론이고 호법, 장로, 심지어 원로들까지도 패천궁에 적을 둔 사람이라면 단 한 사람도 빠지지 않고 정문으로 집결했다. 정문을 중심으로 수백 명의 무인들이 좌우로 도열하였는데 기대감과 경외심, 약간의 설렘, 두려움 등 온갖 표정들을 나타내고 있는 그들의 시선은 모두 한곳을 향해 있었다.

"온다!"

누군가의 입에서 흘러나온 외침에 좌중이 술렁이고, 그들의 술렁거람이 멈출 때쯤 일단의 무리가 정문을 향해 걸어오고 있었다.

"와아!"

일제히 터지는 함성, 무이산에서 패퇴하여 힘겹게 퇴각한 이들은 그토록 대대적인 환영에 다소 무안한 표정을 지으며 정문을 통과했다. 그들은 알고 있었다. 그 함성이 자신들을 위한 함성이 아니라 바로 맨 뒤에서 낙운기 등과 함께 천천히 걸어오고 있는, 절체절명의 위기 속에서 자신들을 구해낸 전전대 패천궁의 궁주 환야를 환영하기 위함이라는 것을.

"와아!"

마침내 환야의 모습이 보이자 함성은 더욱 커졌다. 더불어 그녀를 알고 있는 수뇌들의 얼굴은 한층 긴장하는 모습이었다. 현재 패천궁에 남아 있는 인물 중 그녀를 알거나 함께 생활했던 사람은 극소수로 원로원의 원로들과 장로, 호법의 몇몇을 제외하고는 대다수가 초면인 상태였다. 하지만 그녀의 능력이 얼마나 대단한지 모르는 사람은 아무도 없었다.

"어서, 어서 오십시오!"

원로들의 수장이라는 체면도 잊은 채 한달음에 달려온 냉악이 예를 차리며 인사했다.

"오랜만이에요, 냉 대주. 아니, 이제는 대주가 아닌가?"

"어느새 다 늙어 원로 자리를 꿰찼습니다."

"호호, 벌써 그렇게 됐나요? 그리고 보면 세월이 참 많이 흐르긴 흘렀군요."

"많이 흘렀지요. 옛일을 기억하는 사람은 이제 얼마 없습니다."

인간의 힘으론 감히 어쩌지 못하는 세월의 흐름을 아쉬워하는 것인가? 냉악의 얼굴에 안타까움이 깃들었다.

"아무튼 냉 대… 원로를 만나게 되니 반갑군요. 또 누가 있을런지……."

그녀의 말이 끝나기가 무섭게 크나큰 호통이 뒤따랐다.

"이 녀석아! 왔으면 냉큼 달려와 인사를 할 것이지 왜 이리 꾸물대?"

오랜 세월이 흘러도 어찌 그 음성을 잊을 것인가? 고개를 돌리는 환야의 얼굴이 환하게 빛났다.

"숙부!"

"인정머리없는 놈!"

어느새 다가온 안당이 노안을 글썽이고 있었다.

늙어 지친 안당의 얼굴에서 반항기 넘치던 과거의 모습을 찾기 힘든 것이었을까? 물끄러미 쳐다보던 환야가 쓴웃음을 흘렸다.

"많이… 늙으셨네요."

"그럴 수밖에, 오십 년 세월을 훌쩍 뛰어넘었으니. 한데 너는 그다지 변한 게 없는 것 같구나."

"그런가요? 나도 많이 변했는데……."

"아무리 변해도 내게는 그 옛날의 말썽꾸러기 조카일 뿐이다."

"호호, 그거야 그렇지요. 참, 인사드려라. 작은할아버님이시다."

환야가 멀뚱히 서 있는 을지룡을 앞세우며 인사를 시켰다.

"을지룡입니다."

"그 녀석 참 잘도 생겼구나. 네 둘째더냐?"

을지룡을 살피는 안당의 시선은 무척이나 자애로운 것이었다.

"예."

"허허, 큰 녀석의 활약이 대단하다는 것은 내 익히 들어 알고 있다. 하지만 인석도 만만치는 않겠어."

환야는 대답 대신 빙긋이 웃음 지었다.

"자자, 어쨌든 길에서 이러고 있을 게 아니라 안으로 들어가자. 기다리는 사람들도 많고 할 얘기도 많아."

안당은 그녀가 뭐라 대꾸를 하기도 전에 손을 덥석 잡고는 안으로 이끌었다.

패천궁의 어마어마한 규모와 인원에 다소 위축이 된 것인지 평상시와는 다소 다른 태도의 을지룡이 그 뒤를 따랐다.

     *   *   *

혈영대의 부대주 무풍(無風)으로부터 현재 패천궁이 처한 상황을 간단히 전해 들은 을지휘소의 안색이 몹시 어두웠다.

"중천과의 전력이 백중세라……."

"열세일 수도 있습니다."

"싸움은 시작되었나?"

"그런 것 같지는 않습니다. 자세히 말해 봐라, 녹영(菉英)."

무풍이 해남파에 파견 나온 비혈대의 대원에게 물었다.

지금껏 피 튀기는 혈전을 어찌 감당했는지 의아하게 보일 정도로 연약하게만 보이는 녹영이 입을 열었다.

"본궁과는 하루에 한 번씩 연락을 합니다만 아직까지 공격이 시작되었다는 말은 없습니다. 다만 적의 주력이 얼마 떨어지지 않은 곳에 집중하고 있다고 하는 것을 보면 결전이 멀지 않았음은 확실합니다."

"아마도 남천의 지원을 기다리고 있지 않겠습니까?"

강유가 말했다.

"내 생각도 같네. 비록 지금은 수세에 몰려 있으나 패천궁은 쉽게 당할 정도로 만만한 곳이 아니야. 중천의 전력이 아무리 막강하다 하더라도 만만히 보지는 못할 것일세. 또한 단독으로 패천궁을 쳤을 때의 피해를 감안하면 웬만한 간담으로는 함부로 공격하지 못할 터, 남천이 합류하기를 기다리고 있을 것 같군."

강운교의 말에 모두들 동의한다는 듯 고개를 끄덕였다.

"결국 남천의 동진을 막느냐 못 막느냐는 것이 이번 싸움의 열쇠라는 것인데……."

두 눈을 지그시 감은 을지휘소가 입술을 살며시 깨물었다. 그리곤 물었다.

"남천의 주력이 지금 어디쯤에 있다고 했지?"

"남동쪽으로 이백 리 떨어진 곳에서 계속 동진하고 있다고 합니다."

녹영이 대답했다.

"흠, 이백 리라……."

말하는 모양새가 뭔가를 결정한 모양이라고 여겼는지 강운교가 조심스레 물었다.

"자네, 지금 무슨 생각을 하고 있는 것인가?"

"무슨 생각이라니요?"

"행여나 엉뚱한 생각 하고 있는 것은 아니겠지?"

"하하, 글쎄요."

애써 웃음으로 얼버무리려 하였으나 강운교는 그의 행동에서 드러난 어색함을 놓치지 않았다.

"막으려고 하는군."

"그렇게 보입니까?"

"쓸데없는 짓 하지 말게. 자네가 강한 것은 인정하나 남천은 자네 혼자 감당할 수 있을 만한 전력이 아니야."

강운교가 언성을 높였다.

"패천궁을 보호하려면 막기는 막아야 합니다."

"그렇다고 개죽음을 당할 수는 없지 않은가? 놈들의 숫자가 얼마인지 알기나 하는가?"

강운교의 시선이 녹영에게 향했다. 녹영이 재빨리 입을 열었다.

"남천에 잠입한 동료의 전언에 따르면 주력이 팔백에, 인근에서 굴복한 무인들까지 합치면 천여 명을 훨씬 넘는다고 합니다."

"우리가 수백 명을 줄였음에도 그만큼입니다. 무리입니다, 이모부님."

강명까지 말리고 나섰다. 하지만 을지휘소는 그저 담담히 웃음만 흘릴 뿐 별다른 대꾸를 하지 않았다.

"우리 해남파가 온전하여 지원할 수 있다면 말리지 않았을 것이네. 아니, 오히려 적극적으로 나섰겠지. 그러나 이제 그만한 힘이 없네. 다들 오랜 싸움과 부상에 지쳐 있어."

"지금까지의 선전으로 충분합니다. 해남파에 더 이상의 희생을 요구한다는 것 자체가 무리겠지요."

"그렇다고 자네 혼자만 보낼 수는 없네."

"패천궁엔 어머님과 룡아가 있습니다. 또한 저와는 많은 인연이 있는 곳이지요. 이대로 당하게 놔둘 수는 없습니다."

"그래도……."

"너무 걱정하지 마십시오. 정면으로 부딪쳐서는 승산이 없다는 것은 저 또한 알고 있습니다."

"기어이 할 생각인가?"

강운교의 안타까운 물음에 을지휘소가 고개를 끄덕였다.

"예."

대답과 동시에 그의 시선이 냉혈에게 향했다.

"그래서 말인데, 자네가 좀 도와줘야겠네."

"예."

오가는 말속에서 이미 을지휘소의 뜻을 간파한 냉혈은 두말하지 않았다. 더구나 패천궁을 위하는 길, 마다할 이유가 없었다.

"어찌하려고 하는가?"

강운교가 재차 물었다.

"숫자가 많은 이들과 싸우려면 한 가지 방법밖에는 없습니다. 뭐, 다소간 치사한 방법처럼 보이겠지만 효과는 좋지요."

"치고 빠지기 작전으로 싸우려 하는군."

"비슷합니다."

"저도 돕겠습니다."

강유가 나섰다.

"아버님 곁에 남는 것이 좋지 않겠느냐? 목숨이 위험할 수도 있다."

강유의 시선이 잠시 부친에게 향했다. 그러나 결심을 굳혔는지 곧 정색하곤 또박또박 대답했다.

"섬을 떠나올 때부터 이미 각오했던 바입니다. 가겠습니다."

"네 생각이 그렇다면 굳이 말릴 생각은 없다만······."

을지휘소가 말끝을 흐렸다. 강유 정도의 실력이라면 큰 도움이 될 것이라 여기면서도 아무래도 강운교가 신경 쓰이는 듯한 모습이었다.

"데리고 가게. 그나마 조금이라도 거들어야 가능성이 보일 것 아닌가."

"하하, 괜찮겠습니까?"

"자네도 그렇고 어차피 저놈도 내 말은 듣지 않아. 지가 하고 싶은 대로, 원하는 대로 해주게나."

"알겠습니다. 강명아."

"예, 이모부님."

"나와 유아, 그리고 이 친구들이 떠나면 아버지를 모시고 피해 있도록 해라. 굳이 싸움에 휘말릴 필요는 없다."

"그리하겠습니다."

"참, 남천에도 첩자를 심어놓았다고 했지?"

을지휘소가 녹영에게 물었다.

"예."

약간은 떨떠름하게 대꾸하는 녹영. 아마도 곧 이어질 말을 예견한 듯싶었는데.

"자네도 따라오게. 아무래도 자네와 그 친구의 도움이 필요하겠어."

"알··· 겠습니다."

이제야 겨우 사지에서 벗어나는가 싶어 안심했던 녹영의 대답엔 힘이 없었다. 그의 심정을 아는지 무풍이 어깨를 툭 쳤다.

"사람이라면 어차피 한 번은 죽는다. 기왕지사 죽는 것, 멋지게 죽는 거야."

나름대로 위로를 하기 위해 한 말이었으나 소태 씹은 듯한 그의 표정으로 보아 전혀 위로가 되지 않는 듯했다.

      *   *   *

"낭왕이 죽었다?"

"그, 그렇습니다."

"독혈인도 당했단 말이지?"

"예……."

각 질문마다 살기가 번뜩였다. 납작 엎드린 채 대답하는 희염은 전신을 오들오들 떨고 있었다.

"그리고 놈들은 도망갔고?"

"그, 그, 그렇습니다."

어느새 살기는 사라지고 기요후는 어이가 없다는 듯 너털웃음을 흘렸다.

"지금 그걸 나보고 믿으란 말이냐?"

"예. 예? 으악!"

슬며시 고개를 치켜들던 그는 갑자기 날아온 술병에 이마를 맞고 나뒹굴었다.

"어디 믿을 만한 말을 지껄여야 믿던가 하지! 낭왕과 봉후가 당했다는 것도 믿기 힘들거늘, 뭐가 어째? 독혈인이 당해? 독혈인이 네놈처럼 빌빌대는 물건인 줄 알아?"

"하, 하오나 트, 틀림없는……."

깨진 이마에서 흐르는 피를 닦을 생각도 못하고 자세를 바로잡은 희염이 뭐라 대꾸하려 했으나 단숨에 막히고 말았다.

"아가리 닥치지 못해! 한 번만 더 쓸데없는 소리를 지껄이면 입을 쫙 찢어놓을 줄 알아!"

고래고래 소리를 지르며 희염의 말문을 막아버린 기요후가 힘없이 앉아 있는 봉후에게 물었다.

"네가 말해 봐. 저놈처럼 헛소리는 할 생각 하지 말고. 왜 놓쳤어? 또 함정에 당한 거냐? 그나저나 낭왕 이 자식은 어디 있어? 큰소리만 뻥뻥 쳐대더니만 어디로 내뺀 거야?"

"죄, 죄송합니다."

봉후는 고개를 들지 못했다.

"죄송한지 아닌지는 내가 들어보고 판단할 테니까 빨리 말해 봐. 뭐야? 도대체 무슨 일이 일어난 거야?"

"주, 죽여주십시오, 천주님."

봉후는 머리가 깨지도록 이마를 찧어댔다.

"죽이든 살리든 얘기를 들어야 결정할 것 아냐!! 복장 터지게 하지 말고 빨리 말해 봐!"

"취밀단 단주가 말한 대로입니다."

순간, 기요후의 얼굴이 딱딱하게 굳었다.

"진… 정이냐?"

"예……."

"……."

기요후는 아무런 말도 하지 않았다.

목숨이 열 개가 아닌 한 희염이 거짓 보고를 올릴 리는 없을 터, 뭔가 사단이 나도 단단히 났다는 것은 그도 느끼고 있었다. 다만 그 사안이 너무도 엄청나 인정하고 싶지 않았던 것뿐. 그러나 봉후의 대답으로 모든 것이 명확해졌다.

"다 당한 거냐?"

기요후의 음성이 지금처럼 묵직하게 가라앉은 적이 있었던가? 봉후가 흠칫 몸을 떨며 대답했다.

"그, 그렇습니다."

"낭왕은?"

"죽었습니다."

절로 한숨이 나왔다.

"후~ 그놈이 자랑하는 늑대들은 어쩌고? 수백 마리나 되는 놈들이 주인 하나를 지키지 못했단 말이냐?"

"늑대들도 모조리 당했습니다. 제 독봉 또한 순식간에……."

"허!"

이쯤 되면 무슨 할 말이 있겠는가? 기요후는 더 이상 호통 칠 힘도 없는지 연거푸 술만 마셨다.

"좋아, 좋아, 낭왕과 네가 당했다는 것은 그렇다고 치자. 독혈인은 어찌 된 거야? 그 괴물들이 쉽게 당할 리가 없을 텐데."

"역부족이었습니다. 독혈인들 역시 별다른 힘을 쓰지 못하고……."
"그게 무슨 말이오? 독혈인이 힘도 쓰지 못하고 당하다니!"
만독문의 문주 기하학이 참지 못하고 소리쳤다.
평소의 그라면 천주의 대화에 절대로 끼어들지 않았을 것이다. 하지만 독혈인이 무엇이던가?
만독문이 사활을 걸고 만들어낸 지상 최강의 병기!
도검이 불침함은 물론이고, 웬만한 고수의 공격으론 생채기 하나 생기지 않는 독혈인은 그의, 만독문의 자랑이었다. 그런 독혈인이, 그것도 하나가 아니라 둘이 한꺼번에 당했다는 것. 그가 이성을 잃는 것은 어쩌면 당연한 일이었다. 그것을 알기에 기요후도 아무런 제재를 하지 않았다.
한숨을 내쉰 봉후가 힘없이 입을 열었다.
"독혈인… 강했어요. 해남파 놈들을 쓸어버리는 데 거칠 것이 없었지요. 감히 덤비는 놈도 없었고 그냥 지켜보기만 해도 놈들에게 주는 그 위압감이란… 참으로 대단했어요. 문주가 그토록 자랑했던 말이 허언이 아니더군요. 누가 뭐라 해도 독혈인은 최강의 무기라 할 수 있었으니까."
"그런데 어째서……?"
"독혈인보다 더한 인간이 있었다는 것이 문제입니다."
"그, 그게 무슨 말씀이시오?"
"독혈인보다 더 강한 자가 있었다는 말이에요."
"미, 믿지 못하겠소이다."
기하학이 거칠게 고개를 흔들었다.

"후~ 사실 눈앞에서 본 나 또한 지금껏 믿어지지 않으니 무리도 아니지요. 하나 한 치의 어긋남도 없는 사실이라는 것이 슬플 뿐입니다."

"그자에 대해 말해 봐라. 대체 얼마나 강한 놈인 거냐?"

둘의 대화를 가만히 듣고 있던 기요후가 물었다. 한데 독혈인을 세 거했다는 인물에게 은근한 호승심을 느끼는지 그의 음성은 노기를 드러내던 조금 전과는 달리 어딘지 모르게 격앙되어 있었다.

"지금껏 그와 같이 빠른 몸놀림을 본 적이 없습니다."

"빠른 놈들이야 쌔고 쌨지."

"빠르면서도 경망하지 않고 오히려 날카롭고 강맹합니다."

"흥!"

기요후가 콧방귀를 뀌었다.

"그에게 낭왕을 비롯하여 그를 지키던 늑대들이 모조리 떼 몰살을 당했습니다. 또한 놈을 공격했던 저의 독봉들마저도 모조리……."

"늑대들이야 그렇다 쳐도 독봉이 한두 마리도 아닐 텐데 어떻게?"

"모조리 태워 버렸습니다."

두 번 다시 생각하기 싫은 기억이었지만 봉후는 을지휘소가 전신에 달라붙은 독봉을 온몸에서 뿜어낸 삼매진화의 열기로 태워 버렸던 일을 자세하게 설명했다. 그녀의 설명이 끝날 즈음 기요후의 안색이 심각하게 굳어 있었다.

"독혈인, 독혈인과의 싸움은 어찌 되었소?"

기하학이 참지 못하고 물었다.

그런데 질문에 다소 어폐가 있었다. 그는 싸움이 어찌 되었는지를 물었지만 결과는 이미 나왔기 때문이다.

"일방적으로 당했어요."

순간, 기하학은 물론이고 방 안에서 숨죽이고 귀를 기울이던 이들이 모두 경악을 금치 못했다. 심지어 기요후의 표정까지 돌변할 정도였으니.

"지, 지금 일방적이라고 했소이까?"

그가 아는 한 독혈인은 결코 일방적으로 당할 만큼 만만한 물건이 아니었다. 황급히 되묻는 기하학의 목소리가 마구 떨렸다.

"독혈인의 움직임으로는 그의 발걸음을 잡지 못했어요. 무엇보다……."

또다시 나서려는 기하학, 그가 무슨 말을 하고 싶어 하는지 알고 있던 봉후가 다시금 한숨을 내쉬며 고개를 흔들었다.

"독혈인이 내뿜는 독이 그에겐 그다지 문제가 되지 않았어요. 나름대로 조심을 하는 것 같았지만 절대로 두려워하는 모습은 아니었습니다. 하긴, 맨손으로 목을 움켜쥐고도 멀쩡했으니까."

"맨살을 맞대고도 멀쩡했단 말이오?"

더 이상 놀랄 힘도 없는지 기하학의 음성은 오히려 차분했다.

"그래요. 아마도 만독불침(萬毒不侵)의 경지에 이른 자가 아닐까 싶네요."

"공격이 통하지 않더라도 쉽게 당하지는 않았을 것 아냐? 쇳덩어리보다 단단한 몸뚱이를 지닌 놈들이니까."

기요후가 말했다.

"첫 번째 독혈인은 두 번의 칼질에, 그리고 삼십여 장이나 도주를 하던 두 번째 독혈인은 그가 던진 칼에 심장이 꿰뚫려 즉사했습니다."

"서, 설마 이… 기어검!'

기요후는 상대가 삼십 장 정도의 거리를 격하고 검을 날려 독혈인을 쓰러뜨린다는 것을 듣자마자 이기어검을 떠올렸다.

"이거, 진정 괴물이 아닌가?"

"괴물… 그렇습니다. 괴물이라고밖에는 도저히 설명이 되지 않습니다."

탄식 어린 말과 함께 봉후의 설명이 끝났다.

이곳저곳에서 한숨 소리만 새어 나올 뿐 아무도 입을 열지 못했다.

기요후의 침묵은 방 안의 공기를 더욱 어둡게 만들었다.

한참 만에 입을 연 기요후가 입술을 잘근잘근 깨물며 말석에 조용히 앉아 있는 노인을 불렀다.

"이보게, 마독(魔毒). 자네가 생각할 땐 어떤가?"

사천왕 중 가장 연장자이자 남천 내에서 거의 유일하게 기요후의 의사 결정에 제동을 걸 수 있는 마독 묵염(墨染)이 말했다.

"글쎄요. 낭왕이나 봉후라면 모를까 독혈인을 깼다는 것은 분명 걱정해야 할 일입니다."

"자네라면 어떤가? 독혈인과 상대해서."

"하나라면 문제될 것이 없지만 둘이라면 솔직히 자신없습니다."

마독은 조금의 가감도 없이 비교적 담담하게 자신의 실력을 평가했다. 그러나 다소 아쉬웠는지 한마디 덧붙였다.

"그래도 지지는 않겠지요."

엄청난 발언이었다. 독혈인이 어떤 위력을 지녔는지 아는 사람이라면 미친놈이라고 손가락질을 할 정도로 말도 안 되는 발언. 그러나 어느 누구도 그의 말에 토를 달지 않았다. 그만큼 마독이라는 인간 또한 상상할 수 없을 정도로 뛰어난 실력을 지녔다는 것을 반증하는 것이었다.

"아무튼 골치 아프게 되었군. 고수라… 상상도 할 수 없는 절대고수가 등장했단 말이지, 그것도 우리의 적으로."

"그래도 한두 사람의 힘으론 지금의 대세를 거스를 수는 없습니다."

"그건 그렇지. 율평."

"예? 예, 천주."

갑자기 자신을 호명할 줄은 몰랐는지 율평이 얼떨결에 대답했다.

"패천궁에서 연락이 왔다고?"

"예. 하루빨리……."

"됐다. 무슨 내용인 줄은 듣지 않아도 알 수 있어. 단독으로 공격하자니 큰 피해를 볼 것은 뻔할 테고. 뭐, 함께 공격하자는 것이겠지."

"그렇습니다."

"어련히 알아서 갈까? 재촉은 얼어죽을!"

"앞으로의 일을 생각한다면 그래도 서두르는 것이 좋겠습니다."

마독이 무표정한 얼굴로 말했다.

"나도 아네. 그렇다면 결국 해남파를 저리 놔두고 가야 된다는 말인데."

바로 그때, 쥐 죽은 듯이 엎드려 있던 희염이 극도로 조심스레 입을 열었다.

"해남파라면 걱정하실 필요는 없을 것 같습니다."

기요후가 턱짓으로 다음 말을 재촉했다.

"예상치 못한 놈의 등장으로 놈들을 지상에서 완전히 지우는 것은 실패했지만 살아남은 놈이라야 고작 기십에 불과합니다. 그나마도 제대로 움직일 수 있는 놈은 거의 없을 겁니다. 미치지 않고서야 그런 상황에서 감히 도발을 하지는 못할 것입니다."

"미치지 않고서야? 한심하기는! 그럼 네놈은 여태까지 그놈들이 제정신인 줄 알았느냐?"

"예?"

"애당초 얼마 되지도 않는 수를 가지고 우리에게 덤볐을 때부터 그놈들은 미친놈들이었단 말이다."

"아, 아무리 미친놈들이라도 제 몸 귀한 줄은……."

진땀을 흘리며 변명하려던 희염은 온몸에 내리 꽂히는 싸늘한 시선에 황급히 꼬리를 말았다.

희염의 입을 막은 기요후가 좌중을 둘러보며 명을 내렸다.

"독혈인을 해치웠다는 자가 마음에 걸리지만, 어쨌든 지금은 패천궁을 쳐야 할 때다. 그자와 해남파는 조만간 마무리를 지으며 될 터, 지금부터는 전속력으로 패천궁을 향해 이동한다. 혹시 모르니 경계를 게을리하지 마라!"

모든 이들이 자리에서 일어난 명을 받았다.

"존명!"

마침내 패천궁을 불과 며칠 거리에 둔 남천의 본격적인 이동이 시작되었다.

제 69 장

악몽(惡夢)

악몽(惡夢)

 복건성 서남부 남정(南靖)의 야산에 위치한 이름 모를 사당(祠堂).
 요란하게 울리는 풀벌레 소리로 인해 귀가 따가울 정도였건만 허름하기 그지없는 사당엔 고요한 침묵만이 자리하고 있었다.
 "연락은 왔는가?"
 침묵을 깨는 음성의 주인은 을지휘소였다.
 "예. 이곳에서 정확히 이십여 리 떨어진 곳에 숙영을 하고 있다는 전갈입니다."
 "인원은 변함이 없고?"
 "보급 때문에 꽤나 많은 인원이 남았다고는 하지만 그래도 칠팔백은 족히 되는 인원이라고 합니다."
 녹영은 조금 전 남천에 잠입한 동료로부터 전해온 소식을 떠올리며 대답했다.

"이십 리라… 그다지 멀지는 않군. 어차피 정면 대결을 할 것도 아니니 인원이 많고 적음은 중요한 것이 아니고. 이보게, 냉 대주."

"예."

"준비는 되었는가?"

"예."

"자네도 알다시피 이번 싸움은 저들을 괴멸시키는 것이 아니네. 그것은 애당초 불가능한 일, 우리가 해야 하는 일은 저들의 발길을 막는 것이네. 그것이 불가능하면 최소한 어떻게든 시간을 벌어야 하고. 놈들이 중천과 합류하는 시기를 늦춰야 한다는 말이네."

"예."

너무나도 짧고 간명한 대답에 을지휘소는 자신도 모르게 말을 멈추곤 그의 얼굴을 빤히 바라보았다.

그러기를 잠시, 비록 함께한 시간이 얼마 되지는 않았지만 그에게 여러 말을 듣는다는 것이 얼마나 힘든 일인지 알고 있었던 을지휘소는 절레절레 고개를 흔들었다. 그리곤 냉혈을 비롯하여 혈영대원들에게 나직하면서도 묵직한 음성으로 입을 열었다.

"절대로 무리하지 말게. 반드시 상대할 수 있는, 아니, 한 수 아래의 놈들만을 골라 상대하도록 하게. 놈들의 발길을 막자고 자네들의 희생을 강요할 생각은 없으니까. 하루아침에 끝날 싸움도 아니고 며칠을 끌어야 하는 싸움이네. 또한 지금은 얼마나 많은 고수를 제거하느냐가 중요한 것이 아니라 놈들의 진영에 얼마나 크게 동요를 일으키느냐가 중요한 것일세."

"알겠습니다."

"다시 한 번 말해 두거니와 한시도 냉정함을 잃지 말고 적절한 상대를 찾게."

"예."

"그럼 움직이도록 하지. 녹영, 자네는 이곳에 남게. 새벽이 오기 전에 돌아올 것이니 잠이나 푹 자는 것도 좋겠군."

"아, 알겠습니다."

혈영대원들을 따라 엉거주춤 일어나려던 녹영의 얼굴에 화색이 돌았다.

그믐달의 희미한 빛이 무색할 정도로 남정산(南靖山) 중턱의 분지는 곳곳에 주둔하고 있는 이들이 피워논 횃불로 인해 환하게 밝혀져 있었다.

중앙의 거대한 천막을 중심으로 어림잡아도 수십은 훨씬 넘어 보이는 천막들이 줄지어 늘어서 있었고, 천막에는 그곳에 머물고 있는 문파, 또는 개인의 표식이 눈에 잘 띄게 매달려 있었다.

그러나 수백이 넘는 인원 중 천막에서 지낼 수 있는 인물이 과연 얼마나 될까? 대다수의 인원은 나무 그늘 아래나 바위틈에서 동료들의 몸을 벗 삼아 잠을 청하고 있었다. 물론 모든 이들이 한꺼번에 잠을 청하는 것은 아니었다.

천막과 천막 사이와 그들이 잠을 청하고 있는 곳곳에서 느릿느릿한 움직임이 감지되었다. 혹시 모를 적에 대해 경계를 서는 보초들이었다. 워낙 많은 인원과 방대한 지역에 걸쳐 숙영을 하다 보니 보초를 서는 인원도 수십에 육박할 정도였다.

"이봐, 일어나. 시간 됐어."

숙영지 외곽을 돌며 보초를 섰던 가력(假靂)이 나무 아래서 모포를 둘둘 말고 단잠에 빠져 있는 동료 능곡(陵斛)을 깨웠다.

"으, 음. 뭐… 라고?"

"시간 됐다니까. 어서 일어나."

"후아암~ 오랜만에 하는 노숙(露宿)이라 그런지 어째 적응이 안 되는걸."

시간이 되었다는 말에 천천히 자리에서 일어난 능곡은 잠자리가 편하지 않았던지 어깻죽지와 목덜미를 연신 주물렀다.

"편한 소리 하지 마. 난 고작 한 시진을 자고 일어나 지금까지 경계를 섰단 말이야."

"누가 뭐라나. 아무튼 영 불편해."

"시끄럽고! 경계나 잘 서. 참, 다음번 보초가 누군지는 알지?"

"극엄(劇儼)… 이던가?"

확신을 하지 못하는지 능곡이 멋쩍은 웃음을 흘리며 바라봤다.

"으이구, 금낭(禽狼)이다. 저쪽 바위 밑에서 자고 있으니까 엉뚱한 사람 깨우지 말고 제대로 깨워."

쏘아붙이듯 몇 마디 말을 내뱉은 가력은 할 말을 다 했다는 듯 능곡이 덮던 모포를 말며 몸을 뒤집었다.

"뭐, 아무튼 고생했다. 잘 자라고."

머리끝까지 모포를 쓰고 자는 것이 우스웠는지 피식 웃음을 터뜨린 능곡이 몸을 돌렸다. 몇 발자국이나 떼었을까? 모포가 살며시 내려가더니 한쪽 눈을 감은 가력이 입을 열었다.
"독혈인을 박살 냈다는 그 괴물 때문에 윗대가리들의 신경이 날카로우니까 제대로 해. 행여나 지난번처럼 몰래 잠을 처자다간 치도곤을 당할 거다."
능곡이 고개를 돌렸을 땐 살며시 내려갔던 모포는 이미 원상태로 돌아가 있었다.
"어허, 언제 적 얘기를 하고 있는 거야, 지금."
"……."
"염려하지 마라, 나도 분위기가 좋지 않다는 것쯤은 알고 있으니까."
너털웃음과 함께 능곡은 허리춤에 달려 있는 칼자루를 툭툭 치며 걸음을 옮겼다. 그러나 이각 후, 장담과는 달리 그는 금낭이 잠을 청하고 있는 바위에 기대어 꾸벅꾸벅 졸고 있었다.
"음."
능곡은 뭔가가 자신에게 다가온다는 것을 본능적으로 느끼며 살며시 눈을 떴다.
"누……."
더 이상의 말은 흘러나오지 않았다.
그가 눈을 뜨고 입을 열려는 찰나, 그를 목표로 다가온 어둠의 손이 입을 틀어막고 단검으로 목을 그었기 때문이다. 순식간에 기도가 잘린 능곡은 비명은커녕 별다른 저항도 해보지 못하고 그대로 목숨을 잃었다.
일수에 능곡의 목숨을 빼앗은 손길은 곧이어 금낭에게까지 이르고 있었다.

스윽.

미약하지만 분명한 소리와 함께 금낭은 누군가 자신을 노린다는 것은 꿈에도 생각하지 못한 상태로 조용히 숨이 끊어졌다. 선잠이 들었던 능곡과는 달리 깊은 잠에 취해 있던 그가 일으킨 반응이라곤 허리를 살짝 튕기는 것뿐이었다.

능곡과 마찬가지로 그의 목에도 조그만 혈선이 하나 그어졌다. 목에서 흘러나온 뜨거운 피가 그가 조금 전까지 살아 있었음을 보여줄 뿐이었다.

한 호흡도 되지 않아 두 명의 사내가 목숨을 잃었다.

그러나 그것은 시작에 불과했다.

같은 시각, 같은 장소에서 그와 똑같은 일이 동시에 벌어지고 있었다. 물론 제법 연배가 있거나 높은 지위를 차지하고 있는 자들이 머무르고 있는 몇몇 천막도 예외는 아니었다.

"적이다!!"

동료의 죽음을 알아챈 누군가의 입에서 흘러나온 외침이 분지를 울릴 때까지 어둠의 손은 계속해서 움직였다.

꽝!

원목으로 만든 탁자가 산산이 부서지며 사방으로 비산했다. 더러는 천막을 뚫고 밖으로 나갈 만큼 날카로운 것도 있었으나 안에 있는 사람들 중 그 누구도 함부로 반응하지 못했다.

"지금 그것을 말이라고 하는 것이냐?"

날이 밝으려면 아직 한참을 기다려야 하건만 살긴 띤 눈으로 무복을 갖춰 입은 기요후는 노할 대로 노해 있었다.

"암습을, 암습을 당했단 말이야?"

"……."

"입만 처닫고 있으면 끝나는 건 줄 알아! 율평!"

"예, 옛! 천주님!"

겁에 질린 율평이 한 걸음 나서며 대답했다.

"몇 놈이나 당했느냐?"

"그, 그것이… 컥!"

머뭇거리던 율평은 기요후가 내지른 장력에 맞아 힘없이 땅을 굴렀다.

"희염! 피해 상황을 보고해라!"

이미 율평이 당한 것을 보고 있던 희염은 추호의 머뭇거림도 없이 입을 열었다.

"사십이 명입니다."

"보다 자세히!"

"일반 수하들이 사십에, 당주급이 두 명입니다."

"당주급? 누가 당했느냐?"

마독이 심각한 표정으로 되물었다.

남천에서 당주급이라면 상당한 고수였다. 그만한 고수를 아무런 흔적도 없이 없앨 정도의 능력이라면 보통의 문제가 아니었다.

"은령당(隱靈堂)의 당주 나소(那宵)와 곤령당(坤靈堂)의 당주 골패(骨覇)가 당했습니다."

"나소와 골패라면 결코 무시할 수 없는 실력을 지니고 있는데……."

"흥, 어찌 당했는지는 안 봐도 뻔하다. 계집을 끼고 있다가 당했겠지."

평소 그의 행실을 알고 있던 기요후가 콧방귀를 뀌며 소리쳤다.

"하지만 나소까지 그렇게 당했다면 심각하게 생각해 볼 문제입니다."

"암습을 당한 시점에서 이미 심각한 문제가 되어버렸어. 그렇게 주의를 줬건만 암습 따위에 당하기나 하고."

말을 하면 할수록 열이 받는지 기요후는 침상으로 걸어가더니 옆에 놓인 차를 벌컥벌컥 들이켰다.

"어떤 흔적이 남았느냐?"

마독이 물었다.

"보다 자세하게 조사를 해봐야겠습니다만, 하나같이 목이나 심장을 잘렸습니다."

"흠, 목이나 심장이라… 모두 일격에 끝냈다는 말이군."

"예. 몇몇 시신은 자기가 죽는 줄도 몰랐는지 잠자는 모습 그대로 당한 것들도 있었습니다."

"목이 잘리고 심장이 뚫리는데도 비명을 지르지 못했다는 것은 입을 틀어 막혔거나 네 말대로 당한 자가 아무것도 느끼지 못할 정도로 한 순간에 목숨을 잃었다는 것이다. 분명 뛰어난 살수가 벌인 짓일 게야. 그것도 한두 놈이 아니라 거의 문파를 이룰 정도로 대규모의. 한데 주변에 그만한 살수들이 있을까?"

"있습니다."

"어떤 놈들이냐?"

준비된 모든 차를 단숨에 비워 버린 기요후가 다소 가라앉은 음성으로 물었다.

"혈영대입니다."

"혈영… 대? 아!"

다소 생소한 이름에 고개를 갸웃거리던 기요후가 크게 검미(劍眉)를 꿈틀거렸다.

"해남파를 지원하기로 온 놈들이 혈영대였지, 아마?"

"그렇습니다. 그 숫자는 얼마 되지 않지만 어려서부터 전문적인 살수로 키워진 놈들이라 패천궁에서도 패천수호대와 더불어 가장 상대하기 힘든 놈들로 꼽히고 있습니다."

마독이 몇 마디 덧붙였다.

"지난 정도맹과의 싸움에서도 맹활약을 한 것으로 알고 있습니다. 만약 그들에게 정도맹의 고수들이 암습당하지 않았다면 싸움의 양상은 크게 변했을 것이라는 말이 있을 정도로 발군의 실력을 보여줬지요."

"그런 건 상관없네. 놈들이 어떤 놈들이고 누구를 상대했다는 것은 상관없어. 문제는 놈들이 나를 건드렸다는 것이지. 바로 코앞에서 내 수하들을 죽이고 유유히 사라졌단 말일세. 이거야말로 나를 농락한 것이지. 그렇지 않은가, 마독?"

마독은 대답하지 않았다.

"희염!"

"옛!"

"찾아라! 근처를 샅샅이 뒤져. 놈들도 인간인 이상 분명 흔적이 있

악몽(惡夢) 225

을 것이다. 취밀단은 물론이고 흑염단(黑炎團)과 흑렬단(黑烈團)의 지휘까지 맡기마."

"조, 존명!"

"반드시 찾아. 만약 찾아내지 못하면 네놈 목을 베어버릴 줄 알아!"

"아, 알겠습니다."

"뭣해! 여기서 알짱거릴 시간이 있으면 가서 놈들의 목이라도 따와!"

거듭되는 호통에 희염은 제대로 예를 갖추지도 못하고 천막을 뛰쳐나갔다. 그리곤 취밀단을 비롯하여 흑염, 흑렬단의 이백 인원을 동원하여 남정산을 이 잡듯이 뒤졌다. 하지만 그들이 찾아낸 것이라곤 을지휘소가 곤히 자고 있는 녹영을 데리고 피하면서 남겨논 경고문뿐이었다.

-불귀(不歸)의 객이 되고 싶지 않으면 돌아가라.

남천의 악몽(惡夢)이 시작됨을 알리는 문구였다.

　　　　　＊　　　＊　　　＊

복우산(伏牛山).

서부 고산 지대에 그 뿌리를 두고 내달려 서안(西安)을 지나 하남성 서남부 남양(南陽)에까지 이르는 복우산은 석인산(石人山), 노군산(老君山)과 같이 이름있는 명산을 비롯하여 세간엔 잘 알려지지 않았지만 인근 마을에선 신령한 산으로 숭상받는 수없이 많은 산들과 고봉(高峰)을 한 자락에 품고 있는 거대한 산줄기였다.

정도맹의 비밀 분타가 자리한 곳은 좌로는 노군산과 우로는 석인산의 주봉을 바라보고 있는 백운산(白雲山)이었다.

정도맹과 무당파를 비롯하여 무당산에 모인 무인들이 불타는 무당산을 뒤로하고 비밀 분타에 도착한 며칠 후, 하루 차이로 제갈세가와 소림사의 무인들이 속속 도착을 하였다.

적의 눈을 피해 마침내 비밀 분타에서 합류에 성공한 그들은 자신들이 지닌 모든 역량을 동원하여 미완성이었던 비밀 분타를 꾸미기 시작했다. 어차피 기본적이 건물이나 시설 등은 이미 완성된 상태였기에 그들이 중점적으로 힘을 쏟은 곳은 기관매복과 진식 등이었다. 그리고 그 중심엔 역시 제갈세가가 있었다.

"얼마나 진척이 되었습니까?"

새로이 정도맹의 맹주 자리에 오른 강언이 물었다.

"팔 할 이상은 된 것으로 압니다. 그렇지 않느냐?"

제갈경의 시선이 옆에 앉은 제갈선에게 물었다.

"예, 할아버님. 분타 내부의 시설은 이미 끝이 났고 외부의 진식만 보다 견고히 하면 될 것으로 봅니다."

비록 나이는 어리나 제갈세가가 배출한 천재로서의 면모를 유감없이 보여준 제갈선은 지난날 제갈세가의 몰락의 책임을 지고 한결 성숙해진 모습이었다.

"진식이라면 어떤 것을 말함이더냐? 본 가에서와 같은 진식은 펼치기가 힘들 것인데?"

손자의 능력을 자랑이라도 하고자 함인가?

그가 어떤 식으로, 또 무슨 진식을 펼칠지 뻔히 짐작하고 있었지만 시치미를 뗀 제갈경이 흐뭇한 미소를 지으며 물었다.

"마음이야 지난번 본 가에 펼쳤던 만변환환쇄금진(萬變幻幻鎖禁陣)을 펼치고 싶지만 장단점이 있는지라 배제했습니다."

"펼치기도 쉽지는 않을 것이야."

"예. 그래서 동북쪽엔 금문진(禁門陣), 구궁진(九宮陣)을 펼쳤고, 서북 방면엔 팔로연환진(八路連環陣)을 펼쳤습니다. 또한 분타의 정면으론 팔진법을 응용하여 칠성참장진(七星斬將陣)과 현양지진(玄襄之陣)을 연계해 펼쳐 두었습니다."

"호~ 칠성참장진과 현양지진을?"

"예, 수목이 우거지고 유난히 암석이 많아 그것들을 이용하기 위함입니다."

"제대로 파악을 했구나."

"하지만 얼마나 위력을 발휘할지는 소손도 장담하지 못하겠습니다. 워낙 다급하게 펼친 것이라……."

"신경 쓸 것 없다. 미완이라 하더라도 하나하나가 만만히 볼 것이 아니야. 또한 계속해서 손을 보고 추가로 보완을 하면 될 것이다."

"그리하겠습니다."

공손히 대답하는 제갈선의 모습을 보며 제갈경의 입가에 절로 미소가 지어졌다.

"솔직히 진법에 대해선 잘 모르나 가주께서 그리 흐뭇해하실 정도면 꽤나 훌륭한 것 같습니다."

정전(正殿) 중앙에 위치한 맹주 강언이 물었다.

"촉박했던 시간과 인원 등을 생각한다면 괜찮은 편입니다."

"허허, 가주의 표정을 보니 그저 괜찮은 편이 아닌 것 같습니다."

"제갈세가라는 이름에 먹칠을 하지 않을 정도는 될 것입니다."

그의 말이 끝나기가 무섭게 정전에 모인 모든 이들의 얼굴이 환하게 빛났다. 제갈경의 음성에서 제갈선과 세가의 인물들이 밤낮을 가리지 않고 펼친 진법에 대한 확고한 믿음을 느꼈기 때문이다.

그때, 제갈선이 몇 마디를 덧붙였다.

"특히 당가의 도움이 컸습니다."

"하하, 도움은 무슨. 그저 우리가 할 수 있는 일을 한 것뿐이네."

말은 그리하면서도 당가가 자랑하는 모든 장인들을 동원하여 기관 매복에 필요한 암기와 독을 충당한 당욱의 얼굴엔 자부심이 가득했다.

"당가의 힘이 지대했다는 것을 모르는 사람은 없으니 너무 겸양하지 말게나. 그나저나……."

너털웃음과 함께 당가를 칭찬한 곽검명이 주의를 환기시켰다.

"급한 대로 이곳을 지킬 방어막은 충분히 갖춘 것 같습니다. 하지만 언제까지 이곳에서 숨죽이고 있을 수만은 없는 일. 앞으로 어찌하실 생각입니까?"

그의 말이 끝나기가 무섭게 오상이 소리쳤다.

"당연히 반격을 해야지요!"

"당연한 겁니다. 문제는 어떤 식으로, 또 어디에서부터 시작을 하느냐 입니다. 우선적으로 그것부터 결정해야 한다고 봅니다만."

이곳저곳에서 의견이 터져 나왔다. 그러나 대체적인 의견은 철혈마단을 쳐서 무당파를 수복하자는 것과 북천을 공격하여 소림사를 다시 찾는 것으로 모아졌다. 더러는 패천궁을 지원해야 한다는 사람도 있었으나 그들의 말은 금방 무시되고 말았다.

"장문인께선 어찌 생각하십니까?"

곽검명이 천중 진인에게 물었다.

"글쎄요······."

그는 쉽게 대답하지 못했다. 마음 같아선 당장에라도 병력을 몰아 무당산을 제 안방 누비듯 하고 있을 철혈마단을 쫓아내고 싶었지만 체면상 그리할 수는 없었다.

천중 진인이 대답을 머뭇거리자 곽검명은 이번엔 소림사의 신임 방장 명종에게 질문을 던졌다.

"방장께선 어찌 생각하십니까?"

"아미타불! 소승의 짧은 생각으로 어찌 대사를 논하겠습니까? 여러 어르신들께서 고견을 주시면 따르겠습니다. 다만 사안이 사안이니만큼 성급히 생각하고 결정해서도 안 될 것이고 신중히 추진해야 할 일이라고 생각합니다."

신중히 움직여야 한다는 그의 말에 모두들 고개를 끄덕였다.

바로 그 순간, 곽검명의 곁에 앉아 있던 단견이 술병을 탁 내려놓으면서 소리쳤다.

"흠, 그렇다면 패천궁을 지원하면 어떻겠소이까?"

일시에 모든 시선이 그에게 쏠렸다. 조금 전, 패천궁 운운하는 사람이 있기는 했으나 그의 의사는 곧바로 무시되었다. 하지만 다른 사람도 아니고 단견의 말을 간단히 무시할 수 있는 사람은 아무도 없었다.

그렇다고 쌍수를 들어 환영하는 사람도 없었다. 대다수는 그의 의견을 그다지 탐탁하게 여기지 않았다. 특히 무당파의 회복을 최우선으로 주장하던 천엽 진인이 그랬다.

"패천궁을 돕자는 말씀이십니까?"

"그렇소. 우리를 제외하면 그나마 패천궁만이 놈들에 대항해 싸울 수 있소. 만약 패천궁이 무너지면 다음 차례는 당연히 우리가 될 것이오."

"그렇다고 해도 패천궁을 도울 수는 없는 노릇입니다. 소림사도 구해야 하고 무당파도 구해야 하지 않겠습니까? 그게 우선이라고 봅니다만."

천엽 진인은 무당보다는 소림사를 앞세워 반대했다. 대다수의 인원이 그의 의견에 동조하는 듯 고개를 끄덕였다.

"무당과 소림은 언제라도 회복할 수 있소. 분명히 기회가 있단 말이오. 하나 패천궁이 무너지면 그야말로 끝장이오. 가령, 소림사와 무당파를 놈들에게서 되찾았다고 칩시다. 이후, 패천궁을 무너뜨린 중천과 남천이 그 여세를 몰아 북상하면 어찌시려오? 북천과 철혈마단도 가만히 있지는 않을 것이고. 그들을 막을 자신은 있는 것이오?"

자신이 있을 리 없었다. 대답이 궁색했는지 헛기침을 하는 천엽 진인의 낯빛이 살짝 붉어졌다.

"그렇다고 지원을 하는 것도 무리가 있습니다."

조용히 입을 연 사람은 왕호연이었다.

"어째서 그러냐?"

"우선 거리가 너무 멉니다. 지금 당장 출발한다고 해도 지원병이 도착하려면 넉넉잡아 열흘은 걸립니다. 전갈에 따르면 무이산 방어선이 뚫린 패천궁은 본궁으로 철군을 했고 주위를 에워싼 중천이 곧 총공세를 펼칠 것이라 합니다. 상황을 따져 보건대 이미 늦었습니다. 지금은 그저 패천궁의 저력을 믿어보는 수밖에 없습니다."

"그도… 그렇군."

단견이 힘없이 고개를 끄덕였다.

"그렇다고 지금 당장 소림이나 무당을 회복할 수도 없습니다."

"그건 또 어째서 그런가?"

천엽 진인이 되물었다.

"아무리 신중을 기했다 하더라도 천 명도 훨씬 넘는 인원이 이곳으로 이동을 했습니다. 적이 모르리라 보십니까? 결코 만만한 놈들이 아닙니다."

"하면 자네의 말뜻은?"

"놈들도 지금쯤은 우리가 이곳에서 재정비하고 있다는 것을 알고 있을 것입니다. 그리고 남천과 중천이 힘을 합쳐 패천궁을 무너뜨리려 하는 것처럼 북천과 철혈마단 또한 이곳을 공격할지 모릅니다. 지난번 무당산에서처럼 말이지요."

"그때처럼 당하지는 않을 것이네."

강언이 슬며시 주먹을 쥐며 말했다.

"물론 각개격파를 당했던 그때와는 다르겠지요. 저 또한 지금이라면 아무리 거센 공격이라도 능히 지켜내리라 믿습니다."

"이도 저도 아니라면 어쩌자는 것인가? 자네가 말하고자 하는 것은 무엇인가?"

천중 진인이 다소 짜증나는 어투로 물었다. 그러자 왕호연의 눈길이 제갈선에게 향했다.

의미심장한 둘의 눈빛에서 사람들은 그들이 모종의 계획을 세우고 있음을 느낄 수 있었다.

"흠흠, 무슨 좋은 생각이라도 있는 것인가?"

맹주인 자신을 배제하고 뭔가 다른 일이 벌어지고 있음이 기분 나빴는지 묻는 강언의 음성엔 불쾌감이 한껏 묻어 나왔다. 하지만 애당초 그런 반응에 신경 쓸 왕호연이 아니었다.

"딱히 좋은 생각이라고 할 수는 없으나 여기 제갈 공자와 몇 가지 의논을 해보기는 하였습니다. 그리고 한 가지 의견에 접근했지요."

"그것이 무엇이냐?"

참지 못한 단견이 물었다.

맹주가 뭐라 해도 시답잖은 표정을 지었던 그가 자세를 고쳐 잡고 설명을 시작했다.

"패천궁의 지원도 힘듭니다. 무당파나 소림사를 구하고자 함부로 준동할 상황도 아니지요. 그렇다고 가만히 있을 수는 없습니다. 놈들에게 힘겹게 대항하는 이들에게 우리가, 정도맹이 건재하고 있음을 알릴 필요가 있습니다."

"그러니까 그 방법이 뭐냐니까!"

단견이 버럭 소리를 질렀다.

자리에서 벌떡 일어난 왕호연이 한쪽 벽에 걸려 있는 지도로 다가갔다.

"이곳을 주목해 주십시오."

수십 쌍의 눈이 그의 손가락을 따라 움직였다. 왕호연이 가리킨 곳은 산동반도였다. 대다수가 그의 의도를 짐작하지 못했으나 눈치 빠른 몇몇은 그가 말하고자 하는 바를 금방 알아차렸다.

"설마 하니 중천의 본거지를 치자는 말은 아니겠지?"

제갈경이 심각한 표정으로 물었다.

"사, 산동악가!"

그제야 산동반도에 어떤 가문이 존재하는지를 인식한 사람들의 눈이 화등잔처럼 커졌다.

"그렇습니다. 산동악가를 치는 겁니다."

"미, 미친 짓일세!"

천엽 진인이 당치도 않다는 듯 고개를 흔들었다.

"충분히 가능합니다."

"도대체 말이 된다고 생각하는가? 아무리 주력이 빠져나갔다고는 하지만 악가는 사천 중 최강의 세력이라는 중천의 핵심일세. 놈들을 치자면 전력을 기울여야 하네. 자네 말대로 이곳이 노출되었다고 하면 우리가 떠난 사이 가만히 두고 보지는 않을 것. 애써 구한 이곳을 놈들에게 그대로 바치자는 말인가?"

천엽 진인은 물론이고 대다수가 왕호연의 계획에 회의적인 표정이었다. 그러나 왕호연은 자신의 뜻을 굽히지 않았다.

"악가에 대해선 이미 알아볼 만큼 알아봤습니다. 소수만으로도 충분히 공략할 수 있을 정도로 전력의 공백이 심한 상태입니다."

"흠, 일리가 있군. 공격을 하자는 우리가 깜짝 놀랄 정도이니 그쪽이야말로 공격당할 생각은 꿈에도 하지 않을 테니까."

제갈경의 입을 통해 처음으로 긍정적인 반응이 흘러나왔다. 단견이 맞장구를 쳤다.

"하긴, 철혈마단과 북천의 사이에 낀 우리가 그들을 공격할 것이라고 누가 생각이나 하겠습니까?"

"뭐, 한 번 해봄 직도 하군. 놈들의 본거지를 쑥대밭으로 만드는 것이거늘 내가 빠질 수 없지."

왕호연의 의견에 늘 반대했던 오상이 동조하자 좌중의 분위기가 급격하게 변하기 시작했다.

"그러고 보니 과거에도 이런 적이 한 번 있었군. 전선을 우회해 패천궁의 본거지를 기습했던 일이 있었어. 궁주를 쓰러뜨리고 거의 승리를 쟁취할 뻔했지."

곽검명의 말에 단견이 쓴웃음을 지었다.

"원로라고 불리던 괴물 같은 노인들과 환 궁주만 없었다면 말이지요."

"그 얘기는 뭣하러 꺼내는 것이오? 제길, 그때 생각만 하면 지금도 이가 갈리거늘."

오상이 인상을 찡그리며 툴툴거렸다.

"하면 도대체 누가, 얼마나 많은 인원이 동원되는 것인가? 아무리 허술하다 하더라도 결코 만만치 않은 전력일 텐데."

천중 진인의 묵직한 말은 그들로 과거에 빠졌던 이들을 다시금 현실로 되돌아오게 만들었다.

"최대 이십을 생각하고 있습니다."

"이, 이십? 지금 농담하는 건가?"

천중 진인의 이마에 석삼(三) 자가 그려지고 다들 의구심 어린 표정으로 왕호연을 응시했다.

"여기서 악가까지의 거리는 결코 가깝지 않습니다. 최대한 신속하게 공격하고 회군하려면 많은 인원이 움직일 수는 없습니다. 물론 무공이 약해서도 안 되겠지요. 최소한 한 문파의 장로급 선배님들 수준의 무공이 필요합니다."

"그러니까 그만한 수준의 무공을 지닌 사람을 뺀다면……."

천엽 진인의 말은 이어지지 않았다. 의미심장한 표정을 지은 왕호연이 말을 잘랐기 때문이다.

"참, 지금 와서 말씀드리는 것이지만, 궁귀 어르신께서 이번 계획에 참여한다고 하셨습니다. 을지호 그 친구도 함께요."

을지소문이 참여한다는 말에 좌중이 마구 술렁거렸다. 그리고 제갈선과 눈빛을 교환한 왕호연이 연이어 결정타를 날렸다.

"또한 수호신승께서도 힘을 보태신다고 하셨고, 지난밤 도착한 남궁세가의 무인들 역시 찬성하였습니다. 뭐, 그들 중 이번 일에 참여할 수 있는 사람은 고작 한둘에 불과하지만 말이지요."

"허허, 이거야 원. 소문 형님이 움직이시면 을지 가문과 남궁세가가 움직이는 것은 당연하겠지. 아울러 남궁세가의 태상호법을 자처하시는 검왕 노선배도 역시. 그렇다면 나도 빠질 수 없는 노릇."

"아우가 가는데 이 우형(愚兄)이 빠질 수는 없겠지."

단견과 곽검명이 마주 보며 웃었다.

"난 이미 지원했소."

과거와 마찬가지로 을지소문과 엮여야 하는 것이 다소 못마땅한지 오상이 떨떠름한 표정으로 대꾸했다.

"흠, 그렇다면 나도 빠질 수는 없지."

투귀 이성진이 싸움에 빠질 리가 없었다.

"소승도 참여하겠습니다. 아미타불!"

명종이 합장하며 불호를 되뇌었다.

곽검명과 단견에 이어 오상, 이성진, 공명 등의 지원이 잇따르자 왕호연과 제갈선이 계획한 악가 정벌 계획은 사실상 결정지어진 것이나 다름없었다. 천중 진인을 비롯하여 몇몇은 여전히 회의적인 표정으로 고개를 흔들고 있었지만 그들은 더 이상 반대할 처지가 되지 못했다.

*　　　*　　　*

"간밤엔 얼마나 당했느냐?"

"열일곱 명입니다."

"지난밤에 비해 조금 줄었군. 이걸 다행이라고 해야 하나?"

자조의 웃음을 짓는 기요후의 안색은 싸늘하다 못해 한기가 뿜어져 나오고 있었다.

"놈들의 흔적은 찾았느냐?"

"죄, 죄송합니다. 아직……."

공포에 질린 희염이 부들부들 떨며 고개를 들지 못했다. 그를 바라보는 기요후의 눈길이 더욱 매서워졌다.

"나흘째다. 지난 나흘 동안 목이 잘린 인원만 백여 명에 육박하고. 한데도 아무런 흔적도 찾지 못했다? 그게 말이 된다고 생각하느냐?"

"주, 죽여주십시오."

"진짜? 진짜로 죽여줄까?"

벌떡 일어난 기요후의 몸에서 소름 끼치는 살기가 뿜어져 나오자 납작 엎드린 희염은 어쩔 줄을 몰라 했다.

"참으십시오. 그래도 아주 소득이 없었던 것은 아니잖습니까?"

마독이 기요후의 손을 잡으며 말했다.

"소득? 고작해야 살수 세 놈 잡은 것 말인가?"

"그래도 더 이상은 쉽게 당하지 않는다는 경고가 됐을 겁니다."

"어처구니가 없어서 그러네. 뜬눈으로 밤을 지새며 함정을 파고 온갖 방법을 다 동원했음에도 수하들은 수하대로 잃고 생포한 놈들은 스스로 목숨을 끊어버리고. 게다가 지금쯤이면 패천궁에 도착했어야 할 우리가 놈들에 의해 발길이 묶여 있으니."

"오늘부터라도 밤에 이동하고 낮에 잠을 자는 것이 어떻겠습니까?"

율평이 조심스레 말했다. 두 눈을 치켜뜬 기요후가 소리를 질렀다.

"뭐가 어째? 살수 몇 놈이 무서워서 편법을 쓰라는 것이냐? 감히 나 보고!"

"생각해 볼 문제입니다. 다들 동요가 큽니다. 언제 목숨이 끊어질지 몰라 불안에 떨고 있는 상황에서 강행군은 무리입니다."

마독이 율평을 두둔하고 나섰다.

"한심한 놈들 같으니라고!"

"바로 옆의 동료들이 그런 식으로 죽어나가는데 무리도 아니지요. 아무튼 피해를 줄이고 최대한 빨리 패천궁에 도착을 하려면 그 방법뿐인 것 같습니다."

"흥, 그렇다고 꼭 그렇게 할 필요까지 있을까?"

"중천도 더 이상은 기다리지 않을 것입니다."

"음."

마독이 슬며시 중천을 거론하자 굳게 다문 기요후의 입에서 침음성이 흘러나왔다.

"천주님."

"알았네. 자네 말대로 하게."

자존심이 상했는지 아무렇게나 손을 흔들어 허락하는 기요후는 자신의 입술을 피가 배어나도록 깨물고 있었다.

"이제는 틀렸습니다. 아무리 어두운 밤이라도 저렇게 시퍼렇게 눈을 뜨고 있는 놈들을 제거하기란 무리입니다."

적진을 살피고 돌아온 혈영대의 부대주 무풍이 낯빛을 굳히며 말했다.

"하긴, 그럴 만도 하겠지. 더구나 무공이 낮은 자들이라면 모를까 고수들의 이목을 숨긴다는 것은 더욱 불가능할 테니까. 밤에 이동하고 낮에 휴식을 취한다? 다소 늦은 감이 있지만 적으로선 어쩌면 가장 좋은 대처일 수도 있겠군."

"그렇다면 큰일인데요. 후~ 놈들이 이런 식으로 움직인다면 우리가 어찌 해볼 길이 없지 않습니까?"

비록 살수의 훈련을 받지 않았지만 지금껏 다른 누구보다 활약이 컸던 강유가 한숨을 내쉬었다.

"뭐, 그럴 수도."

강유의 말에 고개를 끄덕이는 을지휘소, 한데 그의 안색은 그다지 걱정하는 사람의 것이 아니었다. 그것을 눈치챈 강유가 재차 물었다.

"방법… 이라도 있는 것입니까?"

순간, 그를 비롯하여 모여 있는 혈영대원들이 두 눈을 반짝거리며 을지휘소의 대답만을 기다렸다. 짐짓 고개를 돌리고 무표정하게 앉아 있는 냉혈도 귀를 쫑긋 세우고 있는 것이, 대답이 몹시 궁금한 모양이었다.

"있기는 있지, 다소 무식한 방법이기는 하지만."

"그게 무엇입니까?"

"자연스럽게 알게 될 거다."

슬그머니 대답을 미룬 을지휘소의 입가엔 뭔지 모를 미소가 걸려 있었다.

추수가 끝나지 않은 광활한 들판.

야음을 뚫고 일단의 무리들이 빠르게 움직이고 있었다. 어림잡아도 수백 명에 이르는 대규모의 인원들. 한데 그만한 인원이 움직이는데도 가볍게 내뱉는 숨소리를 제외하곤 그 어떤 소리도 들려오지 않았다.

"산을 벗어나느라 많이 지쳤습니다. 여기서 잠시 휴식을 취하는 것이 어떻겠습니까?"

마독의 말에 기요후가 고개를 끄덕였다.

사방이 탁 트인 곳.

암습의 걱정이 없다고 판단한 수뇌부의 명에 따라 밤새 백여 리의 길을 이동한 남천의 무인들이 걸음을 멈추었다. 그리곤 각자 편한 대로 자리를 잡고 앉았다.

  바로 그때, 밤을 가르는 나지막한 파공성이 들려왔다.

  "조심해랏!"

  뭔가가 날아온다고 느낀 마독이 황급히 소리쳤다. 그러나 그의 외침이 아무리 빠르다 한들 거의 지면에 붙어 날아오는 화살의 빠름에 비할 바가 아니었다.

  "크헉!"

  마독의 외침에 엉거주춤한 자세로 일어나려던 사내 한 명이 그대로 꼬꾸라졌다.

  "적이다!"

  "주의를 경계하라!"

  이곳저곳에서 경계의 외침이 터져 나오고 남천의 무인들은 오랜만에 찾아온 휴식의 달콤함을 미처 느껴보지도 못한 채 팽팽한 긴장감에 휩싸였다.

  화살은 더 이상 날아오지 않았다.

  "살펴봐라."

  기요후의 명을 받은 희염이 득달같이 시신을 살폈고 가슴에 박혀 있는 나뭇가지 하나를 발견하였다.

  "이것이 박혀 있었습니다."

  희염이 두 손으로 공손히 들고 있는 것은 새끼손가락보다도 더 얇은 나뭇가지로, 길이는 한 자 반 남짓 되었다.

"화살 대용으로 쓴 것인가?"

나뭇가지를 들어 이리저리 살피는 기요후의 얼굴에 황당함이 깃들었다.

명필은 붓을 가리지 않는 법이라고, 뛰어난 궁수라면 나뭇가지가 아니라 더한 것으로도 시위를 당길 수 있을 것이다. 그러나 백 번 양보해도 이건 아니었다.

그가 들고 있는 나뭇가지는 곧게 뻗은 것도 아니고 중간 부분이 요철이 있어 방향을 잡기도 힘들어 보였다. 그렇다고 아예 못 쓸 정도는 아닌 것이 억지로 화살 삼아 날린다면 웬만큼의 거리는 날아갈 듯 보였다. 문제는 사방을 둘러보아도 백여 장 내에 은신할 곳이란 없다는 데 있었다.

"이따위 것으로 백여 장을 격하여 쏠 수 있는 사람이 있단 말인가? 그것도 이만한 살상력을 유지한 채로?"

기요후가 어이가 없어 물을 정도이니 다른 사람은 말할 필요도 없었다.

좌중의 소란이 가라앉을 즈음 화살이 날아온다는 것을 알아채자마자 즉시 방향을 잡고 달려갔던 마독이 돌아왔다.

"어찌 되었나?"

마독이 낭패한 표정으로 고개를 가로저었다.

"놓쳤습니다."

"놓친 것인가? 아니면 아예 발견도 못 한 것인가?"

마독은 대답치 못하고 씁쓸히 웃고 말았다.

"미칠 노릇이군. 암습이 힘드니까 이제는 아예 작심하고 달려드는 모양인데…….”
 그의 손에 들렸던 나뭇가지가 흔적도 없이 사라졌다.
 “아무래도 독혈인을 제압했다는 그 괴인 같습니다.”
 “그럴까? 나뭇가지를 화살 삼아 백 장이 넘는 거리를 공격할 정도라면 단순히 무공이 강해서만은 불가능해. 가히 측량하기도 힘든 활 솜씨를 가지고 있다는 말이야. 허, 천하에 대체 이런 솜씨를 지닌 자가 누가 있단 말인가?”
 스스로 자문하는 것이었건만 의외로 금방 대답이 들려왔다.
 “두, 두 명 있습니다.”
 “두 명? 그들이 누구냐? 말해 봐라, 희염!”
 “하, 한 명은 오십여 년 전 천하제일로 추앙받던 궁귀 을지소문입니다.”
 “흠, 나도 그자에 대해선 들었다. 대단했었다지?”
 무림에 적을 둔 자치고 을지소문에 대해 모르는 사람은 존재하지 않았다. 기요후가 고개를 끄덕이며 말을 재촉했다.
 “다른 하나는?”
 “그자의 손자입니다.”
 “손자?”
 “예. 근자 들어 삼시파천이라는 별호를 얻고 있는 자인데…….”
 “아! 그래, 기억이 난다. 철혈마단에게 개망신을 주었다는 바로 그 녀석 말이로구나.”
 “그렇습니다. 조부의 궁술을 그대로 이어받았는지 활 솜씨가 가히 전율스러울 정도라고 합니다.”

"그렇겠지, 궁술로써 천하를 흔들었던 자의 손자일 터이니. 하지만 그자들이 이곳에 나타날 리는 없… 응!"

기요후의 고개가 갑자기 돌려졌다.

그것과 동시에 예리한 파공성이 들려왔다. 파공성이 끝날 즈음 또 한 명의 희생자가 나왔다.

"쫓아라!"

기요후가 소리쳤다. 그의 명이 떨어지기도 전에 율평이 화살이 날아온 방향으로 달리고 있었다. 하지만 반 각 후 돌아온 그의 표정도 조금 전 마독과 다르지 않았다.

"놓쳤느냐?"

"죄, 죄송합니다."

"빌어먹을!"

이번에도 애꿎은 화살만 흔적도 없이 사라졌다.

"문제가 심각합니다. 조금 전 정면에서 날아온 화살이 이번엔 정반대에서 날아왔습니다. 우리의 눈을 피해 우회하려면 결코 만만치 않은 거리입니다."

"탁월한 경공 실력도 보유하고 있다는 말이로군."

"그렇습니다."

마독의 얼굴은 심각할 대로 심각해져 있었다.

"크크크. 놀랍군, 놀라워. 나 기요후를 이처럼 처참하게 농락할 수 있는 자가 있다니. 정말 어떻게 생겨먹은 위인인지 궁금하구나! 진정 궁금해! 크하하하하!!"

분노를 참을 수 없었음인가? 기요후의 입에서 광소가 터져 나왔다.

한데 그것에 대한 답례인지 웃음이 끝날 즈음 또 하나의 화살이 날아왔다. 그리고 기요후는 자신이 애지중지하던 애마(愛馬)를 잃어야만 했다.

결전(決戰)의 서막(序幕)

결전(決戰)의 서막(序幕)

 무이산의 방어막을 뚫고 중천이 패천궁을 포위한 지 도 며칠, 그동안 양측 간엔 치열한 탐색전과 정보전, 그리고 암살전이 벌어졌다. 사소한 규모의 국지전도 벌어졌으나 승패를 결정지을 만한 대규모의 싸움은 벌어지지 않았다. 최소한 지난밤까지는 그랬다.
 "어찌 되었나?"
 매실주(梅實酒)를 반주 삼아 간단히 점심을 해결한 악위군이 술을 따르는 신도에게 물었다.
 "이차 방어선까지는 뚫었습니다."
 담담히 대답을 하는 것처럼 보여도 신도의 음성엔 자신감이 넘쳐흘렀다.
 패천궁이 펼치고 있는 방어막은 크게 네 단계로 나뉘어 있었는데,

요소요소에 몸을 숨기고 매복하며 적을 기다리는 것이 첫 번째였고, 이차 방어막은 궁 주변에 온설화가 심혈을 기울여 펼쳐 놓은 기관진식이었다. 세 번째 방어막은 외성, 네 번째이자 마지막 방어막은 당연히 패천궁의 내성, 즉 심장부라 할 수 있었다.

신도는 그중 두 개를, 그것도 새벽 무렵 본격적인 공격을 시작한 지 반나절 만에 뚫었다고 얘기하는 것이었다.

"호~ 벌써?"

기분 좋게 잔을 비운 악위군이 되물었다. 전혀 예상하지 못했다는 듯 얼굴엔 웃음이 가득했다.

"예. 그동안 많은 인원이 목숨을 잃었지만 치밀하게 조사한 것이 큰 효과가 있었습니다. 한두 개를 제외하고는 놈들이 매복하고 있는 장소, 감추어놓은 기관진식이 어긋남이 없었습니다."

"고생했군. 그래, 피해는 얼마나 입었는가? 놈들도 그냥 당하고만 있지는 않았을 것인데."

"이백에 조금 못 미치는 사상자를 냈습니다."

"적은?"

"절반 정도 됩니다."

악위군의 얼굴에 드러났던 웃음이 지워졌다.

"흠, 그다지 효과적인 싸움을 한 것은 아니군."

"삼분지 이가 넘는 인원이 기관진식에 당했습니다."

"기관진식?"

"예, 꽤나 지독하게 설치를 해놓아서……."

"자네가 그리 말하는 것을 보니 안 봐도 알겠네. 자네를 곤란하게 할 정도라면 저쪽에도 꽤나 쓸 만한 인물이 있다는 말인데."

"온설화라고… 나이는 어리나 뛰어난 군사가 있습니다."

"아, 일전에 얘기했던 그 여자 아이 말이군."

"예."

"어쨌든 거치적거리는 것은 다 치운 셈이니 그 정도 피해는 감수해야겠지. 이후의 계획은?"

"일단 공격을 멈추고 천주님의 명을 기다리고 있습니다. 지금까지와는 달리 앞으로의 싸움은 쉽지 않은지라……."

"쉽지 않을지는 몰라도 결과는 이미 정해진 싸움이지. 요는 얼마나 빨리 피해 없이 끝내는 것일세. 그나저나……."

악위군의 얼굴이 일그러졌다.

"남천은 어찌 하고 있나? 약속대로라면 도착을 해도 한참 전에 했어야 하거늘."

"여전히 이동하고 있다는 전갈입니다."

"이동? 흥, 싸움이 끝날 때까지 이동만 할 셈인가 보군. 승냥이 같은 놈들."

"해남파에 꽤나 고전하고 있는 모양입니다만."

신도의 말에 악위군의 입술에 비릿한 조소가 지어졌다.

"해남파? 웃기는 소리지. 핑계를 대려면 좀 그럴듯한 핑계를 댈 것이지, 해남파라니! 헛기침만으로도 쓸어버릴 놈들에게 묶여 수백, 수천의 인원이 꼼짝 못한다는 게 말이 된다고 생각하나?"

"단순한 핑계 같지는 않습니다."

"핑계가 아니면?"

"뭔가 이상하기는 합니다. 일전에 올라온 보고에 따르면 일부의 병력이 해남파를 쓸어버리기 일보 직전이라고 했고 본진은 빠르게 동진하고 있다고 했습니다."

"그런데?"

"아직까지 해남파가 멸문했다는 소식은 들려오지 않고 있습니다. 또한 이동 속도가 급격히 늦어진 데다가 낮을 피해 밤에 이동을 한다고 합니다."

"밤에? 설마 하니 해남파에 당했다는 말인가?"

"그런 것 같지는 않습니다만 가능성을 완전히 배제할 수는 없을 것 같습니다. 어쨌든 우리가 모르는 무슨 일이 벌어지고 있다는 것만큼은 틀림없는 것 같습니다. 싸움이 끝난 후에 도착하면 생색을 낼 수도 없고 그 어떤 이득도 얻을 수 없다는 것은 그들 스스로가 너무나 잘 알고 있을 테니까요."

"흠."

그제야 악위군의 얼굴에 피어올랐던 조소가 사라졌다. 그리곤 정색을 하며 물었다.

"어떤가? 더 기다려야 한다고 보는가?"

잠시 멈칫거린 신도가 고개를 끄덕였다.

"예, 아군의 피해를 줄일 수 있는 가장 좋은 방법입니다."

그러나 악위군은 고개를 흔들었다.

"자네 말도 일리가 있네. 하지만 언제 올지도 모르는 자들을 마냥 기다릴 수는 없어. 더구나 싸움이란 기세가 올랐을 때 단숨에 해치워야 하는 것이지 이렇듯 진을 빼며 기다리다간 죽도 밥도 안 돼."

"하오면?"

악위군이 술잔을 빙글빙글 돌리며 말했다.

"지금 즉시 명령을 내리게. 오늘밤, 패천궁을 우리가 접수하도록 하지."

"알겠습니다."

악위군의 눈빛에서 이미 확고한 결심을 읽은 신도는 자신의 주장을 고집하지 않았다. 그는 빈 잔에 마저 술을 따르곤 조용히 물러났다.

    *   *   *

나뭇잎이 아프도록 볼을 스치며 지나가고 주변의 지형지물이 삽시간에 변했다.

그럼에도 마독은 속도를 멈추지 않았다. 오히려 더욱 빨리 내달렸다.

시선은 이십여 장 앞 어둠 속을 달리고 있는 인영에게 고정된 채.

'놓치지 않는다!'

암습자의 화살이 날아온 방향을 따라 추격하기를 수차례.

단 한 번도 적의 흔적을 발견하지 못했건만 마침내 기회가 왔다. 어쩌면 처음이자 마지막이 될 수도 있는 기회를 놓치지 않기 위해 그는 혼신의 힘을 다하고 있었다.

일정한 속도로 달리던 적의 움직임이 갑자기 빨라졌다.

'놈! 어림없다.'

깊은 숲, 어둠은 도망치는 자에겐 더할 수 없이 유용한 친구지만 쫓는 자에겐 그야말로 최악의 조건이었다. 한순간이라도 놓치면 끝장인 것을 알기에 마독은 턱밑까지 차 오르는 숨을 억지로 참으며 속도를 높였다.

그러기를 얼마간, 은신처에 도착했는지 아니면 추격을 완전히 뿌리쳤다고 생각했는지 앞서 달리던 인영의 발걸음이 더뎌졌다. 그의 주변에서 희미한 불빛이 흘러나오고 있음을 본 마독이 침을 꿀꺽 삼켰다.

'드디어 찾았다!'

걸음을 멈추고 나무 뒤에 몸을 숨긴 마독은 주먹을 불끈 쥐었다. 드디어 수일 동안 자신은 물론이고 남천을 괴롭혀 온 적의 실체에 접근한 것이었다.

'하나, 둘…….'

불빛에 비쳐 희미하게 드러나는 적의 모습을 헤아린 마독이 슬그머니 몸을 돌렸다. 행여나 기척이라도 일까 네다섯 걸음 물러나는 데도 한참이나 걸렸다. 하지만 그의 노력을 비웃기라도 하듯 날카로운 파공성이 들려왔다.

피이잉.

마독의 몸이 순간적으로 멈춰졌다. 얼굴은 돌처럼 딱딱하게 굳어진 채였다.

딱!

어둠을 뚫고 날아온 화살이 조금 전 그가 기댔던 나무에 깊숙이 박혔다.

그것을 바라보는 마독의 눈이 이채를 띠었다. 화살에 하얀 천이 묶여 있는 것을 본 까닭이었다. 흔적이 발견된 것은 기정사실, 그는 조금도 머뭇거리지 않고 화살에 묶여 있는 천을 풀었다.
밑도 끝도 없이 단 한 글자가 쓰여 있었다.

래(來)!

굳게 다물어진 입, 한곳으로 모인 눈썹, 부들부들 떨리는 손이 그가 얼마나 화가 났는지를 보여주고 있었다.
그것도 잠시, 그의 얼굴에 자조의 웃음이 피어올랐다.
"쫓은 것이 아니라 내가 유인을 당한 것이군."
몸을 숨기는 것이 더 이상 의미가 없다고 판단한 마독이 불길을 향해 천천히 걸음을 옮겼다.
한 발, 한 발.
행여나 기습이라도 해올까 걸음을 옮기는 그의 몸은 극도로 긴장하고 있었다. 그러나 생각과는 달리 적은 그가 코앞까지 다가갈 때까지 그 어떤 움직임도 없었다.
"어서 오시오."
중앙에 자리잡고 있던 을지휘소가 말했다.
몸을 일으킨 혈영대원들이 그의 뒤로 물러나고 마독은 모닥불을 사이에 두고 을지휘소와 마주하게 되었다.
"한잔하시겠소?"
을지휘소가 잔을 내밀었다.
마독이 고개를 끄덕이자 불길을 통과한 잔이 그의 손에 빨리듯 다가왔다.

단숨에 잔을 비운 마독이 잔을 던지고 올 때와 마찬가지로 불길을 통과한 잔이 을지휘소의 손에 안착했다.

"열넷이라……."

주변을 살펴 확실하게 인원을 파악한 마독이 어처구니없는 표정으로 고개를 흔들었다. 비록 어느 정도 예상은 했었지만 고작 열넷에 불과한 인원 때문에 수백의 발길이 묶인 것이 확실해지자 참을 수 없는 참담함이 밀려들었다.

"어째서 날 불렀느냐?"

"부른 적은 없소만."

"쓸데없는 신경전은 하고 싶지 않다. 어쩐지 이상했다. 지금껏 흔적조차 발견하지 못한 적을 이토록 쉽게 쫓을 줄은 생각도 못했으니까. 불렀으면 용건을 말해 봐라."

마독이 자신의 의도를 파악하자 을지휘소의 표정도 사뭇 진지해졌다.

"언제까지 이런 소모전을 계속할 생각이오?"

"무슨 뜻이냐?"

"단도직입적으로 말하겠소. 패천궁으로의 움직임을 멈춰주시오."

"역시 그것이었군. 패천궁의 인물이냐?"

"아니오."

"저들은?"

마독이 혈영대를 가리키며 말했다.

"저들이 패천궁의 무인들인 것은 맞지만 나는 아니오. 아주 연관이 없다고는 말하지 못하겠소만."

"너희들이 우리의 발걸음을 막을 수 있다고 보느냐?"

"지금껏 막아왔소만."

마독의 얼굴에 냉기가 깔렸다.

"함부로 지껄이지 마라. 그따위 치졸한 암습에 휘둘릴 우리가 아니다."

"경고로서는 충분히 통했다고 생각하오."

"이전까지는 몰라도 이후부터는 아니다."

"계속해서 이동하겠다는 것이오?"

"물론. 또한 네놈들도 용서하지 않는다. 철저하게 응징할 것이다. 단, 곱게 물러난다면 그간의 일은 덮도록 하겠다."

평소의 마독을 알고 있는 사람이라면 기겁했을 것이나 을지휘소는 그가 지금 얼마나 크게 양보하고 있는지 알지 못했다. 사실 알 필요도 없었다.

"그랬으면 좋겠지만 그럴 수가 없겠구려."

"후회할 것이다."

"누가 후회할 것이지 보면 알 것이오. 후~ 이만 돌아가시오."

을지휘소가 한숨을 내쉬며 축객령을 내렸다. 하나 마독은 움직이지 않았다.

"내가 이대로 돌아갈 것이라 여기는 것이냐?"

순간, 그의 음성에서 전의를 느낀 혈영대원들이 일제히 칼을 뽑으며 그의 주변을 에워쌌다. 미동도 없이 을지휘소를 노려보는 마독이 싸늘히 외쳤다.

"꺼져라! 네놈들은 내 상대가 아니다!"

"흥, 목이 떨어진 다음에도 그런 헛소리를 할 수 있는지… 헛!"

비아냥거리던 무풍은 마독의 소매에서 뭔가가 날아온다고 느끼곤 기겁하며 고개를 숙였다. 하지만 그의 반응보다는 마독이 날린 돌멩이가 훨씬 빨랐다.

돌멩이가 무풍의 얼굴을 강타하려는 찰나 을지휘소의 손을 떠난 잔이 무풍과 돌멩이 사이를 가로막았다.

땅!

경쾌한 충돌음과 함께 돌멩이가 산산조각나며 흩어졌다. 조그만 파편이 무풍의 얼굴을 훑고 지났으나 상처를 입힐 만한 정도는 아니었다.

무풍이 십년감수한 표정으로 뒷걸음질치자 그제야 고개를 돌린 마독이 말했다.

"과연 훌륭한 솜씨로군."

"천만에 말씀이오. 노인장의 탄지신공(彈指神功)은 귀신이 놀라고 도망칠 경지였소만."

마독이 쓸쓸하게 웃었다.

"네 술잔도 뚫지 못하는 것이다."

"술잔이 단단해서 그렇소. 아무튼 더 이상 소란은 원치 않으니 돌아가시오."

"분명 말했을 것이다, 이대로 돌아가지 않는다고."

"진정이오?"

"그렇다."

을지휘소가 천천히 몸을 일으켰다. 그의 태도에서 더 이상의 말이 필요없음을 느낀 것이다.

"네가 독혈인을 쓰러뜨렸느냐?"

한 발 앞으로 다가온 마독이 물었다.

"그렇소."

"역시 그렇군."

마독의 얼굴이 심각하게 굳었다.

"나는 남천의 묵염이다. 보통 마독이라 하지."

그는 차분하게 자세를 잡으며 자신의 이름을 밝혔다.

"을지휘소라 하오."

마독의 눈동자가 미미하게 흔들렸다.

"을지라면… 혹, 궁귀 을지소문과는……."

무림에 을지라는 성을 쓰는 사람은 헤아릴 수도 없이 많았다. 그가 기억하기론 남천에서도 두엇은 되었으니까. 하나 어째서 그런 의문이 들었는지 의식도 못한 채 마독은 궁귀 을지소문과 그와의 관계를 물었다.

"부친 되시오."

"그… 랬… 군."

마독이 입술을 살며시 깨물며 고개를 끄덕였다.

독혈인을 쓰러뜨렸다는 사실 하나만으로도 상대가 강적임을 인식하고 있던 바, 거기에 그가 과거 천하제일인이었던 궁귀 을지소문을 부친으로 두고 있다는 말은 마독의 투지에 불을 붙였다.

'쉽지 않은 싸움이 되겠군.'

을지휘소의 눈을 차분히 응시한 마독이 허리춤으로 손을 가져갔다.

피리링.

괴이한 소리와 함께 허리춤에서 빠져나온 것은 여인네들이 많이 쓴다는 연검(軟劍)이었다. 채찍처럼 힘없이 땅에 끌리고 있는 연검은 대충 헤아려도 그 길이가 보통의 검보다 두 배는 더 됨 직해 보였다.

을지휘소도 검을 비스듬히 누이며 자세를 잡았다.

그런데 그의 시선은 땅에 끌리는 연검보다는 마독의 왼 팔뚝을 덮고 있는 비갑(臂甲)에 고정되어 있었다. 눈에 보이지 않을 정도로 작은 구멍들이 뚫려 있는 것으로 보아 분명 어떠한 장치가 되어 있는 듯했다. 손가락 마디마디에 낀 반지 또한 예사롭지 않았다.

그가 생각을 정리할 틈도 없이 마독의 공격이 시작됐다.

피리리리링.

언뜻 휘파람 소리와 비슷한 소리를 내며 연검이 날아들었다. 흐물거리며 넘실대는 것이 먹이를 노리는 독사의 모습을 연상케 했다. 움직임 또한 무척이나 기기묘묘했다.

을지휘소는 침착하게 검을 들었다. 그리고 가슴 어귀로 날아오는 연검을 향해 검을 뻗었다.

검과 검이 허공에서 맞부딪쳤으나 그 흔한 병장기 소리는 들려오지 않았다. 연검의 날이 을지휘소의 검을 휘감으며 타고 올랐기 때문이다. 연검은 을지휘소의 얼굴을 노렸다.

황급히 몸을 누이며 공격을 피한 을지휘소가 검을 움직이려 하였다. 하지만 연검에 의해 단단히 결박당한 검은 움직이지 않았다. 그사이에도 방향을 튼 연검이 그의 목덜미를 노리며 다가들었다. 검을 빼는 것이 불가능하다고 판단한 그는 오히려 앞으로 몸을 숙이며 마독을 향해 돌진했다.

"큭!"

미처 몸을 빼지 못한 마독이 을지휘소의 어깨에 가슴팍을 들이받히고 신음성을 내뱉었다. 비틀거리는 몸은 네다섯 걸음을 물러나고서야 겨우 중심을 잡았다. 그 순간을 이용하여 연검의 결박을 풀고 검을 회수한 을지휘소가 반격을 시도했다.

"꺼져랏!"

피가 나도록 입술을 깨문 마독이 연검을 채찍 휘두르듯 휘둘렀다.

피리리링.

몸의 회전이 팔을 타고 연검에 전해지자 격한 파도와도 같은 움직임이 시작됐다.

어찌나 빠르고 날카롭고 기묘한지 그 움직임을 미처 예측할 수 없었던 을지휘소도 함부로 반격하지 못하고 멈칫거렸다.

때를 놓치지 않고 손목을 트는 마독, 그의 움직임에 따라 연검이 미친 듯이 춤을 추었다. 멈춘 듯 멈추지 않고, 흔들리듯 흔들리지 않는 연검의 움직임은 가히 환상적이었다.

'이거 위험한데.'

본능적으로 위험을 직감한 을지휘소가 출행랑을 이용하여 황급히 몸을 뺐다. 하지만 마독의 움직임도 만만치 않았다. 그가 어떤 식으로 대응할지 알고 있었다는 듯 발걸음을 막고 집요하게 몰아붙였다.

더 이상 피할 곳이 없다고 판단한 을지휘소가 가볍게 심호흡을 했다. 그리곤 시선을 집중하여 쇄도하는 연검의 움직임을 살폈다.

"위, 위험!"

을지휘소가 위험에 빠졌다고 생각한 혈영대원들이 어쩔 줄을 몰라

하며 소리를 질렀다. 다만 강유와 냉혈만은 냉정을 잃지 않고 조용히 싸움을 지켜보았다.

그들은 알고 있었다. 연검의 움직임이 아무리 날카롭고, 빠르고, 기묘하다 하더라도 을지휘소를 쓰러뜨릴 수는 없다는 것을. 그러기엔 지금까지 그가 보여준 무위는 너무나 강했다.

그것은 곧 증명되었다.

일직선으로 펴진 연검이 을지휘소의 목을 꿰뚫으려는 순간, 그의 어깨가 들썩였다. 그리고 마독의 연검은 목표까지 불과 한 치를 남겨두고 허망하게 튕겨져 버렸다.

단숨에 공격을 막아낸 을지휘소가 몸을 전진시켰다.

동시에 펼쳐지는 천하제일의 쾌검 무심지검.

눈으로 좇기에도 벅찬 빠름, 인식을 하긴 했어도 막기엔 너무 늦은 감이 있었다.

마독이 팔을 들어 필사적으로 몸을 보호했다.

누가 봐도 부질없는 행동이었다.

숨죽이고 싸움을 지켜보던 혈영대원들은 처참하게 잘려 나갈 팔을 생각하며 고개를 흔들었다. 더러는 눈을 질끈 감기도 하였다.

상황이 급반전한 것은 바로 그 순간이었다.

창!

난데없이 병장기 부딪치는 소리가 들리더니 당연히 잘려 나가야 할 팔은 멀쩡했다. 팔뚝에 착용한 비갑 때문인지 오히려 을지휘소의 검이 한 자나 튕겨져 나갔다.

을지휘소의 공격을 막아낸 마독이 회심의 미소를 지었다. 그 미소가 사라지기도 전에 그의 손가락이 살짝 움직였다. 싸움이 벌어지기 전부터 비갑과 손가락에 낀 반지를 주의 깊게 살폈던 을지휘소는 그것을 놓치지 않았다.

"죽어랏!"

마독의 일갈과 함께 비갑에서 무수한 세침이 쏟아져 나왔다.

슈슈슈슉!

한두 개가 아니었다. 삽시간에 수십 개의 세침이 그와 을지휘소가 마주하고 있는 좁은 공간을 점령해 버렸다.

단순히 피하는 것이 불가능하다고 판단한 을지휘소가 진기를 실어 팔 소매를 휘둘렀다. 그러나 세침의 수는 너무도 많았고, 충분히 대비를 했음에도 그 속도 또한 상상할 수 없을 정도로 빨랐다. 결국 서너 개의 세침이 소매를 뚫고 팔뚝에 박혔다.

고작 바늘만한 세침 몇 개가 박혔다고 신경 쓸 일도 아니었으나 팔뚝에 박힌 세침을 재빨리 제거하는 을지휘소의 안색은 그다지 밝지 않았다. 침이 박힌 곳을 중심으로 피부색이 변색하더니 급속도로 팔이 저려왔기 때문이다.

'독이군, 그것도 꽤나 지독한.'

만독불침의 경지에 이른 몸이 위험 신호를 보낼 정도라면 보통의 독이 아닌 듯했다. 그렇다고 삼매진화를 일으켜 독기를 제거할 여유는 없었다. 기선을 제압했다고 여긴 마독이 득달같이 달려들었기 때문이다.

혈도를 점해 독이 침투하는 것을 막은 을지휘소는 전신의 요혈을 집요하게 노리는 마독의 공격을 피하며 연거푸 뒷걸음질쳤다.

슈슈슉!

연검과 합세하여 무수한 세침이 날아들었다. 하나같이 극독을 품고 있는 세침은 눈에 보이지 않을 정도로 빠르게 접근하여 을지휘소를 괴롭혔다. 하지만 긴장할 대로 긴장하여 완벽하게 대처를 하는 통에 그의 몸에 적중한 세침은 단 하나도 없었다.

"끝장이다!"

확고한 승기를 잡았다고 생각한 마독이 최후의 공격을 위해 허공으로 뛰어올랐다. 연검은 어느새 허리춤에 감겨 있었다.

마독의 손가락이 까딱거렸다. 비갑과 반지에 연결된 실선에 힘이 가해지고, 비갑에 숨겨놓았던 세침이 일시에 쏟아졌다. 동시에 몸을 빙글 회전시키며 전포(戰袍:싸울 때 입는 긴 도포)를 벗어 휘둘렀다.

파파파곽.

전포 곳곳에 숨겨둔 수백의 비수, 암기 등이 일제히 모습을 드러내며 을지휘소를 노렸다.

그것이 끝이 아니었다. 여전히 허공에 떠 있던 마독이 허리에 차고 있던 연검을 풀었다. 몸에 감겼다 빠르게 풀리는 힘에 의해 허리춤에 차고 있던 표창들이 일제히 비산(飛散)을 하고 마지막으로 단단하게 펴진 연검이 을지휘소의 미간을 노리며 짓쳐들었다.

천하제일을 자랑한다는 당가의 만천화우(滿天花雨)가 이럴 것인가?

혈영대원들은 천지사방을 뒤덮는 무시무시한 암기들을 보며 입을 쩍 벌렸다. 심지어 지금껏 여유를 보였던 냉혈과 강유마저도 두 눈을 부릅뜬 채 움직일 줄 몰랐다.

자신을 향해 쏟아지는 암기군을 보며 을지휘소의 안색이 살며시 굳어졌다. 두려워서가 아니었다. 마독의 공격이 충분히 위협적이고 다소간 공포를 느낄 만한 위력이긴 해도 막지 못할 정도는 아니었다.

'무애지검으론 힘들다.'

을지휘소는 조금 전 진기를 잔뜩 불어넣은 소맷자락을 뚫고 들어온 세침이 마음에 걸렸다. 호신강기를 전문적으로 파괴하도록 만들어진 암기가 있다는 소문이 있었고, 세침이 바로 그런 암기일 수도 있었기 때문이다. 물론 아닐 수도 있었다. 그리고 무애지검이 어떤 것이던가? 그 어떤 공격도 막을 수 있는 최강의 수비 초식. 어쩌면 무애지검으로도 충분히 막을 수 있었다. 그러나 만에 하나라는 것이 있었다.

무애지검이 아니라면 남은 것은 오직 하나 무극지검뿐이었다.

마음의 결정을 내리고 무위공을 일으키자 지금껏 단전에 얌전히 잠자고 있던 거력이 꿈틀거렸다. 단전에서 시작해 단숨에 기경팔맥(奇經八脈)을 돌아 전신의 세맥(細脈)까지 그 힘이 미치는 데 걸린 시간은 그야말로 찰나. 터질 듯한 힘을 주체하지 못한 을지휘소가 검을 곧추세웠다.

검을 통해서 발현된 거력이 그의 몸을 감쌌다. 을지휘소의 몸은 검에서 뿜어져 나온 빛에 의해 삽시간에 사라졌다.

파스스스.

가장 먼저 도착한 세침이 그 힘에 막혀 힘없이 떨어졌다. 그러나 그와 마독의 사이엔 여전히 많은 암기들이 있었고 하나같이 맹렬한 힘과 날카로움을 지니고 있었다. 더구나 암기 하나하나엔 독혈인이 뿜어내던 독과 버금가는 극독이 발라져 있었다.

"타핫!"

을지휘소의 입에서 낭랑한 외침이 터져 나오고 그의 몸을 휘감고 있던 빛의 무리가 사방으로 뻗어나갔다.

"피, 피해랏!"

긴장된 눈으로 싸움을 지켜보던 냉혈과 강유가 놀라 부르짖고, 그렇잖아도 심상치 않은 기운을 느끼고 있던 혈영대원들이 황급히 물러났다.

파파파팍!

먼저 도착한 암기군이 빛무리에 부딪치며 요란한 소리를 냈다. 더러는 힘없이 떨어지고 더러는 아예 흔적도 없이 사라지기도 했으며 어떤 것은 날아올 때보다 더욱 빠른 속도로 튕겨져 나갔다.

꽈꽈꽈꽝!

을지휘소의 몸에서 뻗어나가기 시작한 기운이 주변을 초토화시키기 시작했다. 땅거죽이 뒤집히며 나무가 쓰러지고 바위가 박살났다. 천지의 기운이 모조리 그 기운에 흡수되듯 빨려 들어가더니 종내엔 더욱 큰 힘으로 발출되었다.

"아!"

눈으로 보았음에도 믿어지지 않는 광경이었다. 두 손을 축 늘어뜨린 마독은 멍한 눈으로 자신을 향해 다가오는 힘을 바라보고 있었다. 여전히 많은 암기가 그에게 날아갔지만 그것들이 할 수 있는 것이란 아무것도 없다는 것을 뼈저리게 느꼈다.

핏!

날카로운 소리와 함께 상대에게 던졌던 비수 하나가 볼을 스치며 지나갔다. 상처에서 곧바로 피가 흘렀으나 그는 신경 쓰지 않았다.

퍽퍽.

그의 몸에 연거푸 암기가 박혀들었다. 고통이 전신을 휘감았음에도 그에겐 이미 남의 일이나 다름없었다. 그리고 마침내 빛의 회오리가 그의 몸을 휩쓸었다.

비명은 없었다.

더 이상의 폭음도, 천지를 울리는 굉음도 없었다.

미친 듯이 요동치던 흙먼지와 자갈들이 제자리를 찾고 주변은 언제 그랬냐는 듯 평온을 되찾았다. 그리고 바로 그곳에 천천히 검을 내리는 을지휘소와 두 손을 마주 잡고 무릎을 꿇은 채 고개를 숙이고 있는 마독이 있었다. 그는 이미 절명한 상태였다.

"후~"

물끄러미 마독을 바라보던 을지휘소가 고개를 흔들며 한숨을 내쉬었다. 어쩔 수 없는 결과이기는 해도 그의 죽음을 바라지는 않았기 때문이다.

"유아야."

"예, 이모부님."

"말 한 필만 가지고 오너라."

이유가 궁금했지만 그는 묻지 않았다.

"예."

황급히 뛰어간 강유가 진한 갈색의 준마를 데리고 왔다.

"그를 말에 태워라."

고개를 끄덕인 강유가 도와주러 온 무풍에게 말고삐를 넘기고 조심스레 마독을 안아 들었다. 그리곤 힘겹게 안장에 태우더니 끈을 이용해 단단히 고정을 시켰다.

"다녀오마."

말고삐를 받아 든 을지휘소가 조용히 어둠 속으로 사라졌다.

서열은 물론이고 순수 무공만으로도 천주인 기요후에 이어 두 번째였던 마독 묵염. 그는 그렇게 목숨을 잃었다.

　　　　　*　　　　*　　　　*

자시(子時:23시~01시)가 넘을 무렵의 패천궁 외성.

총공세를 펼치는 중천을 맞이하여 패천궁의 무인들이 필사적으로 싸우고 있었다.

"막아랏!"

"물러서면 안 된다!"

거친 함성과 병장기 부딪치는 소리가 들리고 이곳저곳에서 고통의 신음성이 터져 나왔다. 단 한 시진 동안 벌어진 싸움에 쌍방 족히 이백이 훌쩍 넘는 인원이 목숨을 잃었다. 주변은 쓰러진 시신들과 널린 병장기로 발 디딜 틈도 없었고 그들이 흘린 피는 은회색으로 이루어진 벽돌 바닥을 온통 붉게 물들였다. 하지만 싸움은 어느 한쪽으로 기울어지지 않고 팽팽하게 대치한 채 여전히 계속되고 있었다.

"좌측을 지원해! 그쪽이 뚫리고 있다!"

사마유선을 대신하여 혈궁단의 단주를 맡은 풍간이 소리쳤다.

그의 외침에 따라 한적한 곳에 자리잡은 혈궁단원들이 일제히 활을 돌렸다. 그리곤 한 호흡이 끝나기도 전에 수백여 발의 화살을 날려댔다.

핏빛의 화살, 공간을 가득 메우고 한곳을 향해 날아가는 화살의 모습은 가히 장관이었다.

"크악!"

"커흐흑!"

난데없이 날아온 화살에 무방비로 당한 이들이 가슴이며, 목, 옆구리를 붙잡고 쓰러졌다. 삽시간에 십여 명이 넘는 인원이 목숨을 잃었다. 기세를 올렸던 중천의 무인들이 겁에 질려 주춤거리고, 그때를 놓치지 않은 흑기당의 무인들이 그들을 맹렬히 몰아붙였다.

"또 저놈들이군."

일선에서 싸움을 지휘하고 있는 호법 사마표와 종자기(宗玆氣)가 얼굴을 찡그렸다.

"숫자는 몇 놈 되지도 않는데 꽤나 성가시군. 놈들에게 당한 놈들이 벌써 얼마야?"

두 주먹을 불끈 쥐고 치를 떠는 사마표와는 달리 종자기는 냉정했다.

"결코 만만하게 볼 놈들이 아닐세. 이런 혼전 중에 저 정도로 정확하게 화살을 날릴 수 있다는 것은 그만큼 훈련이 잘되었다는 것. 놈들을 제압하지 못하고선 싸움을 이길 수 없네."

"허니 어쩌면 좋겠나? 시도해 보지 않은 것도 아니고."

사마표가 답답한 듯 가슴을 치며 말했다.

그 역시 혈궁단을 제압하기 위해 많은 시도를 했다. 역으로 화살을 날려보기도 하고 일부 병력을 우회시켜 그들을 노리기도 하였다. 하지만 화살을 날렸던 이들은 역으로 공격을 받아 모조리 몰살당했고, 우회를 했던 자들도 미처 접근도 하지 못한 채 허무하게 목숨을 잃고 말았다. 하필이면 혈궁단 바로 정면에 위치하여 이들을 보호하고 싸우는 이들이 바로 패천궁의 주력이라 할 수 있었던 혈참마대였기 때문이다. 아울러 혈궁단 주변엔 예사롭지 않은 노인들 몇이 눈에 띄기도 하였다. 그들이 누구인지 정확하게 파악되지는 않았지만.

"등천단을 움직이지."

종자기의 말에 사마표가 깜짝 놀라 되물었다.

"등천단을?"

"싸움을 빨리 끝내려면 어쩔 수 없네."

삼단 중 현재 싸움에 참여하고 있는 것은 회천단이 유일했다. 파천단은 천주의 호위를 맡기 위해 빠져 있었고 등천단은 패천수호대를 상대하기 위해 힘을 비축하는 중이었다.

"흠, 그렇기는 하지만… 앞으로 패천수호대도 있고……."

상황이 좋지 않다는 것을 느끼고는 있어도 사마표는 등천단을 움직이는 것에 그다지 찬성하지 않는 듯했다.

"패천수호대는 파천단이 상대하면 되네. 어차피 저놈들도 물리쳐야 하고."

종자기가 가리킨 사람들은 대주 일검경천 양단풍을 중심으로 기세를 높이고 있는 혈참마대였다.

"혈궁단 못지않게 위험한 놈들이야. 놈들을 제거하지 못하면 이곳을 뚫기는 힘드네."

"흠."

그는 혈궁단과 혈참마대를 제압하지 못하곤 싸움에 이길 수 없다는 말에 마음이 흔들릴 수밖에 없었다.

"알았네. 자네 말에 따름세."

결국 고개를 끄덕인 그가 후방에 연락을 취했다(후방이라 뵈야 얼마 떨어지지 않은 곳이지만).

등천단은 연락받기가 무섭게 승천하는 용의 모습을 담은 깃발을 앞세우고 달려왔다.

"자네들이 고생 좀 해주어야겠네."

사마표가 등천단의 단주 혈룡(血龍) 악후(岳珝)에게 말했다.

이제 겨우 중년으로 접어든 그는 회천단을 맡은 광뢰 악영과는 달리 일찌감치 그 무공을 인정받고 있던 자였다.

"알겠습니다."

살머시 허리를 꺾으며 대답하는 악후의 모습에선 자신감이 넘쳤다.

"목표는 혈참마대! 가자!"

짧고도 강렬한 말로 명을 내린 악후가 앞장서 달려나가고 그 뒤를 이어 등천단의 고수들이 노도처럼 달리기 시작했다.

"크아악!"

악후의 발길을 막던 흑기당의 무인이 처참한 비명성과 함께 쓰러졌다.

자신의 실력에 확신이 있는 것인지, 아니면 자신이 아니더라도 뒤처리를 할 사람이 있다고 여기는 것인지 그는 자신이 쓰러뜨린 사내의 생사는 신경도 쓰지 않고 일직선으로 달려갔다. 그의 목표는 당연히 혈참마대의 대주 양단풍이었다.

"건방진!"

매섭게 달려드는 악후를 보며 양단풍의 입가가 씰룩거렸다. 아직 상당히 떨어져 있음에도 그가 자신을 노린다는 것을 분명히 느낀 것이었다.

그는 수하들이 만류할 틈도 없이 대열에서 이탈해 악후에게 달려갔다.

깡!

검과 검이 부딪쳤다. 맹렬한 불꽃이 허공에서 산화했다.

끼끼끼!

검과 검이 서로 대치하며 기괴한 소리를 냈다. 단 한 번의 출수로 그들은 상대의 강함을 인식했다. 한 치의 우열도 가리기 힘든 박빙의 실력.

"너는 누구냐?"

양단풍이 대치하고 있는 검에 진기를 불어넣으며 물었다.

"악후. 당신이 일검경천?"

"잘 알고 있군."

더 이상의 대화는 무의미했다.

검과 검 사이, 고작 팔 하나의 거리도 두지 않고 대치하고 있는 그들의 이마에서 굵은 땀방울이 흘러내렸다.

격렬하게 움직인 것도 아니고 화려한 공수를 교환한 것도 아니었다. 그러나 그 이상으로 힘든 싸움을 하고 있었다.

그들은 상대의 시선을 놓치지 않기 위해, 기척은 물론이고 호흡 하나도 소홀히 하지 않기 위해 필사적이었다. 짧은 순간, 찰나의 틈이 생사에 직결됨을 그들은 너무나 잘 알고 있었다.

그사이 벌어진 혈참마대와 등천단의 싸움 또한 치열하기 그지없었다.

수적으로도 혈참마대가 우세했으나 등천단의 용맹 또한 만만한 것이 아니었다. 어쩌면 개개인의 실력은 혈참마대를 능가하고 있었다. 거의 두 배에 이르는 적을 맞이하여 당당히 맞서는 것은 물론이고 조금씩이나마 우위를 점하고 있는 것이 그 증거였다. 물론 정도맹과 싸우기 전 과거의 혈참마대라면 어림도 없는 일이었다. 그러나 현재의 혈참마대는 숫자는 비슷할지 몰라도 그때와는 비교도 할 수 없이 수준이 떨어진 상태였다. 정도맹과의 싸움에서 워낙 많은 인재들이 목숨을 잃은 까닭이었다.

"혈참마대를 지원해라!"

풍간의 외침에 따라 혈참마대를 돕기 위한 혈궁단의 활이 일제히 등천단을 향했다. 하지만 여유있게 화살을 날리던 조금과는 상황이 달랐다. 활을 돌렸으되 그들은 화살을 날릴 수가 없었다. 등천단이 그들의 시선을 빼앗는 사이 종자기가 몇몇 호법과 등천단 내에서도 실력이 뛰어난 대원 열 명을 데리고 우회하여 공격해 왔기 때문이다.

"공격하랏! 접근을 허용해서는 안 된다!"

풍간이 필사적으로 소리치고, 그들을 향해 수십 발의 화살이 날아갔다. 그러나 지금껏 그토록 정확하게 어떠한 목표도 놓치지 않았던 화살은 단 하나도 적중하지 않았다. 맨 앞에선 종자기와 그를 따라나선 네 명의 호법에게 막힌 것이다.

그들과 혈궁단의 간격이 급격하게 좁혀졌다.

바로 그때, 혈궁단의 뒤쪽에서 싸움을 지휘하고 있던 호법 나후성이 풍간의 어깨를 잡았다.

"물러나라."

"하지만 어르신."

"너무 많이 접근했어. 너희들로는 무리다."

"할 수 있습니다."

"싸움은 이제 겨우 시작이다. 이곳에서 객기를 부릴 필요는 없다. 너희들은 후방에서 지원할 때 빛이 나는 존재임을 잊은 것이냐?"

"……."

"물러나라. 저들은 우리가 상대하마."

"알겠습니다."

안타까웠지만 현실이 그랬다. 사실, 혈궁단이 위력을 떨치는 것은 원거리에서의 싸움이지 접근전의 양상으로 바뀌면 개개인의 무공이 달리는 그들이 할 수 있는 일이란 것은 그다지 없었다.

"물러난다!"

풍간과 혈궁단의 대원들은 나후성의 보호를 받으며 황급히 자리를 이탈했다. 그리고 그들이 진을 치고 있던 곳에서 중천의 호법과 패천궁의 호법들이 격렬하게 맞부딪쳤다.

   *   *   *

마독의 시신이 돌아온 것은 어둠이 힘을 잃고 동쪽 하늘로부터 서서히 밝음이 시작될 때였다.

마독의 시신을 말에 태우고 남천으로 향하던 을지휘소는 그를 찾기 위해 인근을 샅샅이 뒤지고 있던 취밀단의 대원에게 조용히 고삐를 건넸다. 적의 실력을 알기에 사내는 함부로 입을 열지도, 또한 덤비지도 못했다. 그저 을지휘소가 시키는 대로 고삐를 잡고 물러나야만 했다.

그가 창백해진 얼굴로 본진에 돌아오자 남천의 진영은 그야말로 난리가 났다.

남천에서 마독이 차지하는 위치나 위상은 상상외로 엄청났다. 특히 그가 어느 정도의 실력을 지니고 있는지 익히 알고 있던 간부들은 시체로 돌아온 마독을 보며 두려움에 떨었다. 그들의 심정이 그러할진대 말단 수하들이 느끼는 두려움이야 오죽할까? 그야말로 공포 그 자체였다.

어수선한 가운데 마독의 시신을 태운 말은 기요후가 있는 곳까지 도착했다.

"……."

기요후는 말이 없었다.

율평이 마독의 시신을 말에서 끌어 내릴 때도, 그의 시신에 난 상처를 살필 때도 침묵을 지켰다.

한참 동안 시신을 살피던 율평이 조심스레 몸을 일으켰다.

기요후가 묻지 않는데 그가 먼저 입을 열 수는 없었다.

"어떠냐?"

마독의 시신에 두 눈을 고정시킨 기요후가 물었다.

너무나도 차갑게 가라앉아 이것이 과연 인간의 음성인지 의구심이 들 정도로 살기 짙은 음성이었다.

"전신의 심맥이란 심맥은 모조리 끊어졌고 오장육부가 자리를 이탈했습니다."

"그리고?"

"극독에도 중독되셨습니다."

"독이라? 마독이 독에 중독이 되었다? 독혈인을 능가하는 독의 대가가?"

"그게 아무래도……."

율평이 머뭇거리자 기요후의 눈썹이 꿈틀거렸다.

"똑바로 말해 봐. 어째서 그가 독에 중독이 된 거냐?"

"그분이 사용하신 암기에 묻은 독 때문입니다."

기요후가 이해할 수 없다는 표정을 짓자 그는 마독의 몸에서 찾아낸 몇몇 암기를 조심스레 집어 들더니 설명을 덧붙였다.

"평소에 사용하시던 암기입니다. 한데 이것이 몸에……."

행여 독이라도 남아 있을까 조심스레 암기를 잡은 율평과는 달리 그가 건넨 암기들을 아무렇지도 않게 집어 든 기요후는 손바닥에 올려놓은 암기를 물끄러미 바라보았다.

"공격을 했는데 오히려 자신의 무공에 당했다, 이런 말이냐?"

"그렇습니다. 또한 중요한 사실이 있습니다."

"뭐냐?"

"그분께서 평소에 지니고 다니시던 무기가 하나도 없습니다. 허리춤에 차고 다니시던 연검은 물론이고 비갑 안에 숨겨진 세침, 그리고 전포 곳곳에 숨겨놓은 암기들이 단 하나도 없습니다."

"그… 렇다면?"

기요후도 그가 하고자 하는 말을 눈치챈 것 같았다.

"예, 아무래도 암뢰섬파황(暗雷閃破荒)을 시전하신 것 같습니다."

"……."

기요후가 다시 침묵을 지켰다.

암뢰섬파황!

당가가 자랑하는 만천화우를 가볍게 비웃을 수 있다는 마독의 최후 비전 절기이자 지금껏 무적을 자랑했던 필살기(必殺技). 문제는 그것을 펼치고도 승리를 거두기는커녕 오히려 자신이 사용한 무기에 당할 정도로 상대가 강하다는 것이었다.

"하지만 무엇보다 주의할 것은 어르신의 직접적인 사인(死因)입니다."

"직접적인 사인?"

"뭐라 표현할 수 없는 거대한 기운이 전신을 강타했습니다. 어르신의 호신강기를 뚫고 일격에 즉사시킬 만한 엄청난 무엇인가가."

"일격이라……."

또 한 번의 충격이 기요후의 뇌리를 강타했다.

암뢰섬파황을 사용하고도 상대를 꺾지 못한 것도 황당하건만, 일격이라니!

비록 그가 마독보다 실력이 뛰어나긴 하여도 최소한 백 초 이상을 겨루어야 우위를 잡을 수 있던 터. 그것만으로도 마독을 쓰러뜨린 상대가 자신을 능가하는 고수라는 것이 밝혀진 셈이 아닌가. 도저히 인정하고 싶지 않았다. 자존심이 허락하지 않았다. 그러나 눈앞에 놓인 마독의 시신에 의해 그의 자존심은 간단히 짓밟혔다.

"그… 놈이겠지?"

기요후가 말하는 사람이 누구인지는 애써 묻지 않아도 알 수 있었다.

"아마도 그럴 것입니다."

"도대체 어떤 놈인지 정말 궁금하군. 어떻게 생겨먹은 낯짝을 지니고 있는지 말이야."

수하이기에 앞서 친우의 죽음을 보고도 아무런 대책을 세울 수 없었던 것이 슬펐던 것일까? 기요후는 처참할 정도로 슬픈 자조의 웃음을 흘리며 고개를 흔들었다. 그런 그의 시선이 두 손을 마주하고 있는 마독의 손에 머물렀다.

"저게 무엇이냐?"

손 안에서 뭔가 반짝거리는 물건을 본 기요후가 물었다.

"사용하신 암기 같습니다."

"가져와 봐."

명을 받은 율평이 눈짓을 하고 재빨리 달려간 희염이 마독의 손을 잡았다. 그리곤 안쪽으로 접힌 손가락 하나하나를 곧게 폈다. 꽤나 단단하게 굳었는지 희염은 손가락을 하나둘씩 펼 때마다 진땀을 흘려야만 했다.

마침내 꽉 움켜쥐었던 손가락이 모두 펴지고 손 안에 들려 있던 자그마한 세침이 바닥에 떨어졌다. 하지만 그 세침을 보고 있는 사람은 아무도 없었다. 기요후를 비롯하여 그곳에 모인 수뇌들의 모든 시선은 공포에 질린 모습으로 마독의 손바닥을 치켜세우는 희염, 그리고 손바닥에 집중되어 있었다.

죽음의 순간에 새긴 것인지 엉망진창이었지만 손바닥에는 희미하긴 해도 그 뜻만은 명확하게 알 수 있는 두 글자가 새겨져 있었다.

부전(不戰).

"부… 전……."
마독이 남긴 것이라곤 도저히 믿기지 않는 글귀. 그것을 뚫어지게 쳐다보는 기요후의 눈빛이 마구 흔들렸다.

　　　　　　*　　　　*　　　　*

"좌측을 맡고 있던 무인들이 전멸했습니다."
"우측의 흑기당 역시 피해가 큽니다."
"적기당도 밀리고 있습니다."
"혈참마대 또한 고전을 면치 못하고 있습니다."
연거푸 올라오는 보고가 하나같이 비관적인 것뿐이었다. 그러나 성벽에서 싸움을 지켜보던 안당은 동요하지 않았다. 비록 열세이기는 해도 아직까지 싸움은 박빙의 상태를 유지하고 있었기 때문이다.
"언제까지 지켜만 보실 생각이지요?"
그의 곁에 있던 환야가 조용히 물었다.
"놈들이 지칠 때까지."
말은 그리했지만 누가 들어도 상황에 맞지 않는 말이었다.
"오히려 지치는 것은 우리 쪽입니다. 벌써 많이들 지쳤습니다. 움직임이 둔화된 것이 눈에 보입니다."

"그래도 외성을 빼앗길 수는 없다."

솔직한 그의 심정이었다. 외성의 방어막이 무너지면 곧바로 내성까지 몰려올 터, 그것은 도저히 용납할 수 없는 것이었다. 그러나 냉정하게 싸움을 지켜보던 환야는 고개를 내저었다.

"이미 틀렸어요. 퇴각 명령을 내리세요."

순간, 난간을 잡고 있는 안당의 손이 부르르 떨렸다.

"너무 실망하지 마세요. 아직 기회는 있으니까요."

차분한 그녀의 말에 안당의 고개가 돌려졌다.

"그래, 내가 너를 잊고 있었구나. 그리고 저들을."

희미한 웃음을 보이며 그가 바라보고 있는 사람들은 살벌한 전장을 앞에 두고 한가로이 무기를 정비하고 있는 원로들이었다.

"퇴각하라."

그의 입에서 조용한 명령이 떨어졌다.

둥둥둥둥.

맹렬한 북소리와 함께 격전을 펼치던 패천궁의 무인들이 서서히 후퇴하기 시작했다. 그에 발맞춰 중천의 진영에서도 싸움의 중지를 알리는 북소리가 울려 퍼졌다.

싸움이 시작하고 정확히 세 시진, 견고하기만 했던 외성의 방어막이 무너진 것이었다.

"피해를 보고해라."

약간은 들뜬 음성의 악위군이 말했다.

"모두 오백을 넘는 사상자가 발생했습니다."

생각보다 피해가 크자 악위군의 얼굴이 찡그려졌다.

"자세하게."

"우선 선봉을 맡았던 창응당과 노호당이 전멸했습니다. 그들을 지원했던 파천단도 삼분지 일 이상의 전력을 잃었습니다."

"등천단은? 혈참마대랑 붙었다면서?"

"예. 등천단 역시 전멸에 가까운 피해를 보았습니다. 물론 상대였던 혈참마대 역시 그와 같은 피해를 보았습니다."

"등천단주가 고생깨나 했겠군."

피해가 크긴 했으나 적의 주력이라 할 수 있는 혈참마대에 치명적인 타격을 입혔다는 것이 만족스러웠는지 악위군의 얼굴이 다소 부드러워졌다. 그에 반해 신도의 얼굴은 어둡기만 했다.

"등 단주는 목숨을 잃었습니다."

신도의 말에 막 술잔을 들었던 악위군이 벌떡 일어났다.

"뭐야! 목숨을 잃어?"

"예, 혈참마대의 대주와 동귀어진(同歸於盡)을 했다고 합니다."

"그랬… 군."

힘없이 주저앉는 악위군. 그의 뇌리에 어려서부터 유난히 자신을 따랐던 악후의 모습이 떠올랐다.

"후~ 당숙께 죄스런 일이 생기고 말았구나."

"어쩔 수 없는 노릇이지. 너무 상심 말게나. 당숙도 이해할 것일세."

악위군의 곁에 있던 악호가 그의 어깨를 두들기며 위로했다.

"그나저나 종 호법이 보이지 않는구나."

악호가 두리번거리며 물었다. 신도의 안색이 다시금 어두워졌다.

"종자기 호법님과 허유 호법님께서도 목숨을 잃으셨습니다."

"뭐야! 그들이?"

이번엔 악호가 깜짝 놀라 소리쳤다.

"자세하게 말해 보게."

악위군이 대답을 채근했다.

"적진을 돌파하는 과정에서 패천궁의 호법들과 싸움이 붙으셨다고 합니다."

"그 얘기는 나도 들었네. 그런데?"

"역시 양패구상입니다. 싸움에 참여했던 네 분 호법님 중 종 호법님과 허 호법님이 목숨을 잃으셨고 나머지 분들도 치명적인 부상을 당했습니다."

"상대가 정확히 누구였느냐?"

악호가 물었다.

"반혼귀 나후성이었습니다."

"하필이면!"

악호의 입에서 침음성이 흘러나왔다.

반혼귀 나후성이라면 패천궁에서 손가락에 꼽힐 정도의 고수였다. 상대치고는 너무 좋지 않았다.

"하지만 그자 역시 종 호법님과 허 호법님의 합공에 목숨을 잃었습니다."

"그랬군. 그 친구가 그렇게……."

나후성의 죽음을 전해 들은 도왕 동방성이 눈시울을 붉혔다. 유난히 친하게 지냈던 친우의 죽음 앞에서 그는 안타까움을 금치 못하고 있었다.

"놈들의 기세가 대단합니다. 곧 내성으로 진입하려 할 것입니다."

종자기 등과의 싸움에서 제법 큰 부상을 입은 오진(梧瑨)이 상처 부위를 어루만지며 말했다.

"우리의 피해는 어떠하냐?"

안당의 물음에 자리에서 일어난 온설화가 차분한 어조로 대답했다.

"패천궁을 돕기 위해 입궁한 이들 중 태반이 이번 싸움에서 목숨을 잃었습니다."

안당이 크게 탄식하였다.

"후~ 누구보다 열심히 싸워준 그들이었건만… 그리고?"

"흑기당과 적기당의 피해는 생각보다 크지 않습니다. 혈궁단의 역할이 컸습니다."

"그거 듣던 중 반가운 말이군."

어두워졌던 안당의 안색이 살짝 밝아졌다.

"하지만 혈참마대는 더 이상 전력을 유지할 수 없을 정도로 치명적인 피해를 당했습니다. 양단풍 단주와 부단주를 비롯하여 대부분이 목숨을 잃었습니다."

"그 얘기는 나도 들었다. 아직 할 일이 많은 친구인데……. 아무튼 생각보다 피해가 적다고 하니 다행이다."

"지금은 잠시 소강 상태지만 전력을 재정비하자마자 놈들의 공격이

다시 시작될 것입니다. 그때는 제가 선봉에 서지요."

도왕 동방성이 힘주어 말했다.

"누가 선봉에 서고 말고 할 것이 없네. 이제부터는 어차피 총력전이야, 목숨을 걸고 싸워야 하는."

"그래도 선봉을 누가 맡느냐가 굉장히 중요합니다. 아무래도 초반 기세를 결정하는 것이니까요."

"흠, 그도 그렇군. 하면 자네하고 패천수호대가……."

바로 그때였다.

멀리서 들려오는 북소리가 안당의 말을 끊었다.

두두둥둥둥둥!

점점 커지는 북소리를 들으며 좌중에 모인 이들의 표정이 더할 나위 없이 결연해졌다.

북소리가 끝날 즈음 우렁찬 함성 소리가 들려왔다.

"시작됐군."

안당이 조용히 읊조렸다.

*   *   *

하남성과 산동성의 접경지 동명(東明).

이른 아침 동명포구를 출발하여 제남으로 향하는 여객선은 평소와 다름없이 붐비고 있었다. 그중 유난히 눈길을 끄는 사람들이 있었다. 애당초 소규모의 배인지라 선실의 개념이 없는 터. 간신히 배의 후미 쪽에 자리하고 조용조용 담소를 나누는 사람들, 바로 복우산을 떠나 산동악가를 치기 위해 비밀리에 이동하고 있는 을지소문 일행이었다.

동정(東征)이라 명명된 이번 계획에 참여한 사람은 을지소문과 수호신승을 비롯하여 하나같이 쟁쟁한 무인들로만 구성되어 있었는데, 억지로 우겨 참여한 남궁세가의 몇몇 인원은 제외하고, 그 인원은 정확하게 서른한 명이었다.

단 이틀 만에 적의 눈길을 피해 황하 지류에 접어든 그들은 나름대로 변복(變服)을 하며 적의 눈을 속였다. 이후, 하류로 향하는 배에 올랐고 악가를 향해 조금씩 동진하고 있었다.

"미치겠군. 도대체 언제까지 이따위 복장을 하고 있어야 하는 것인지."

나이 든 상인으로 변장하고 있는 오상이 갑갑해 죽겠다는 듯 옷가지를 흔들며 말했다.

"참으십시오. 이제 겨우 하루가 지났습니다."

정소가 대뜸 핀잔을 주었다.

"배에 오른 지 벌써 이틀이네. 대체 얼마나 가야 하는가?"

"뱃길로 적어도 사흘은 더 가야 합니다. 그리고 다시 이틀 정도는 걸어야지요."

"후~ 이 지겨운 배에서 사흘이나 더?"

더 이상 말하기도 질렸는지 고개를 절레절레 내저은 오상은 쌓아놓은 짐 사이에 대충 자리를 잡더니 잠을 청했다.

"아침부터 낮잠은."

그 모양새가 가히 보기 좋지 않았던지 정소가 툴툴거렸다. 물론 오상이 듣지 못할 정도로 작은 음성이었다.

"그러고 보니 신승께선 참으로 오랜만에 하시는 여행인 것 같습니다."

을지소문의 말에 수호신승이 빙그레 웃음 지었다.

"그렇지요, 오십여 년 전 패천궁과의 싸움 이후에 처음이니. 아, 그나저나 패천궁이 어찌 하고 있는지 걱정입니다."

때마침 생각이 났다는 듯 수호신승의 안색이 살짝 굳어졌다.

패천궁이 위기에 처해 있다는 것은 세상 사람이 다 알고 있는 터. 비록 추구하는 바, 가는 길은 달라도 패천궁의 안위가 곧 무림의 안위로 직결되는 지금 걱정하지 않을 수 없었다.

"단견 아우."

을지소문이 곽검명과 담소를 나누고 있는 단견을 불렀다.

"예, 형님."

"패천궁에 대한 새로운 소식이라도 있는가? 해남파도."

"글쎄요. 아직 별다른 전갈은 없는 것 같던데… 확인을 해봐야겠습니다. 방주."

단견이 정소를 불렀다. 그렇잖아도 귀를 기울이고 있던 정소가 득달같이 다가왔다. 그리곤 묻지도 않은 질문에 대답하기 시작했다.

"지난밤부터 패천궁에 대한 대대적인 공격이 시작되었다는 전갈이 막 도착했습니다."

"결국 시작된 모양이군."

곽검명이 중얼거렸다.

"예, 어찌 보면 많이 늦은 것이라 할 수도 있습니다. 적어도 사나흘 전엔 공격이 시작될 줄 알았으니까요."

"왜 그리 늦게 시작된 것이라나?"

"저들 사정을 속속들이 알 수는 없지만, 아무래도 남천 때문이 아니겠습니까?"

"남천?"

"예. 해남파에 발이 묶인 남천이 예정보다 많이 늦어졌다고 합니다."

"흠, 그렇다면 남천이 도착한 모양이구나, 뒤늦게나마 공격이 시작되었다는 것을 보면."

단건이 말했다.

"그렇지는 않은 것 같습니다."

"그렇지가 않다니? 그건 또 무슨 말이더냐?"

단건이 이해가 되지 않는다는 듯 고개를 갸웃거리며 물었다.

"남천은 도착하지 않았습니다. 그 역시 자세한 사정은 알지 못하나 분명 남천 진영에 무슨 일인가 벌어지고 있습니다. 그것을 알기에 중천도 더 이상 기다리지 못하고 단독으로 공격을 감행한 것입니다. 엄청난 피해를 감수하고 말이지요."

"허허, 휘소가 해남파를 구하기 위해 달려갔다더니만, 그 때문은 아닐까?"

곽검명이 의미심장한 표정으로 말했다.

을지휘소라니! 참으로 뜬금없는 말에 단건이 어처구니없다는 듯 고개를 흔들었다.

"말도 안 되는 소립니다. 남천의 전력이 얼마인데 고작 한 명 때문에 발길이 묶이겠습니까?"

"왜 한 명인가? 해남파도 있거늘."

그러자 정소가 정색을 하며 말했다.

"정보에 따르면 해남파는 회복 불능의 타격을 입은 것으로 되어 있습니다. 해남파는 더 이상 남천을 괴롭힐 수 없습니다."

"그래? 그렇다면 휘소 혼자서 한 일인가 보군."

곽검명은 남천의 일에 을지휘소가 관련되어 있음을 확신한다는 듯 자신의 의견을 거듭 피력했다.

"허허, 휘소가 아무리 뛰어난 무공을 지니고 있어도 혼자서 백 명, 천 명을 감당할 수는 없는 노릇입니다. 안 그렇습니까?"

답답하다는 듯 가슴을 친 단견이 을지소문에게 물었다.

그런데 당연히 '그렇다' 라고 대답할 줄 알았던 을지소문의 반응이 영 이상했다. 오히려 담담하게 웃는 것이 '그럴 수도 있다' 라고 하는 것 같았다.

"설마 하니 형님도 그렇게 믿고 계시는 겁니까? 남천의 발이 묶인 것이 휘소 때문이라고?"

"충분히 가능성있는 말이야."

순간, 단견의 눈이 황당함으로 물들었다.

"그게 무슨 말입니까? 녀석의 무공이 아무리 뛰어나다고 한들······."

"뛰어난 정도가 아니야."

"예?"

말에 담긴 어감이 이상하다고 여긴 단견이 순간적으로 되묻고 좌중의 시선이 을지소문의 입으로 향했다. 잠을 청한다고 여긴 오상 역시 귀를 쫑긋 세우고 다음 말을 기다렸다.

"이 녀석의 아비는 일반적인 상식으로 이해하려고 하면 안 되네."

을지소문이 어느새 곁으로 다가온 을지호의 어깨를 짚으며 말했다.

"어미 뱃속에서부터 내공을 쌓았어. 자네도 알지 않는가?"

과거 을지휘소의 탄생 비화를 알고 있던 사람들은 하나같이 고개를 끄덕였다. 죽음을 앞둔 청하를 살리기 위해 얼마나 많은 영약이 소비됐던가? 당시 태아였던 을지휘소가 그 영향을 받지 않을 리가 없는 것이다.

"난 아범의 내공이 어느 만큼이나 깊고 거대한지 가늠하지 못했네."

"설마 하니……."

단견이 기겁하며 도리질을 쳤다.

을지소문이 누구던가? 천하제일인이었다. 그가 가늠하지 못하는 실력이라니, 도저히 상상이 가지 않았다.

"그 실력 또한 알 수가 없어. 얼마나 강한지, 어느 만큼의 실력을 쌓았는지 말이야. 단, 이것 하나만큼은 확실하네. 나는 물론이고 온 무림을 뒤져 봐도 그 아이와 백 초를 겨룰 사람은 단언컨대 단 한 명도 없다는 것을."

온 무림을 뒤져도 백 초를 겨룰 사람이 없다니! 점점 더 가관이었다. 문제는 그 말을 한 사람이 다른 누구도 아닌 궁귀 을지소문이라는 사실이었는데.

그들의 충격이 가시기도 전에 을지호가 쐐기를 박았다.

"할아버지 말씀이 사실입니다. 그 옛날 두 분 고조부님께서도 그리 말씀하셨지요. 두 분 고조부님께서 합공을 하시더라도 감당하지 못할 것이라고."

더 이상은 놀랄 힘도 없었다.

을지호가 말하는 두 분 고조부님 중 한 명이 바로 초대 패천궁의 궁주 구양풍이라는 사실을 알고 있던 단견은 오히려 허탈한 웃음을 짓고 말았다.

"이거야 원, 천외천(天外天)의 기인을 보고도 그냥 지나쳤군. 지난번 활약으로 어느 정도 뛰어난 실력을 지닌 것은 느끼고 있었지만 설마 하니 그 정도였을 줄이야……."

뭔가가 아쉬운지 곽검명이 입맛을 다셨다.

"왜요? 비무라도 한번 신청하시게요?"

단견이 피식 웃으며 물었다.

"못할 건 또 뭐 있나?"

"쯧쯧, 관두십시오. 다 늙어 망신당할 일 있습니까?"

"뭐, 어떤가? 그런 망신이라면 얼마든지 당해도 상관없네. 강한 사람과 싸울 수만 있다면."

"허허, 한동안 괜찮다 싶더니만 고질병이 또 도진 것 같습니다."

"고질병은 무슨, 그냥 그렇다는 것이지. 아무튼 다행 아닌가? 휘소가 남천의 발목을 단단히 잡고 있는 모양이니 패천궁으로서는 한결 편히 싸울 수 있겠어."

"그래도 힘든 싸움입니다, 전력상 너무 차이가 많이 나서."

누구보다 중천의 전력을 잘 파악하고 있는 정소가 들뜨기 시작한 좌중의 분위기를 가라앉히며 말했다.

"아미타불! 그렇게 쉽게 무너지지는 않을 것입니다. 소승이 아는 한 패천궁의 저력은 그 끝이 없지요. 또한 환야 시주께서 계시지 않습니까? 잘 해낼 것입니다. 다른 사람은 몰라도 소승은 그리 믿습니다."

수호신승이 을지소문에게 미소 지으며 말했다.

"그러면 다행이겠지만……."

마주 웃음을 보이기는 했어도 그는 왠지 모를 불안감에 휩싸였다.

환야의 실력을 누구보다 잘 알고 있었으나 그래도 불안한 마음을 진정시킬 수 없을 정도로 중천의 힘이 압도적이었기 때문이다.

* * *

뚫으려는 자와 막으려는 자.

중천과 패천궁의 최후 결전은 해가 하늘 높이 솟아올랐음에도 끝나지 않고 있었다.

비록 전력에선 상당히 차이가 났지만 목숨을 각오하고 막는 패천궁의 최후 방어선은 가히 금광석과도 같이 단단하고 견고했다.

전방을 패천수호대가 책임지고 좌우는 흑기당과 적기당, 그리고 혈참마대의 생존자들이 필사적으로 막았다. 우회해서 들어오는 적은 중천의 핍박을 피해 패천궁으로 들어온 여타 문파의 무인들이 그들 문파의 존망을 걸고 한 치의 물러섬도 없이 산화(散花)하며 지켜냈다. 아울러 일전의 싸움에서 혁혁한 공을 세웠던 혈궁단 또한 손가락의 피부가 벗겨지고 갈라질 정도로 부지런히 화살을 날려댔다. 특히 을지룡의 가세는 혈궁단의 위력에 날개를 달아준 격이었다.

그러나 물량에는 장사가 없는 법이었다.

파천단을 궤멸시킨 패천수호대는 연이어 달려온 회천단의 무인들에 의해 점점 그 수가 줄고 있었다. 애당초 그들을 겨냥해 선봉에 나선 파천단을 쓰러뜨리느라 너무나도 큰 힘을 쏟아 부었기 때문이다. 더구나 오랜 싸움에 피곤이 누적된 흑기당과 적기당의 무인들도 끊임없이 밀려드는 적에게 조금씩이나마 허점을 보이고 있었다.

승패는 분명히 중천 쪽으로 기울고 있었다.

"힘에 부치는구나."

안당의 말에 입술을 꼬옥 깨문 온설화가 고개를 끄덕였다.

"후~ 지난날 정도맹과의 싸움에서 너무 많은 피해를 입었습니다. 장로님들은 물론이고 호법님들까지 모조리 싸움에 나섰습니다. 더 이상 전력을 동원할 여력이 없습니다. 마지막 희망은 오직……."

냉악 등 원로들을 살피며 떨리는 음성으로 말하던 그녀는 차마 말을 잇지 못했다.

"우리들이 나설 때가 된 것 같군."

전황을 살피던 냉악이 말했다.

"기다리느라 지칠 지경이었습니다!"

응사웅이 어린아이 머리만한 주먹을 움켜쥐고 흔들며 소리쳤다.

"쯧쯧, 그리 요란을 떨어서야. 그냥 조용히 가서 끝내면 되는 것이지."

송찬이 날이 시퍼렇게 선 검을 쓰다듬으며 말했다.

"자자, 요란을 떨든 조용히 끝장을 내든 여기서 이럴 것이 아니라 움직이자고."

경의비마 한가풍이 거대한 몸을 좌우로 흔들며 앞서 걷기 시작했다.

"부탁하네."

안당이 냉악을 보며 조용히 말했다.

냉악은 대답 대신 그의 애도를 슬며시 치켜 세우며 몸을 돌렸다. 그를 따라 나머지 원로들이 걸음을 옮겼다.

"드디어 움직였습니다."

멀리서 싸움을 지켜보던 신도가 패천궁의 진영에서 느긋하게 걸어오는 노인들을 가리키며 말했다.

"원로원의 고수란 말이지?"

악위군이 살짝 이맛살을 찌푸리며 물었다.

"패천궁의 마지막 힘이라고 할 수 있습니다. 저들만 꺾으면 끝입니다."

"쉽지는 않겠어."

가까이 있는 것도 아니고 직접 무기를 맞댄 것도 아니건만 악위군은 원로들에게서 느껴지는 무시무시한 기운을 감지할 수 있었다.

"자네 말대로 예사롭지 않은 자들이야."

"한 세대를 풍미했던 인물들입니다. 개개인이 천하를 질타할 만한 힘을 지닌 고수들이지요. 저들을 막지 못하면 이번 싸움은 결코 이길 수 없습니다."

"까짓 막으면 되는 것이지!"

악위군의 곁에 있던 악호가 호기롭게 외쳤다.

이미 모종의 조치를 취했던 것인가? 악호를 바라보는 악위군의 눈엔 믿음이 가득했다.

"부탁드리겠습니다, 숙부님."

"맡겨두게나."

담담히 고개를 끄덕인 악호가 뒤를 돌아보며 외쳤다.

"장로들은 나서게!"

그의 명령이 떨어지기가 무섭게 지금껏 단 한 차례도 모습을 보이지 않았던 악가의 십팔장로가 모습을 드러냈다. 하나같이 칠순을 넘긴 악가의 노고수들. 그들이야말로 중천이 원로원에 맞서는 비장의 무기였다.

"가세나."

악호를 필두로 열여덟 명의 장로가 걸음을 옮겼다.

"너희들은 누구냐?"

송백검 백준이 물었다.

"악가에서 왔소."

악호가 대답했다.

"악가?"

고개를 끄덕인 악호가 다시 입을 열었다.

"이곳에서 이럴 것이 아니라 자리를 옮기는 것이 어떻겠소?"

명백한 도발이었다. 원로들 입가에 실소가 피어올랐다.

"도전이라면 피하지 않는다!"

차갑게 외친 냉악이 몸을 돌렸다.

원로원의 원로들과 악가의 십팔장로, 그들은 서로를 견제하며 아비규환의 전장에서 다소 떨어진 곳으로 걸음을 옮겼다.

인사는 아까의 대화로 족했다. 적당한 장소에 도착했다고 여긴 그들은 누가 뭐라고 할 것 없이 손을 썼다.

"저들도 만반의 준비를 갖춘 모양이군요."

원로들을 에워싸며 합공하는 십팔장로를 응시하는 환야의 얼굴에 그늘이 드리웠다. 패하리란 생각이 드는 것은 아니었으나 전세를 반전시키기 위해 나선 그들이 묶이면 패배는 기정사실이었기 때문이다.

"가봐야겠습니다."

안당은 말리지 않았다. 원로들까지 발이 묶인 이상 최후의 희망은 오직 환야뿐이었다.

"부탁한다."

"예."

짧은 대답과 함께 전장으로 향하는 환야.

그녀의 손에는 비사걸로부터 다시 전해 받은, 과거 천하를 호령할 때 늘 함께였던 애병(愛兵) 풍혼(風魂)이 들려 있었다.

마침내 검을 든 환야는 주변의 싸움엔 관심없다는 듯 악위군을 향해 천천히 걸었다. 어차피 우두머리를 치면 그 싸움은 끝나기 마련, 단 한 번의 싸움으로 승패를 결정짓고자 함이었다.

그녀의 기세를 느낀 것일까?

"검을!"

자리를 박차고 일어나 자신도 모르게 고함을 친 악위군의 몸에서 지금껏 보여주지 않았던 엄청난 기운이 뿜어져 나오기 시작했다.

그것은 점점 거리를 좁히는 환야 역시 마찬가지였다.

둘의 거리는 이십여 장, 그러나 기세는 이미 허공에서 격렬하게 맞

결전(決戰)의 서막(序幕)

부딪쳤다.

　패천궁의 운명을 결정지을 절대자들의 싸움은 그렇게 시작되고 있었다.

　　　　　　　　　『궁귀검신』 9권으로 이어집니다